CW01183778

tredition®

www.tredition.de

Uwe Trostmann

Giftiges Blut

Kriminalroman

tredition®

www.tredition.de

Impressum

© 2020 Uwe Trostmann

COVER DESIGN: Jochen Pach, www.oryxdesign.de

Verlag & Druck: tredition GmbH, Halenreie 40-44, 22359 Hamburg

ISBN
Paperback: 978-3-347-17387-3
Hardcover: 978-3-347-17388-0
e-Book: 978-3-347-17389-7

Das Werk, einschließlich seiner Teile, ist urheberrechtlich geschützt. Jede Verwertung ist ohne Zustimmung des Verlages und des Autors unzulässig. Dies gilt insbesondere für die elektronische oder sonstige Vervielfältigung, Übersetzung, Verbreitung und öffentliche Zugänglichmachung.

Mein besonderer Dank gilt meiner Lektorin Frau Friederike Schmitz (www.prolitera.de) für ihre Ausdauer und Geduld bei der Überarbeitung des Textmaterials für meinen ersten Kriminalroman und ihre wertvollen Anmerkungen und Korrekturen.

Ebenso gilt mein Dank Frau Claudia Chmielus für die aufmerksame Korrekturlesung.

Hamlet, Act 1 Scene 5, William Shakespeare

Claudius to poison King Hamlet:

Sleeping within mine orchard,
My custom always of the afternoon
Upon my secure hour thy uncle stole,
With juice of cursed hebenon in a vial,
And in the porches of mine ear did pour
The leprous distillment, whose effect
Holds such an enmity with blood of man
That swift as quicksilver it courses through
The natural gates and alleys of the body…
… Thus was I, sleeping, by a brother's hand
Of life, of crown, of queen, at once dispatch'd:
Cut off even in the blossoms of my sin.

Da ich im Garten schlief,
beschlich dein Oheim meine sichre Stunde
Mit Saft verfluchten Bilsenkrauts im Fläschchen,
Und träufelt' in den Eingang meines Ohrs
Das schwärende Getränk, wovon die Wirkung
Somit des Menschen Blut in Feindschaft steht,
Daß es durch die natürlichen Kanäle
Des Körpers hurtig wie Quecksilber läuft…
… So ward ich schlafend und durch Bruderhand
Um Leben, Krone, Weib mit eins gebracht,
In meiner Sünden Blüte hingerafft.

Hexentanz	9
Die Saat geht auf	11
Der Kommissar und der Fisch	16
Merkwürdige Zeichen	20
Erkenntnisse	31
Der Zug kommt an	35
Der Auftrag	38
Die Leiche im Kofferraum	42
Das Skelett vor der Mauer	47
Brennan-Tochter-Wochenende	52
Alte Unterlagen	60
Ein nicht geplanter Mord	70
Eine Familientragödie?	74
Neue Anhaltspunkte	80
Das Gift	85
Brennan fasst zusammen	89
Ein Problem für Roberta Foster	94
Die Tote im Kino	97
Die Spur	101
Die Jagd beginnt	109
Ein Wochenende voller Unsicherheiten	115
Brennans Risiko	120
Die Falle schnappt zu	130
Was ist die Wahrheit – Verhörtag 1	137
Foster in Bedrängnis	144

Verhörtag 2	149
Verhörtag 3	158
Verhörtag 4	161
Ein Dossier	166
Heimliche Tänze	170
Margareth Dunn	172
Verhörtag 5	174
Wer ist George Dale?	179
Verhörtag 6	184
Eine Entführung	194
Verhörtag 7	197
Ohne Spur	205
Verhörtag 8	209
Ein neuer Giftmord	214
Verhörtag 9	221
George wird gesucht	225
Verhörtag 9, nachmittags	228
Opfer 8 wird entführt	235
Der Plan geht nicht auf	244
Der Gejagte	249
Verhörtag 10	255
Michael Glenn wehrt sich	261
Verhörtag 11	267
Das Gift wirkt noch	271

Hexentanz

Die langen Kleider bauschten sich, die Tanzenden drehten sich um das Feuer, die Flammen stiegen meterweit nach oben, schnell schlugen die Trommeln den Takt. Die gesamte Szene zeichnete ein gespenstisches Bild in dieser mondbeschienenen Nacht. Sie hatten sich mit dieser Salbe eingerieben, Margareth hatte es ihnen gezeigt. Ihre Haut kribbelte, brannte, sie drehten sich schneller und schneller. Margareth, sich wiegend zwischen den anderen, sprach Sätze in einer anderen Sprache, sagte, sie wäre mit den Ahnen verbunden, sie sprächen durch ihren Mund:

„Viele aus der Familie der Donn mussten sterben, sie waren ein Opfer der Rache. Ihr Tod wird heute gerächt."

Sie reichte den Kelch herum, jeder trank einen Schluck, sie tanzte jetzt neben Diane Glenn, reichte ihr den Kelch noch einmal und noch einmal. Diane drehte sich weiter, ihr Ausdruck war glücklich, ihr Geist schon weit weg, ihr Körper wirbelte wie rasend. Als Margareth merkte, dass Diane sich nicht mehr lange auf den Füßen halten konnte, führte sie sie ein wenig weg vom Platz, neben einen Busch, hielt sie nicht, als sie fiel, und bewegte sich selber im Takt der Trommeln zurück zu den anderen. Verzückte Gesichter, lachende sich Drehende, die sich jetzt mehr und mehr um den Hals fielen; nun legten sie sich auf den Boden oder setzten sich mit geschlossenen Augen, waren weit weg in ihren Gedanken, das Gift entfaltete seine Wirkung, den Rausch. Die züngelnden Flammen und der volle Mond taten ein Übriges. Diane Glenn war nicht mehr bei ihnen.

Die ersten Gäste der Hexennacht waren eingeschlafen, andere wiegten sich noch in Trance, die Flammen waren zur Glut geworden, als sich die ersten Wolken vor den Mond schoben. Margareth, den vollen Überblick behaltend, sah das Wetter kommen und packte im Schein des restlichen Feuers ihre Sachen, die Trommler taten dasselbe. Es begann zu regnen. Sie weckte die Schlafenden und der ganze Tross folgte ihr in ihr Haus nach Port Isaac. Auf dem Boden, andere auf einer Couch, schliefen sie ihren Rausch aus.

„Guten Morgen zusammen, oder sollte ich besser sagen Guten Tag?" Constable Settler hatte an der Tür geklingelt.
Margareth hatte den Constable vom Fenster aus gesehen und war ihm schon entgegengegangen.
„Was kann ich für Sie tun? Falls wir heute Nacht etwas liegen gelassen haben, so räumen wir das noch heute weg."
„Sie haben eine Person da oben liegen gelassen. Eine tote. Laut Papieren in ihrer Tasche heißt sie Diane Glenn. War die bei Ihrer Party gestern Nacht dabei?"
„Ja", kam es zögerlich aus Margareths Mund. „Sie sagen tot? Das ist ja entsetzlich! Wie ist sie denn gestorben?"
„Das wissen wir noch nicht. Haben Sie nicht gemerkt, dass sie nicht dabei war, als sie zurückliefen?"
„Es gehen immer wieder Gäste weg, ohne sich zu verabschieden."
„Sie kommen bitte alle auf die Wache mit."
„Sind wir verhaftet?"

Constable Settler ging auf diese Frage nicht ein. Draußen wartete ein Polizei-Transporter, der die ganze Gesellschaft auf die Wache brachte.

Margareth Dunn wurde ein halbes Jahr später wegen unerlaubten Drogenbesitzes zu einem Jahr Haft auf Bewährung verurteilt. Außerdem wurde ihr verboten, ähnliche „Hexenfeste" noch einmal durchzuführen. Sämtliche Beteiligten hatten ausgesagt, dass sie das Getränk mit dem Bilsenkraut freiwillig zu sich genommen hatten. Niemand hatte sie dazu gezwungen. Der Richter ging davon aus, dass Diane Glenn selber die tödliche Dosis eingenommen hatte.

Die Saat geht auf

Es war eine lange Reise gewesen. Erst mit dem Bus nach Plymouth und dann mit dem Zug nach Birmingham. Gerald Dunn fühlte sich krank und wusste nicht, wie lange er noch leben würde. Alt war er mit seinen 56 Jahren noch nicht, doch die Arbeit auf dem Kutter hatte ihre Spuren hinterlassen. Mit seinen tiefen Falten im Gesicht, seinem leicht gebeugten Rücken und seinem langsamen Gang mache er den Eindruck eines 66-Jährigen.

„Irgendwann müssen wir die Familienehre rächen. So wie früher auch", hatte seine Cousine Margareth ihm vor Jahren erklärt. „Wenn du dich zu schwach dazu fühlst, wird es vielleicht Winston später machen."

„Aber der ist doch erst zwei Jahre alt", hatte Gerald Dunn entgegnet.

„Ich habe noch genug Zeit, ihn darauf vorzubereiten."

„Nein. Ich will das tun! Es ist an der Zeit, dass es endlich getan wird." Gerald Dunn teilte Margareths Meinung.

Vom Bahnhof in Birmingham hatte er den Bus nach Oldbury genommen, von dort aus lief er bis zu dem kleinen Reihenhaus von Claire Glenn und klingelte. Einmal, zweimal.

„Sie hat doch geschrieben, dass sie um diese Zeit zu Hause ist", murmelte er vor sich hin.

Endlich ein Geräusch. Sie kam die Treppe hinunter und öffnete. Die junge Frau mit den großen braunen Augen und dem halblangen blonden Haar lächelte ihm entgegen:

„Sie sind Gerald Dunn? Kommen Sie herein."

Sie hatten Briefe ausgetauscht und Claire freute sich darauf, etwas über ihre Vorfahren zu erfahren.

„Haben Sie die Briefe noch?", wollte Gerald wissen.

„Na klar. Ich habe sie alle hier auf dem Wohnzimmertisch gestapelt."

Mit einem Blick vergewisserte sich Gerald Dunn, dass alle vier Briefe auf dem Tisch lagen.

Claire hatte gerade die Tür geschlossen und wollte sich umdrehen, als Gerald Dunn ihr ein Tuch mit Chloroform auf das Gesicht drückte. Sie wurde sofort ohnmächtig. Er schleppte die junge Frau in den Keller. Von einer früheren Beobachtung wusste er, dass der Keller keine Fenster hatte. Und so manches mehr hatte er über Claire Glenn herausgefunden, was ihm jetzt nützlich war. Er holte Fesseln und einen Knebel aus der Aktentasche und das kleine Gefäß mit der öligen Substanz.

Claire wachte auf. Gerald Dunn hatte sie auf einen alten Stuhl gesetzt und festgebunden. Sie wusste erst einmal nicht, was geschehen war, erkannte dann aber ihre Situation und bekam Panik. Angst war in ihren Augen zu erkennen.

„Du darfst nicht schwach werden, wenn sie dich anschaut", hatte Margareth immer wieder bekräftigt. „Schaue ihr nicht in die Augen, wenn du es nicht aushältst."

„Ich werde Ihnen jetzt eine Geschichte erzählen", begann Gerald Dunn.

Claire versuchte, sich zu befreien. Sie zerrte an den Fesseln an Händen und Füßen. Sie wollte schreien. Der Knebel in ihrem Mund ließ keinen Laut hinaus.

„Im Jahre 1457 weigerte sich Aleen Glean, Gilmore Donn zu heiraten, so wie es die Familien beschlossen hatten. Aleen lief erst weg und wurde dann ermordet, vergiftet. Die Leute sagten, dass es der Bruder von Gilmore war. Die Gleans schworen Rache und begannen über Generationen alle jungen Mädchen aus der Familie Donn zu vergiften. Viele wurden umgebracht. Kennen Sie diese Geschichte?"

Claire schüttelte den Kopf. Sie konnte schlecht atmen mit dem Knebel im Mund.

„Ich nehme jetzt den Knebel weg. Hier in Ihrem Keller können Sie schreien, so viel Sie wollen. Es hört Sie niemand. Und um diese Zeit sind die Nachbarn alle bei der Arbeit."

„Was wollen Sie von mir! Ich habe Ihnen doch nichts getan!"

„Doch. Sie und Ihre Vorfahren: Sie haben unsere Familie auslöschen wollen."

„Das ist doch nicht wahr! Ich kenne diese Geschichte gar nicht. Und wenn das wahr ist, so ist das doch schon lange her. Was wollen Sie mit mir machen?", fragte Claire ängstlich. Die Tränen liefen ihr über das Gesicht.

„Sie sind Teil meiner Rache."

„Sie wollen mich umbringen?"

„Das werden Sie selber tun."

Claire schüttelte den Kopf.

„Möchten Sie etwas trinken?"

„Ja", antwortete sie leise.

Gerald Dunn ging in die Küche, füllte ein Glas mit Apfelsaft und gab den Inhalt des Fläschchens hinzu, das er mitgebracht hatte. Claire trank das Glas zu Gerald Dunns Zufriedenheit in einem Zug leer. Sie lehnte sich zurück.

„Was soll ich für Sie tun? Es muss doch einen Grund haben, dass Sie mich hier fesseln."

„Ihnen wird es bald besser gehen."

„Wenn es mir besser gehen soll, dann machen Sie mich gefälligst los!"

„Bald", sagte er. Nun erzählte er von dem Ort Port Isaac an der Küste, wo er lebte, und von seiner Arbeit als Fischer.

Nach nicht allzu langer Zeit, vielleicht 20 Minuten, entspannte sich ihr Gesicht. Gerald Dunn hatte von seiner Cousine gelernt, dass das Gift dann bald seine Stärke entfalten würde. Es dauerte noch eine halbe Stunde, bis Claire Glenn einschlief, und eine weitere halbe Stunde, bis ihr Atem aufhörte zu fließen. Er löste die Fesseln und trug die Tote die Treppe zum Eingang hinauf. Er fuhr Claires Nissan – die Autoschlüssel hingen auf einem Haken im Flur – bis dicht vor die Haustür, lud die Leiche in den Kofferraum, erinnerte sich der Briefe, die auf dem Wohnzimmertisch lagen, und packte sie in seine Tasche, holte einen Spaten aus dem Garten und fuhr zehn Kilometer bis zu einem kleinen Wald. Er schaufelte eine Grube, nahm sein Messer – es war das Messer, das er zum Aufschneiden der Fische verwendete – und begann mit viel Druck, in die Stirn der Toten das Zeichen zu ritzen.

Sie blutete immer noch, stellte er fest, er würde sich waschen müssen. Ob der Schnitt auch tief genug war, damit das Mal für immer bliebe, dieses Schandmal?

Er rollte Claire Glenn in das feuchte, waldige Grab, warf die Erde darauf und deckte es mit ein paar Ästen zu. Das Blattwerk war feucht genug, um sich das Blut von den Händen abzuwischen. Den Rest wusch er mit dem Wasser aus seiner Flasche ab. Er setzte sich wieder in den Wagen, fuhr ihn in die Nähe einer Bushaltestelle und stellte ihn dort ab. Dann fuhr er mit dem Zug zurück nach Port Isaac.

„Margareth, ich habe die Familie gerächt", waren seine ersten Worte, als er die Tür hinter sich verschlossen hatte.

„Du hast einen Teil der Familie gerächt. Es liegt noch viel Arbeit vor uns."

Der Kommissar und der Fisch

Steve Brennan stand seit drei Tagen wiederholt im Spy River und warf immer wieder die Angelrute in das eiskalte Wasser. Gestern war ein guter Tag gewesen. Drei Lachse und fünf Forellen hatte er an der Angel gehabt. Stunden um Stunden konnte er mit seiner Lieblingsbeschäftigung verbringen. Aber er schaffte es nicht mehr, länger in den schnell fließenden Teilen des Flusses zu stehen. Es kostete ihn inzwischen zu viel Kraft. Und er merkte auch die Kälte des Wassers. Trotz seiner gefütterten langen Angelhosen machten sich nach schon wenigen Stunden die schmerzenden Knochen bemerkbar. War es wieder einmal so weit, nahm er seine Angelrute und setzte sich an einem ruhigeren Teil des Flusses ans Ufer und versuchte von dort aus sein Glück. Heute war er bis zu einer sonnenbeschienenen Sandbank gelaufen. Die Bäume um ihn herum gaben ihm das Gefühl, hier alleine zu sein. Er liebte diese Stelle. Sein Hobby war für ihn, den Chief Inspector aus Birmingham, die Entspannung, die er in seinem nervenaufreibenden Beruf benötigte und fand.

Schon länger hatte es in seinem Kommissariat keine größeren Fälle mehr gegeben. Die letzten Morde, die in seinen Bereich fielen, lagen etwa ein Jahr zurück, ihre Aufklärung war nicht schwierig gewesen. Eine Kindesentführung hatte vor zwei Jahren stattgefunden, mit erheblichem Aufwand hatte er auch diesen Fall lösen können. Die jetzige Ruhe im Kommissariat empfand Brennan als angenehm, da er in spätestens eineinhalb Jahren in den Ruhestand gehen würde. Einen hoch komplizierten Fall brauchte er jetzt nicht mehr. Aber er misstraute dieser Ruhe.

Seine Gedanken wurden jäh von einem Fisch unterbrochen, der an seinen Angelhaken gebissen hatte. Es war ein größeres Exemplar, das gewaltig an seiner Angel zog und ihn zum Aufstehen zwang. Vorsichtig spannte Brennan die Angelschnur immer wieder, doch der Fisch versuchte, mit der Strömung davonzuschwimmen. Brennen spannte, rollte die Schnur auf, musste wieder etwas nachgeben, da der Zug zu groß war und die Schnur reißen konnte. Er sah den Fisch als Gegner, den es zu bezwingen galt. Der Fisch zog mehr und mehr und zwang den Angler, in den Fluss zu steigen. Brennans Größe von 1 m 87 cm erlaubte ihm, auch in die tieferen Stellen des Flusses zu gehen. Sein ganzer Körper war jetzt angespannt, seine Gesichtszüge wurden noch härter, seine recht große Nase ragte markant hervor – Brennan kämpfte mit dem Fisch.

Sie hatten eine halbe Stunde miteinander gerungen, als eine Art Gleichstand eintrat: Brennan holte den Fisch zwei Meter zu sich heran und musste ihm bald wieder die gleiche Länge zurückgeben. Dann geschah es: Die Angelschnur verfing sich in einer angeschwemmten und zwischen zwei Felsen eingeklemmten Wurzel und riss. Fluchend sah Brennan dem davonschwimmenden Fisch nach. Er lief ärgerlich zu seinem Klappsitz zurück und blickte lange auf den Fluss.

„Gut. Du hast dieses Mal gewonnen. Das nächste Mal kriege ich dich."

Chief Inspector Steve Brennan war bekannt für seine Hartnäckigkeit. Viele seiner Kollegen und auch seine ehemalige Frau Carol unterstellten ihm Dickköpfigkeit und Inflexibilität. Er hatte aber immer recht behalten. Die meisten seiner Fälle hatte er auf seine Art lösen können. Bei so manchem Kollegen waren allerdings nicht nur zufriedene Gesichter zurückgeblieben. Mancher hatte sich übergangen gefühlt, ein anderer gedemütigt.

Er hatte sich aber jedes Mal mit ganzer Kraft in die Fälle gekniet, was von seinem Körper nicht immer gut aufgenommen wurde. Bluthochdruck und Herzprobleme waren das Resultat. Brennans Esskultur förderte diesen Zustand noch: Fertigpizza und Hamburger, schnell hinuntergespült mit mindestens einem Bier. Sein Freund und Arzt Dan Halfpenny hatte ihn schon mehrfach gewarnt, dass er seine Pension nicht viele Jahre würde genießen können, wenn er so weitermachte.

An diesem Morgen war das Wetter noch schön, aber der Wetterbericht behielt leider recht und am frühen Nachmittag begann es zu regnen. Brennan hatte, als er mit dem Fisch kämpfte, gar nicht mitbekommen, dass sich dunkle Wolken vor die Sonne geschoben hatten. Die ersten Tropfen veranlassten ihn, seine Sachen zu packen und mit seinem Fang, drei Fischen, zurück in die kleine Hütte bei Ordiequish zu fahren. Im Auto fiel ihm plötzlich ein, dass am Montag ein neuer Kommissar in seiner Abteilung antreten würde, genauer gesagt eine Kommissarin. Eine Frau, das hatte ihm gerade noch gefehlt. Die wollten alles besser wissen. Und an die Regeln schien diese sich auch nicht halten zu wollen.

In Edinburgh wollte sie ihre eigenen Sachen machen. „Das gibt es bei mir nicht!" Brennan parkte seinen Wagen vor dem Ferienhaus. „Das hätte jetzt nicht auch noch sein müssen." Erst murmelnd, dann immer lauter hatte er mit sich selbst gesprochen.

Brennan nahm die Fische aus und fror zwei im Tiefkühlschrank ein. Den schönsten hatte er sich auf dem Grill zubereitet.

„Ich darf morgen nicht vergessen, die Fische mit nach Birmingham zu nehmen."

Im Kamin brannte das Feuer und verbreitete eine angenehme Wärme. Brennan schob den leeren Teller von sich, nahm seine Bierflasche und setzte sich in einen Sessel in der Nähe des Kamins. Es war der letzte Tag seines Kurzurlaubes. Dieses Mal hatte ihn auch kein Telefonanruf gestört, weder aus dem Kommissariat noch von seiner geschiedenen Frau Carol noch von seinen Töchtern Judy oder Miriam.

„Die drei Frauen lernen endlich, dass es auch ohne mich gehen muss", brummelte er vor sich hin und nahm die Zeitung zur Hand.

Doch manchmal wurde er in seiner Ruhe gestört. Vor sechs Jahren war ein Anruf auf sein Handy gekommen, der ihn beim Angeln erreichte. Jemand hatte vier Wochen vorher in Birmingham eine Bank überfallen und war jetzt, vermutlich in Schottland, in Brennans Gegend unterwegs. In Aberdeen hatte er bei einem erneuten Banküberfall seine Fingerabdrücke hinterlassen. Er sollte sich irgendwo am Spy River versteckt halten. Brennan unterbrach widerwillig seinen Urlaub und begann in den umliegenden

Ortschaften zu recherchieren. Er fand ihn. Die schottische Polizei konnte den Bankräuber festnehmen. Sein damaliger Chef hatte sich bei ihm bedankt, gab ihm aber keinen Tag länger Urlaub. Brennan musste sofort wieder zurück.

Vier Tage hatte er sich jetzt freigenommen und war die lange Strecke von Birmingham hier heraufgefahren. Seit bald dreißig Jahren machte er das. Früher waren Carol oder die Töchter dabei gewesen. Das war nie gut gegangen. Sie hatten ihn nie in Ruhe gelassen. Er wollte angeln, sie suchten Abwechslung beim Wandern und Sightseeing. Bis er eines Tages beschlossen hatte, dass er ab sofort nur noch alleine hierherfahren würde. Sehr zum Ärger von Carol. Aber das war Geschichte.

Morgen musste er wieder zurück – aber nur noch für die nächsten eineinhalb Jahre. Dann würde er sein Haus in Birmingham verkaufen und hierherziehen. Der Chief Inspector legte seine Beine auf die Sesselablage und vertiefte sich in seine Zeitung.

Merkwürdige Zeichen

Es war nicht ihre Gewohnheit, aber an diesem Morgen war Roberta Foster sehr früh aufgestanden. Und sie hatte keinen Kater. Ganz bewusst hatte sie am Abend vorher auf ihren Gin verzichtet und es bei einem Glas Wein belassen. Sie wollte auf keinen Fall bei ihrer neuen Dienststelle als unpünktlich und verschlafen auffallen. Sie hatte ihre Prüfungen gut bestanden und die Zeit als Sergeant erfolgreich hinter sich gebracht. Die neue Stelle würde ihre erste Stelle als Inspector sein.

„Du siehst schick aus heute Morgen", kam es aus dem Badezimmer. „Hoffentlich ist das Arbeitsklima in Birmingham besser." Paul stellte den Föhn zurück in den Badezimmerschrank.

„Ich hoffe auch, dass sich der Umzug nach Birmingham gelohnt hat. In Aberdeen hat jeder den anderen angemault." Roberta Foster sah sich im Spiegel an. Ihr dunkelrotes Kleid saß sehr gut und passte zu ihren dunkelbraunen Haaren. Sie hatte sie vor zwei Tagen auf halblang kürzen lassen und so musste sie sie heute nicht zusammenbinden – zu ihrem ersten Arbeitstag. Sie blickte im Spiegel nach unten und stellte fest, dass die Schuhe mit den halbhohen Absätzen ebenso passten.

„Und was für ein Glück, dass ich hier sofort eine Stelle in der Bank bekommen habe. Aber sei bitte etwas zurückhaltender", meinte Paul noch.

„Wie meinst du das?"

„Du weißt schon. Dein Temperament geht dir manchmal durch. Und das vertragen nicht alle", erklärte Paul und zog sich seinen dunkelblauen Anzug an.

„Du magst es aber wohl, wenn ich Temperament im Bett zeige."

Foster trank langsam den heißen Kaffee. Der letzte Fall, an dem sie in Aberdeen mitgearbeitet hatte, wäre beinahe zu einer Katastrophe für sie geworden. Erst wenige Monate zuvor hatte sie die letzten Prüfungen als angehender Inspector auf der Polizeischule hinter sich gebracht. Sie wollte sich so bald wie möglich auf eine entsprechende Stelle bewerben. Sie wollte alles besonders gut machen. Dabei hatte alles ganz normal angefangen: Ein Überfall auf eine Tankstelle, ein Mitarbeiter war getötet worden, die Hinweise sprachen für einen Überfall durch eine Rockergruppe. Foster war bei den Untersuchungen dabei, es konnte keine ortsbekannte Gruppe gewesen sein. Der Täter, der den Mann erschossen hatte, wurde erst einmal nicht gefunden. Aber eine Freundin erzählte ihr, dass sie eine andere Gruppe gesehen haben wollte, die sonst noch nicht groß in Erscheinung getreten war. Doch sie kamen mit ihren Untersuchungen bei den ortsbekannten Leuten nicht weiter, weil Rocker sich gegenseitig nicht verpfeifen. Foster hatte sich daraufhin entschlossen, ohne mit ihrem Chef gesprochen zu haben, privat Kontakt zu den Hell Waves aufzunehmen. Sie hatte sich dazu Urlaub genommen, hing mit ihnen den einen oder anderen Abend in einer Bar herum und durfte auch mit ihnen auf Tour gehen. Sie hängte sich an Will, er schien ihr die geeignete Person zu sein. Auf einer der Touren wollte die Gruppe wieder eine Tankstelle überfallen. Dick hatte die Pistole gezogen, drohte, wollte mit Gewalt die Kasse erbeuten und war schon dabei, den Tankwart zu erschießen, als Foster sich als Sergeant zu erkennen gab und Dick festnehmen wollte. Sie warf ihn zu Boden, doch seine Kumpel halfen ihm. Es kam zu einem kurzen Handgemenge, in dem sie gefesselt und geschlagen wurde. In der Zwischenzeit hatte der Tankwart den Alarmknopf drücken können. Keine fünf Minuten später war die Polizei vor Ort. Sechs Rocker konnten erst einmal abhauen. Dick war überwältigt worden, bevor er seine Pistole auf Foster richten konnte. Sie hatte nicht nur eine Rüge, sondern auch einen Eintrag in ihre Personalakte erhalten. Ihre Beförderung war um sechs Monate verschoben worden.

Paul nahm seine Frau in die Arme und gab ihr einen dicken Kuss.

„Dann bis heute Abend", verabschiedete sie sich, zog die Tür hinter sich zu, setzte sich in ihren Wagen und fuhr zum Lloyd House, Colmore Circus Queensway, ihrer neuen Arbeitsstelle.

„Guten Morgen zusammen. Mein Name ist Roberta Foster. Ich bin der neue Inspector." Sie stand in einem Großraumbüro und sah sich um. Was sie suchte, waren Einzelbüros, die sie zu ihrem Entsetzen nicht fand.

Ach du liebe Güte. Großraum mochte sie besonders. Wie in Aberdeen, stellte sie mit Erschrecken fest, und sie lief geradewegs auf einen Schreibtisch in der Nähe der Eingangstür zu. Elli Lightfoot lächelte zurück, begutachtete diese gut angezogene junge Frau. Overdressed, fand sie spontan. Bin gespannt, was der Chief Inspector dazu sagt.

Elli stellt sich ebenfalls vor: „Ich bin die Sekretärin. Willkommen bei uns. Ich mache Sie gleich mit den Kollegen bekannt." Elli machte mit ihr die Runde. Alle schauten interessiert, die Männer besonders.

„Der Chief Inspector Steve Brennan kommt manchmal etwas später. Ich stelle Sie ihm sofort vor, sobald er hier ist."

Foster musste über diese Bemerkung lächeln. Noch jemand, der nicht so gerne pünktlich war. Brennan war ihr neuer Chef. Sie machten weiter ihre Runde, Elli führte sie zu den Constables und Kollegen von der Spurensuche und vom IT-Bereich und wies Foster einen Schreibtisch zu. Inspector Roberta Foster begann ihren ersten Arbeitstag.

Mit einem kurzen „Morgen!" betrat der Chief Inspector das Großraumbüro. Wie gewöhnlich trug er einen grauen Anzug.
„Elli, gibt es etwas Neues?", warf er in den Raum und begab sich direkt zu seinem Schreibtisch.
„Ms Foster ist da, der neue Inspector."
„Aha, frisch von der Schule und noch nie eine Leiche gesehen", knurrte Brennan in den Raum, machte aber kehrt und begrüßte sie.
Die hat wohl das falsche Outfit gewählt. Wir sind hier doch nicht in der Oper, kam ihm beim Anblick ihrer Kleidung in den Sinn.
„Ich war schon an einigen Fällen beteiligt", entgegnete sie prompt.
„Ich kenne Ihre Geschichte. Aber nehmen Sie meine Kommentare nicht persönlich – sie werden gegen Ende der Woche wieder netter. Trotzdem willkommen."

Sie hatte schon einige Geschichten über ihren neuen Chef Steve Brennan gehört. Sie solle sich auf einiges vorbereiten. Das Leben bei diesem alten Chief Inspector sei kein Honigschlecken, aber er sei tüchtig und hätte schon viele komplizierte Fälle gelöst. Man könne bei ihm viel lernen. Foster hatte im Übrigen keine Wahl. Ihr Bewerbungsschreiben war nur hier in Birmingham positiv aufgenommen worden.

Die beiden Inspectoren unterhielten sich bei einer Tasse Kaffee über die Polizeischule, deren Lehrer, die Brennan auch kannte, und kamen dann zur alltäglichen Arbeit.

„Momentan ist hier nicht viel los. Ich meine, keine großen Sachen. Hier ein Einbruch, dort ein Überfall. Ein Haufen Papierkram", erklärte er.

„Wann hatten Sie denn den letzten großen Fall? Ich meine, einen Mord?", wollte sie wissen.

„Das ist etwa ein Jahr her. Aber vor zwei Jahren hatten wir diesen Fall mit der Kindesentführung. Die Leiche des Kindes wurde später gefunden und für uns ging es dann richtig los. Ein ganzes Jahr haben wir den Mörder gesucht."

„Der sich nach Italien abgesetzt hatte", wusste Foster zu ergänzen.

Dieser Fall hatte Brennan beinahe das Genick gebrochen. Er hatte ihn lösen können. Aber die Androhung von Folter war vom Gesetz nicht gedeckt. Er wollte nichts unversucht lassen, um das Kind retten. Sie hatten einen der Entführer, Berry Duff, ergreifen können. Der redete aber nicht. Brennan drohte mit Waterboarding, ließ eine Wanne in das Verhörzimmer bringen und sie mit Wasser füllen; er packte den Entführer und schleppte ihn voller Wut zur Wanne. Da begann Duff zu reden. Seine Aussage zum Fundort erwies sich als richtig. Nur war das Kind schon seit zwei Wochen tot. Der Entführer beschuldigte nachher Brennan der Folter. Die Presse stand hauptsächlich hinter dem Chief Inspector. Aber Folter war Folter, das wusste er, und auch die Androhung war verboten. Er war mit einem Verweis davongekommen.

Brennan kramte in seinem Stapel, zog die eine oder andere Akte hervor und meinte: „Nehmen Sie sich diese Fälle vor. Es geht um eine Einbruchsgang, wahrscheinlich vom Kontinent."

„Chief Inspector, ein Anruf von der Metropolitan Police." Elli kam mit einem Zettel aus der anderen Ecke des Büros.

„Wanderer haben oberhalb des Botanischen Gartens ein Skelett gefunden. Kollegen sind vor Ort."

„Na, kaum sind Sie da, gibt es schon eine Tote. Dann packen Sie mal Ihre Sachen, Roberta. Wir machen einen kleinen Ausflug."

Die Fundstelle lag an einem Hang am Waldrand neben einer kleinen Straße. Foster mit war ihrer Kleidung auf diesen Einsatz nicht vorbereitet. Brennan grinste bei ihrem Versuch, mit den hochhackigen Schuhen den Hang hinaufzulaufen. Die Tote war wohl vergraben worden, aber nicht tief genug, sodass Regen den Boden langsam abgetragen hatte und möglicherweise auch Tiere dort herumgewühlt hatten.

„Die liegt aber schon etwas länger hier." Mit seinen Untersuchungen beschäftigt und ohne aufzuschauen meinte der Forensiker Dr Kincaid weiter: „So etwa dreißig Jahre, möchte ich vermuten. Genaues kann ich erst in ein paar Tagen sagen. Tiere haben hier leider auch schon herumgeschnüffelt und geknabbert. Das macht die genaue Analyse schwer. Da werden wir noch ein paar Tage hier am Fundort beschäftigt sein, bis wir sämtliche Reste identifiziert haben."

„Irgendwelche Zeichen von Gewaltanwendung?" Foster meinte schon ihren ersten Fall zu sehen. Sie hoffte, ihn übernehmen zu können.

„Viel zu früh, junge Dame. Wir sehen ja jetzt erst ein paar Knochen und den Schädel."

„Das ist übrigens unsere neue Kollegin Inspector Roberta Foster. Sie hat heute ihren ersten Arbeitstag", stellte Brennan sie vor.

„Na, dann willkommen zu Ihrem ersten Fall!"

„Das sieht ja wie eingeritzt aus", meinte der Chief Inspector.

„Was meinen Sie? Das auf dem Stirnknochen? Na, warten wir mal ab. Wir melden uns, sobald wir mehr wissen. Aber wie gesagt, das kann schon noch eine Zeit lang dauern." Die beiden Inspectoren setzten sich in ihr Auto und fuhren zurück ins Büro.

„Sie können sich da mal nützlich machen, Roberta. Bleiben Sie mit der Spusi und dem Forensiker in Kontakt und berichten mir die Neuigkeiten. Mehr können wir momentan nicht tun. Ach ja, suchen Sie mal die Akten von Leuten heraus, die vor ungefähr 30 Jahren als vermisst gemeldet worden sind."

„Alle? Das sind doch eine Menge."

„Fangen Sie mit denen hier aus der Gegend an."

Im Büro bekam Foster fünfunddreißig Fälle auf den Tisch, die vor plus/minus dreißig Jahren im Umkreis von fünfzig Kilometern als vermisst gemeldet und nie gefunden worden waren. Aber bevor sie mit der Schreibtischarbeit begann, ging sie in die Toilettenräume und brachte ihre Schuhe wieder in Ordnung. Der Schlamm hing überall.

„Ab morgen komme ich in Jeans und Stiefeln", entschied sie sich und frischte ihr Make-up auf.

Sie ging die Fälle oberflächlich durch, denn es schien ihr keinen Sinn zu machen, ohne weitere Anhaltspunkte auf die Suche zu gehen. Sie erinnerte sich aber an dieses Zeichen auf der Stirn. Es war nicht gut zu sehen gewesen, aber es gehörte nicht dahin. Sie suchte nach weiteren Fällen, in denen die Opfer gekennzeichnet worden waren, ohne Erfolg. Während der folgenden Tage rief sie wiederholt in der Forensischen Abteilung an, um Neues zu erfahren. Nach fünf Tagen erhielt sie in Kincaids Büro endlich die erhofften Angaben.

„Es handelt sich um eine junge Frau, circa fünfundzwanzig Jahre alt, mit mittellangen, glatten, wahrscheinlich blonden Haaren, bei der es auf den ersten Blick keine Anzeichen von Gewaltanwendung gibt, wenn man von dem Zeichen auf dem Stirnknochen einmal absehen will. Was wir natürlich nicht ausschließen können, ist, dass sie zum Beispiel erdrosselt oder vergiftet wurde. Doch dafür finden sich keine Anzeichen mehr."

„Kein Arsen."

„Es gibt noch viele andere Gifte, wie Sie wissen", entgegnete Kincaid.

„Das ist leider nicht sehr viel." Brennan trat ungeduldig von einem Fuß auf den anderen. „Aber was ist mit dem Zeichen auf der Stirn?", fragte er.

„Da haben wir vielleicht etwas", begann Kincaid. „Es wurde tatsächlich etwas in die Stirn geritzt, und zwar so, dass es im Knochen zu sehen ist."

„Also ziemlich brutal", meinte Foster.

„So kann man sagen. Ob vor oder nach dem Tod, kann ich nicht beurteilen. Schauen Sie sich dieses Fotos einmal an. Auf der Röntgenaufnahme sind die Zeichen noch besser zu sehen. Die Linien stellen möglicherweise ein Haus und einen Stab dar. Ob das am unteren Ende vom Stab dazugehört, da bin ich mir nicht sicher."

„Das ist doch schon einmal was. Roberta, jetzt können Sie die Zahl der Akten reduzieren."

„Wir sind noch dabei, DNA zu finden und zu analysieren. Vielleicht wissen wir dann mehr. Und hier eine Aufnahme vom Gebiss. Vielleicht finden Sie den Zahnarzt, bei dem sie kurz vorher war."

„Wieso kurz vorher?", wollte Foster wissen.

„Ein Zahn ist nicht lange vor ihrem Tod plombiert worden."

„Ungefähr 25 Jahre, weiblich, mittellange blonde Haare, offenbar ermordet, sonst hätte sie nicht dieses Zeichen in der Stirn", fasste Brennan zusammen, während er von der Forensischen Abteilung in seine zurücklief. „Gibt es schon was Neues von der Spusi?"

„Noch nichts gehört."

„Dann gehen wir jetzt direkt da vorbei", bestimmte Brennan und lenkte seine Schritte in Richtung der Abteilung.

Tess Stevenson, Leiterin der Spurensicherung, kam ihnen mit einem Lächeln entgegen.

„Sie hat bestimmt etwas für uns", meinte Foster.

„Ich bin die neue Kollegin, Inspector Roberta Foster", stellte sie sich vor.

Der Chief Inspector berichtete über die Funde von Kincaid.

„Das passt ganz gut zu dem, was wir gefunden haben. Die wenigen Gewebereste der Kleidung deuten darauf hin, dass es eine dünne Bekleidung war, was für eine warme Jahreszeit spricht. Das Kleid, das die junge Frau trug, war aus mittelblauem Stoff. Sie trug Pumps und offensichtlich keine Strümpfe. Wir haben keine Tasche oder sonstige Hinweise gefunden, wer sie war."

„Das spricht dafür, dass es ein geplanter Mord war. Nur war die Tote nicht tief genug vergraben", ergänzte Foster.

„Warten wir einmal ab", knurrte Chief Inspector Brennan und sie machten sich auf den Rückweg ins Büro.

„Sie meinen, es könnte auch ein Unfall gewesen sein? Und das Zeichen auf der Stirn irgendjemand später eingeritzt haben?"

„Könnte sein", war seine kurze Antwort.

Foster hatte jetzt in der Tat genug zu tun. Obwohl die Informationen über die Tote nun um einiges genauer waren, musste sie den Radius für ihre Suche ausweiten. Keine der Vermissten im Umkreis von fünfzig Kilometern entsprach den Kriterien. Umfragen, die Foster in der näheren und weiteren Umgebung des Fundorts durchführen ließ, brachten keine Neuigkeiten. Sie weitete das Gebiet auf hundert Kilometer aus. Alles sah danach aus, als ob der Fundort nicht der Ort des Verbrechens war.

Erkenntnisse

Zwei Wochen später führte der Weg die beiden Inspectoren erneut in die Forensische Abteilung. Kincaid war immer noch mit der Untersuchung des Skeletts beschäftigt, das um die dreißig Jahre in der Erde gelegen hatte.

„Kommen Sie rein. Schauen Sie mal. Der größte Teil ist ganz gut erhalten." Er schlüpfte in einen weißen Kittel, zog sich Gummihandschuhe über und entfernte ein Tuch, das über das Untersuchungsobjekt gelegt war. Foster warf nur einen kurzen Blick darauf. Ihr Magen begann zu rebellieren.

„Wissen wir schon etwas Genaueres zum Alter der Person?"

„Ich möchte es auf ungefähr 27 Jahre schätzen, plus minus ein, zwei Jahre. Haben Sie schon einmal bei Zahnärzten nachgefragt? Ach richtig, ich wollte Ihnen noch eine bessere Aufnahme vom Gebiss mitgeben. Und, Roberta, hier habe ich noch einen interessanten Fund: Die junge Frau kaufte einiger ihrer Kleidungs- und Wäschestücke bei einem Laden namens „Top Fashion", die Etiketts sind noch gut lesbar. Schauen Sie mal."

Dr Kincaid berichtete noch weitere Einzelheiten, die die beiden Inspectoren zum derzeitigen Zeitpunkt nicht als relevant ansahen.

Foster ging alleine ins Büro zurück, Brennan verließ das Haus. Fein, dann kann ich in Ruhe recherchieren, dachte sie und begann im Internet zu suchen. „Top Fashion"-Läden gab es mehrere im Umkreis von fünfzig Kilometern. Diesen Radius hatte sie sich erst einmal gesetzt. Mit sechs Firmennamen auf ihrem Notizblock ging sie online ins Handelsregister. Es musste eine Firma sein, die schon vor dreißig Jahren existierte, kombinierte sie. Das Resultat ihrer Suche war gleich null. Keine der Firmen oder Läden war schon so alt.

Also gut, Roberta. Dann eben bei denjenigen, die nicht mehr existieren, sagte sie sich. Nach weiteren zehn Minuten wurde sie fündig. „Top Fashion in Coventry", das passte von der Entfernung. Die ehemalige Besitzerin war eine Eve Porter. Hoffentlich lebte die noch. Foster fand die Adresse, legte Brennan eine kurze Notiz auf den Schreibtisch und setzte sich in ihren Wagen.

Sie drückte den Klingelknopf an der Haustür. Erst einmal tat sich nichts. Sie drückte noch einmal. Von innen kamen Geräusche:

„Ja, ja, ich komme." Es hörte sich nach einer älteren Dame an.

„Was wünschen Sie?" Eine kleine ältere Dame mit bläulichschimmernden Dauerwellen öffnete die Tür einen Spalt. „Ich kaufe nichts", sagte sie.

„Ich bin Inspector Roberta Foster von der Kriminalpolizei in Birmingham. Hier ist mein Ausweis."

Die vorsichtige Eve Porter nahm den Ausweis, schloss die Tür hinter sich und verschwand im Haus. Nach zwei Minuten öffnete sie wieder.

„Was wollen Sie wissen? Kommen Sie wegen dieser Nachbarin?"

„Nein, Ms Porter. Wegen etwas ganz anderem. Gehörte Ihnen früher der Laden *Top Fashion*?"

„Ja, aber das ist schon lange her."

„Darf ich reinkommen? Ich denke, wir können uns in Ihrer Wohnung besser unterhalten."

Eve Porter zögerte, doch sie ließ Foster hinein.

„Wir suchen eine frühere Kundin von Ihnen. Sie war vor dreißig Jahren etwa fünfundzwanzig Jahre alt, hatte vermutlich mittellange blonde Haare und hat außer Unterwäsche auch ein blaues Kleid bei Ihnen gekauft, das in etwa so aussah ..." Foster zeigte ihr ein Bild, das Tess ihr zur Verfügung gestellt hatte.

„Oh, wir hatten viele Kundinnen, die solche Kleider kauften."

„Ich denke, es war jemand, der öfters kam. Sie hat ja auch die Unterwäsche bei Ihnen gekauft."

„Woher wissen Sie das?"

„Von den Etiketten in ihren Kleidern. Die mögliche Kundin von Ihnen wurde ermordet. Und zwar schon vor etwa 30 Jahren."

„Oh Gott." Eve Porter setzte sich erst einmal. Sie sah länger zum Fenster. Foster ließ sie überlegen.

„Das könnte Claire Glenn gewesen sein. Ich erinnere mich an sie. Sie kam öfters und dann eines Tages überhaupt nicht mehr. Ich erinnere mich auch deshalb, weil sie eine Bluse bestellt und nicht abgeholt hat. Ich habe mich noch gewundert und später eine Nachbarin von ihr gefragt. Und die hatte sie auch nicht mehr gesehen. Aber weggezogen war sie nicht."

„Wo wohnte diese Claire Glenn?"

„Drüben in der Duke Street, in einem Eckhaus. Die Nummer weiß ich nicht. Das bekommen Sie aber bestimmt heraus."

Foster verabschiedete sich und lief in die Duke Street. Das Eckhaus hatte die Nummer sieben. Sie läutete bei der ersten Wohnung. In der zweiten Wohnung wurde ihr geöffnet.

„Ja, wir erinnern uns. Wir sind damals neu eingezogen, die junge Dame wohnte über uns. Sie war immer schick gekleidet. Sie hat in Birmingham gearbeitet", erzählten sie.

Foster setzte sich gut gelaunt in ihr Auto. Endlich hatte sie Anhaltspunkte, die sie überprüfen konnte. Fast schon überschwänglich betrat sie das Großraumbüro und lief sofort zu ihrem Schreibtisch. Im Einwohnermelderegister von Coventry wurde sie schnell fündig. Als Nächstes besorgte sie sich vom National Heath Service den Namen des Zahnarztes von Claire Glenn. Es gab einen Nachfolger, der sich bereit erklärte, das Archiv nach den Unterlagen von Claire Glenn zu durchsuchen.

Brennan stand unruhig hinter Foster, die noch telefonierte. Sie spürte Brennans Nervosität. Er wollte unterrichtet werden.

„Steve. Sie wollen sicherlich wissen, was ich herausbekommen habe."

„Wird auch Zeit", knurrte er.

„Bei unserer Toten könnte es sich um eine Claire Glenn handeln. Sie stammte aus Coventry. Ich habe den Laden entdeckt, bei dem sie offenbar ihre Kleidung gekauft hat. Auf den Rückruf des Zahnarztes warte ich noch. Falls die Unterlagen noch vorhanden sind, muss ich noch den Abgleich machen, mit dem, was Kincaid sieht."

„Oh, sehr gut. Passt alles." Brennan ergänzte seine Notizen.

„Und ich habe noch etwas in den alten Unterlagen entdeckt", fügte Foster mit einem Lächeln hinzu: „Vor 27 Jahren wurde ihr Wagen, abgestellt in der Nähe einer Bushaltestelle, gefunden."

„Und niemand hat die Frau aufspüren können. Schauen Sie, was Sie weiter über sie herausbekommen." Brennan setzte sich wieder an seinen Schreibtisch und suchte halbherzig nach früheren Fällen mit einer ähnlichen Kennzeichnung der Opfer. Zwei Stunden später gab er auf, nahm Tasche und Mantel und fuhr nach Hause. Um sechs Uhr abends kam er sonst nicht oft in sein Haus zurück.

Der Zug kommt an

Winston Turner saß im Zug nach Canterbury. Sein Plan und seine Liste befanden sich in seiner Aktentasche. Alles hatte er mit seinem Freund Michael Glenn geplant. Jede Eventualität waren sie durchgegangen. Seit Monaten hatten sie zusammengesessen, hatten im Internet recherchiert, Stadtpläne angeschaut, Hotels gesucht, Ferienhäuser und Hütten ausgespäht. Je näher er jetzt der Stadt kam, desto ruhiger und glücklicher wurde er. Endlich konnte er den Auftrag ausführen.

Er kam an jenem verregneten Dienstag pünktlich um vierzehn Uhr zweiunddreißig am Hauptbahnhof von Canterbury an. Er trug einen langen, dunkelgrünen Regenmantel, er hätte auch für einen Fischer aus einem der Fischerorte gehalten werden können. Er war kein Fischer, aber er war an der Küste aufgewachsen. Es war das schlechte Wetter, das ihn dazu veranlasste, diesen Mantel auf der Reise zu tragen. Er zog seinen schwarzen Hut tief ins Gesicht. Seine groben Schuhe verliehen ihm eine größere Statur, als er wirklich hatte. Unter seinem schwarzen Hut schaute ein rundes Gesicht mit einem ernsten Ausdruck hervor, der durch den Blick der graublauen Augen verstärkt wurde. Seine Nase wirkte scharfkantig auf der sehr hellen Gesichtshaut. Er wollte nicht auffallen, doch einige Mitreisende im Zug und auf dem Bahnsteig wunderten sich über seine Kleidung: Niemand hier mitten im Land trug so etwas, auch nicht bei schlechtem Wetter.

Es muss einer von der Küste sein, dachte der eine oder andere. Ansonsten fiel der junge Mann nicht weiter auf. Fremde gab es viele in der Stadt. Er hätte ebenso durch seine Größe auffallen können. Der lange Mantel ließ ihn noch größer erscheinen, als er war. Er kümmerte sich nicht um die Leute, die ihn etwas verwundert anschauten.

Er lief zügig zum Taxistand und nahm sich ein Taxi zur Autovermietung Hertz. Der Fahrer wunderte sich ebenfalls über die Aufmachung des Fahrgastes. Dieser lange gummiartige Mantel erinnerte ihn mehr an die Leute am Meer. Fischer trugen solch einen Mantel, dachte er. Im Fernsehen hatte er das gesehen.

Diese Reise empfand Turner als inneren Auftrag. Immer wieder hatte ihm seine Großmutter Margareth die Familiengeschichte erzählt: Geflohen war seine Familie vor den Gleans, die über Jahrhunderte die jungen Frauen der Dunns ermordet hatten.

„Das sind alte Geschichten", erklärte sie. „Aber wir müssen wachsam sein."

„Hat sich unsere Familie nie dafür gerächt?" Immer wieder hatte der kleine Winston diese Frage gestellt. Seine Großmutter machte nur vorsichtige Andeutungen. Jahre später formte sich in seinem Kopf der Gedanke, dass die Toten gerächt werden müssten. Er war der Sache nachgegangen; zunächst ohne große Kenntnisse, fand er mit der Zeit mehr und mehr Anhaltspunkte, wo er die Nachkommen der Gleans finden konnte. Großmutter Margareth hatte die Namen gesammelt und einen nach dem anderen hatte er nach ihrem Tod in ihren Unterlagen gefunden. Und dann waren da noch die Briefe von Frank Glenn.

Ich werde Rache üben, dieser Gedanke hatte sich zunehmend in ihm verfestigt. Die Großmutter merkte, dass er auf dem richtigen Weg war, ihrem Weg. Er fühlte, dass es jetzt an der Zeit war, den Auftrag weiterzuführen, den Auftrag seiner Familie, der jetzt seine Bestimmung sein sollte: die Rache, die vor 27 Jahren schon einmal sein Onkel begonnen hatte, der aber dann zu früh gestorben war.

Er war jetzt bei Hertz angekommen. Es regnete immer noch und die dichten Wolken hatten den Nachmittag schon in ein dämmriges Licht gehüllt.

„Da haben Sie die richtige Kleidung für dieses Wetter", begrüßte ihn die Angestellte.

„Es könnte besser sein", war seine kurze Antwort. „Ich hatte ein Auto online reserviert. Mein Name ist Mike Adams. Es soll einen großen Kofferraum haben", erklärte er. „Ich brauche es für eine Woche, also sieben Tage", fügte er noch an.

„Ich habe einen Ford. Der hat einen großen Kofferraum. Ist der in Ordnung für Sie?"

Die Formalitäten waren bald erledigt. Er nahm die Autoschlüssel und machte sich mit dem Wagen vertraut.

Die haben die gefälschten Papiere nicht bemerkt, freute er sich. Das war der erste Test. Der Fälscher hat gute Arbeit geleistet. Hat mich auch 10.000 Pfund gekostet. Also, Mike Adam heiße ich jetzt. Das darf ich nicht vergessen. – Er ging seinen Plan noch einmal durch und fuhr zum Hotel.

Der Auftrag

Turner fühlte sich in diesem Moment stark, er fühlte die Präsenz seiner Großmutter neben sich. Auf der Straße war wenig los, die meisten hatten um diese Uhrzeit schon eingekauft. Seine Planungen waren sorgfältig, er hatte an alles gedacht. Er hatte auf dem Parkplatz gewartet, Erin Glenn hatte ihren Wagen geparkt und war im Laden verschwunden. Er hatte seinen Ford ganz nah an ihren herangefahren, er stand jetzt direkt neben ihr. Lange brauchte er nicht zu warten, bis sie ihre Einkäufe gemacht hatte. Während sie ihre Sachen in den Kofferraum packte, stieg er aus, öffnete die Kofferraumklappe, blickte sich noch einmal um, stellte sich hinter sie, hielt ihr ein Tuch mit Chloroform vor Mund und Nase und legte den bewusstlosen Körper in den Kofferraum seines Wagens. Schnell hatte er Erin geknebelt, Hände und Füße zusammengebunden und war losgefahren.

Turner hatte alles gut vorbereitet. Er kannte nicht nur den Namen seines Opfers, sondern wusste auch, wo sie wohnte, was sie tat, war über ihre Vorlieben, ihren Beruf und ihre Arbeitsstätte im Bilde. Aus Großmutters Unterlagen war der Familienname bekannt: Erin Glenn war die Tochter von Benedikt Glenn, dessen Familie von der Großmutter mit Hilfe von Frank Glenn gefunden wurde. Erin war bei Facebook sehr aktiv, hatte bei YouTube etliche Videos ins Netz gestellt. Turner hatte sich unter ihre Freunde gemischt und wusste, dass sie am folgenden Abend eine Party machen wollte und den Einkauf wie immer einen Tag vorher bei Tesco machen würde.

Jetzt war sein Ziel ein verlassener Platz im Wald. Er hatte ihn sorgfältig ausgesucht, denn er wollte sichergehen, dass keine Menschen dort unterwegs sein würden. Nur wenige Minuten war er gefahren, die Zeit hatte aber gereicht, Erin aufwachen zu lassen. Er fand sie strampelnd und mit den gefesselten Händen heftig um sich schlagend, als er die Kofferraumtür öffnete. Er befreite sie von dem Knebel:

„Hier können Sie schreien. Es hört sie keiner."

„Was wollen Sie von mir? Wollen Sie mich vergewaltigen? Ausrauben wäre einfacher gewesen." Erin war außer sich, erkannte aber ihre missliche Lage.

„Ich möchte mich mit Ihnen über Ihre Videos unterhalten."

„Was?! Und dafür entführen Sie mich?"

Turner redete nun über ihre Hobbys und was sie machte. Sie war erstaunt, was er alles über sie wusste. Sie hatte alles im Internet preisgegeben.

„Woher wissen Sie das alles?"
„Aus dem Internet natürlich. Sie sehen aus, als ob Sie etwas trinken möchten. Ich hole etwas."
Erin konnte das alles nicht verstehen. Hatte sie es mit einem Irren zu tun? Wie konnte sie hier wieder rauskommen?
„Hier, probieren Sie. Schmeckt ganz ordentlich."
Sie nahm einen Schluck.
„Das ist ja widerlich. Was ist das? Können Sie mir nicht ein Glas Wasser geben?"
Turner verdünnte mit Wasser, gab ihr das Glas erneut. Erin trank noch einen Schluck. Er wartete ein paar Minuten, bis das Gift begann, seine Wirkung zu zeigen. Er hatte aus der Literatur gelernt, dass das Gift des Bilsenkrautes erst nach mindestens einer Stunde wirkte und die Opfer langsam ins Koma fallen und dann ersticken würden. Sie sollte tief schlafen und nichts merken, hatte er sich bei seinen Planungen gesagt.
„Was ist das, was Sie mir gegeben haben? Wollen Sie mich umbringen?"
„Sie werden jetzt auf dieselbe Art sterben, wie Ihre Familie über die Jahrhunderte junge Frauen aus meiner Familie umgebracht hat: mit dem Gift des Bilsenkrautes. Keine Angst – dass Sie am Ende keine Luft mehr bekommen, werden Sie nicht mehr merken."
„Sie sind doch verrückt! Sie sind ein Psycho! Sie gehören ins Irrenhaus!"
Langsam merkte Erin, wie sich alles um sie herum veränderte: Sie sah Farben, hörte Stimmen, ihre Haut juckte. Sie hatte sich nicht mehr unter Kontrolle. Während sie noch halbwegs

wach war, erzählte Turner ihr die Familiengeschichte. Kommentarlos hörte sie zu, merkte, dass sie erst immer interessierter wurde, die Geschichte lustig fand, die Figuren hier im Raum schwebten und sie nach einer halben Stunde einschlief. Er wartete, bis sie auch das Atmen einstellte und sie sich nicht mehr rührte.

Turner klappte den Kofferraumdeckel zu und fuhr etwa dreißig Kilometer zu einem Supermarkt. Der hatte inzwischen geschlossen, der Parkplatz war, bis auf wenige Wagen, leer. Er vergewisserte sich, dass nichts von seinen Sachen im Ford liegen geblieben war, verschloss ihn, lief zehn Minuten bis zum nächsten Kino und kaufte sich eine Karte. Der Film ist spannend, dachte er, war aber die meiste Zeit bei seinem Plan, die weiteren Opfer ausfindig zu machen.

Danach kehrte er zum verlassenen Parkplatz zurück, öffnete den Kofferraum, vergewisserte sich, dass sein Opfer tot war, und kratzte mit seinem Messer das Zeichen in die Stirn der toten Erin Glen. Die Flasche Wasser in seinem Rucksack diente nur einem Zweck: Hände und Messer vom Blut zu säubern. Er schlug den Kofferraumdeckel zu, lief zur nächsten Bushaltestelle und fuhr zurück in die Stadt und in sein Hotel.

„Großmutter, ich habe die erste Ermordete gerächt." Mit diesen Worten schlief Turner ein.

Die Leiche im Kofferraum

Sein Handy klingelte. Brennan schaute kurz auf die für ihn unbekannte Nummer des Anrufers und meldete sich:

„Steve Brennan. "

„Chief Inspector Brennan?"

"Ja."

„Guten Tag, Chief Inspector. Mein Name ist Nick Fowler. Ich bin Inspector hier in Canterbury. Wir haben vor einiger Zeit ihre Anfrage samt Foto mit Einkerbungen auf der Stirn des Opfers bekommen und fanden vor allem den Hinweis auf das Stirnzeichen interessant. Nun haben wir vor zwei Tagen eine Tote in einem Kofferraum gefunden, die möglicherweise das gleiche Zeichen auf der Stirn aufweist. Hatten Sie irgendeine Information dazu an die Presse weitergegeben?"

„Nein, haben wir noch nicht. Denken Sie an einen Trittbrettfahrer?"

„Also hier handelt es sich um eine junge Frau von 22 Jahren. Ihr Name ist Erin Glenn. Sie hatte noch ihre persönlichen Sachen bei sich. Sie ist vergiftet worden. Mit Bilsenkraut. Das haben wir schon herausgefunden. Sonst keine Gewaltanwendung." Inspector Fowler berichtete weitere Fakten: Der Wagen war abgestellt worden, warum auf diesem Parkplatz, war bislang nicht klar. Der Ford war eine Woche zuvor bei Hertz von einem Mike Adams aus Gloucester gemietet worden. Die Identität war aber gefälscht. Die beiden Inspectoren machten aus, dass sie sich nach einer vollständigen Analyse in Canterbury treffen wollten.

„Roberta, ich habe soeben von einem interessanten Fall aus Canterbury gehört." Brennan berichtete von seinem Telefonat mit Inspector Fowler. „Auf den ersten Blick gibt es für die beiden Funde wohl keine Gemeinsamkeiten. Falls allerdings die Geschichte mit dem Zeichen auf der Stirn stimmt, haben wir es mit einem Mörder zu tun, der schon vor etwa 30 Jahren jemanden umgebracht hat. Wir fahren in den nächsten Tagen nach Canterbury." Foster hatte bis dahin geglaubt, dass es sich um einen einfachen Fall handeln könnte, den Brennan ihr vielleicht abgeben würde. Doch jetzt sah sie ihre Felle davonschwimmen. Der Chief Inspector würde diesen Fall selber lösen wollen.

Die Fahrt nach Canterbury über die Autobahnen verlief weniger schön. Immer wieder standen sie im Stau oder mussten an Baustellen besonders langsam fahren. Brennan war ein in sich gekehrter Mann, er fuhr bedächtig. Ungeduldig fragte Foster mehrmals, ob sie fahren solle. Ein-, zwei Mal versuchte sie, ihn aus der Reserve zu locken, erzählte von sich und versuchte, ihren Chef zum Erzählen zu bewegen. Doch sie bekam kaum etwas aus ihm heraus.

„Sind Sie verheiratet?", fragte sie beispielsweise.

„Zum Glück schon lange vorbei", war seine Antwort. Und dabei blieb es. Sie zog es vor, keine weiteren Fragen zu stellen.

„Wir sind die Inspectoren aus Birmingham", stellte Brennan sich und seine Mitarbeiterin am Eingang vor. „Wir haben eine Verabredung mit dem Kollegen Fowler."

„Ah, da sind Sie ja schon." Ein drahtiger großer Mann von 45 Jahren mit Jeans und gelbem Pullover kam ihnen ein paar Minuten später entgegen und stellte sich als Nick Fowler vor.

„Schon ist gut. Diese Autobahnen machen einen wirklich krank."

„Da haben Sie recht. Aber vielleicht habe ich ein paar interessante Sachen für Sie."

Die drei Inspectoren stiegen die Treppe zu Fowlers Büro hinauf und durften sich erst einmal setzen.

„Eine Tasse Kaffee? Dann können wir bald anfangen."

Brennans Hinweise waren schon per Telefon besprochen worden, und nun konzentrierte sich die Gruppe auf das geritzte Zeichen in der Stirn.

„Offenbar handelte es sich tatsächlich um dasselbe Zeichen: ein Haus und ein Stab an der Seite", sagte Foster.

„Eine Kirche ist es nicht", meinte Fowler. „Ein Bischofsstab scheidet deshalb aus."

„Wenn ein Mörder sich so viel Arbeit mit dem Einritzen macht, dann muss es einen tieferen Sinn dafür geben." Brennan sah sich das Zeichen auf den Fotografien genauer an.

„Es könnte fast ein stilisiertes Wappen sein", meinte Foster.

„Ein bisschen viel Fantasie", knurrte Brennan. Sie ließ sich davon nicht abschrecken. Fowler resümierte:

„Lassen Sie uns zusammenfassen: Wir haben zwei weibliche Tote. Beide waren Anfang bis Mitte zwanzig. Erin Glenn war Sachbearbeiterin bei der Stadt Canterbury. Erste Recherchen ergaben nichts Auffälliges, außer dass sie im Internet sehr aktiv war. Sie führte ein ganz normales Leben. Sie wurde mit dem Gift des Bilsenkrautes getötet. Sonst keine weiteren Anzeichen."

„Was meinen Sie mit im Internet sehr aktiv?", hakte Brennan nach.

„Sie hatte viele Facebook-Freunde und veröffentlichte auch mal ein Video bei YouTube über das, was sie machte oder plante."

„So etwas Bescheuertes würde mir nie in den Sinn kommen", entrüstete sich Brennan.

„Wir haben heute andere Zeiten", rutschte es Foster heraus. Brennan schaute sie böse an.

„Ob die besser sind, bezweifle ich. Aber irgendwie passt das schon zusammen", murmelte er.

„Was meinen Sie?", warf Fowler ein. „Wer würde denn heutzutage mit so einem Gift töten? Und außerdem den Frauen ein Zeichen in die Stirn ritzen?"

„Wir wissen nicht, ob die Tote aus dem Wald auch vergiftet wurde", entgegnete Brennan.

„Das hört sich für mich nach Ritual-Mord an oder nach einer alten Rache-Geschichte." Fowler legte seine Stirn in Falten.

„Das Zweite gefällt mir", meinte Foster.

„Egal, was es ist, es könnte ein Serienmörder dahinterstecken", schloss Brennan. „Jetzt müssen wir herausfinden, was die beiden Frauen an Gemeinsamkeiten haben."

„Hatten Sie hier in Canterbury schon einmal so einen Fall?" Foster war aufgestanden und schaute die beiden Männer fragend an.

„Eigentlich nicht. Nein, noch nie", verbesserte sich Fowler. „Zumindest kann ich mich nicht erinnern. Auch an keinen Fall aus der Historie."

„Nehmen Sie sich doch einmal historische Fälle vor, Roberta. Im Internet lässt sich vielleicht etwas finden." Zufrieden über seinen Gedanken begann Brennan seine Sachen in die Aktentasche zu packen, während Foster immer noch perplex dastand und nicht wusste, ob sie sich mehr über die Idee oder die zusätzliche Arbeit wundern sollte.

Auf der Rückfahrt nach Birmingham suchte Brennan noch einmal in seinen Erinnerungen nach Ähnlichkeiten aus der Kriminalgeschichte. Momentan fiel ihm nichts Weiteres dazu ein.

„Roberta, forschen Sie im Umkreis von Canterbury nach Anhaltspunkten für unsere Tote. Wo kam sie her. Was machte die junge Frau. Gibt es sonst noch irgendwelche Auffälligkeiten. Sprechen Sie mit Kincaid."

Sie sah aus dem fahrenden Auto und dachte an den Abend. Sie und ihr Mann wollten sich endlich wieder einmal einen gemütlichen Abend machen. Denn in der Regel war entweder sie unterwegs oder er kam spät von Meetings nach Hause. Vor Mitternacht würde sie auch heute wieder nicht im Bett sein.

„Morgen würde ich dann gerne um siebzehn Uhr nach Hause gehen", sagte sie zu Brennan.

„Meinetwegen. Ich bleibe im Büro. Bei mir zu Hause läuft eh nichts."

Das Skelett vor der Mauer

Bei ihren Recherchen fand Foster keine weiteren Anhaltspunkte für einen Zusammenhang zwischen den beiden Morden. Der DNA-Vergleich ergab nur eine mögliche, sehr schwache verwandtschaftliche Beziehung. Die Daten könnten auch in eine andere Richtung interpretiert werden, meinte Kincaid dazu. Die ermordeten Frauen, so schien es, hatten überhaupt nichts miteinander zu tun. Sie kamen zu keinem Ergebnis. In der Literatur waren keine ähnlichen Fälle zu finden. Brennan und Foster mussten einräumen, dass sie in einer Sackgasse steckten.

Fosters Vater feierte seinen sechzigsten Geburtstag und so fuhr sie für ein paar Tage zu ihren Eltern nach Edinburgh. Es sollte eine große Party mit neunzig Leuten werden. Sie half ihren Eltern beim Schmücken des Hauses und sonstigen Vorbereitungen. Immer wieder versuchte sie, ihrer Mutter bei deren Fragen nach ihrem Beruf auszuweichen. Sie las sehr gerne Kriminalromane und wollte immer wieder etwas von den Fällen ihrer Tochter wissen.

„Mutter, wir arbeiten nicht wie in deinen Büchern", war dann eine von Fosters Antworten.

Auf der Party konnte sie sich allerdings nicht verstecken und vor Fragen retten, genoss aber auch das Ansehen, das ihr Beruf, Inspector, mit sich brachte. Immer wieder wurde sie nach spannenden Fällen gefragt. Schließlich erfand sie Geschichten, um der Neugierde der Gäste Genüge zu tun. Die Anwesenden, viele schon leicht betrunken, folgten ihr mit größtem Interesse. Roberta Foster schwelgte im „Kommissarslatein".

Am nächsten Tag reichte ihre Mutter ihr beim Frühstück die Zeitung.

„Lies mal, hier. Bei Bauarbeiten nahe der alten Stadtmauer haben sie ein Skelett gefunden. Die Tote war wohl dort verscharrt worden. Bestimmt ein Mord!", meinte ihre Mutter.

„Jetzt, wo ich bei der Kripo bin, siehst du wohl nur noch Morde." Roberta Foster schaute müde in ihre Kaffeetasse.

„Ich habe schon immer gern Krimis gelesen", verteidigte sich ihre Mutter und schob die Zeitung über den Tisch. Widerwillig nahm Foster das Blatt und las den Artikel:

Bei Ausgrabungen entlang der alten Stadtmauer wurde vor drei Wochen ein Skelett gefunden, das auf das 17. Jahrhundert datiert wird. Den Untersuchungen zufolge soll es sich um eine junge Frau handeln. Sie war an dieser Stelle verscharrt worden. Auffallend ist, dass ihr ein Zeichen in die Stirn geritzt wurde.

Foster war sofort wach. *Ein Zeichen?* War das einmal allgemein üblich oder gibt es hier Verbindungen zu unseren Fällen? Ihr ging einiges durch den Kopf. Unauffällig telefonierte sie sich zur Archäologischen Abteilung der Universität durch. Ihre Mutter durfte nichts davon mitbekommen.

Sie suchte die Archäologen am nächsten Tag auf, bekundete ausschließlich ein privates Interesse an diesem Fund.

„Haben Sie schon etwas über diese Frau herausgefunden? Wer sie war, was sie machte?"

„Wir kennen die Geschichte dieser Frau noch nicht. Vieles können wir heute aus den Untersuchungsergebnissen herauslesen. Aber hier benötigen wir noch Zeit."

Foster zeigte sich besonders an dem eingeritzten Zeichen interessiert.

„Darf ich mir das einmal genau ansehen?"

Als sie die Linien auf der Stirn betrachtete, war ihr sofort klar, dass es sich um das gleiche Zeichen handelte: ein Haus mit einem Stab.

„Könnte das ein Wappen sein? Aber wer macht so etwas? Haben Sie schon einmal so etwas gesehen?"

„Nein, noch nie", antwortete die Archäologin.

„Darf ich eine Aufnahme machen?"

Jetzt wurde die Archäologin hellhörig. „Sind Sie von einer anderen Uni oder von der Polizei?"

„Ähm ja", begann Foster zu stottern. „Ich bin aber nicht offiziell hier."

„Sie sind von der Polizei."

„Ja. Ich arbeite gerade an einem ähnlichen Fall."

„Und wieso interessiert Sie dieses Zeichen?"

„Ich bitte Sie um Stillschweigen. Wir haben Tote mit vielleicht demselben Zeichen gefunden."

„Alte Fälle?"

„Nein, ganz neue."

Die Archäologin war verdutzt.

„Ist das wirklich wahr? Ermordete mit diesem Zeichen?"

„Wir wissen es noch nicht. Ich bitte Sie noch einmal um Stillschweigen!"

„Und Sie sind wirklich von der Polizei?"

„Ja, schauen Sie", sie kramte ihre Polizeimarke aus der Tasche. „Ich bin Inspector in Birmingham und dieser Tage privat in Edinburgh. Ich habe von Ihrem Fund in der Zeitung gelesen. Aber falls sich der Verdacht bestätigt, dass die Toten etwas miteinander zu tun haben, werden wir sicherlich offiziell auf Sie zukommen." Sie machte noch eine Aufnahme und verabschiedete sich.

Zurück bei ihrer Mutter nahm Foster ihren Laptop und begann nach Wappen zu recherchieren: ein Haus mit einem Stab. Aber es gab zu viele. Bald jede Familie, die entweder einen größeren Hof oder ein Anwesen hatte oder in der Stadt wohnte, hatte ihr eigenes Wappen. Sie brauchte einen Experten.

„Wenn ich das jetzt für mich behalte und weiter recherchiere, kann ich den Fall lösen. Der alte Brennan glaubt eh nicht an meine Theorie. Der hält sie für abwegig." Mit diesen Gedanken fuhr sie zwei Tage später wieder zurück.

„Und? Haben Sie neue Erkenntnisse?" Brennan saß leicht grinsend an seinem Schreibtisch. Sein Gesichtsausdruck sagte: Sie wissen etwas, Ms Foster.

„Nein", war ihre knappe Antwort. Nachdem niemand in der Nähe ihres Schreibtisches war, sah sie sich noch einmal die Aufnahmen von den Toten an und verglich das Muster auf der Stirn mit dem auf dem mittelalterlichen Skelett. Es konnte sich nur um das gleiche Zeichen handeln. Sie ließ das Foto des Skeletts, das sie in Edinburgh aufgenommen hatte, in der Schreibtischschublade verschwinden. Im Internet suchte sie sich ein paar Namen von Heraldikern. Einer saß nur wenige Kilometer entfernt von ihr.

„Ich würde sagen, dass es sich in der Tat um ein skizziertes Haus handelt. Der Stab ist allerdings etwas komplizierter. Es könnte ein Spaten oder auch ein kriegerisches Werkzeug sein. Das müsste ich recherchieren", erklärte Peter Darren. „Geben Sie mir bitte ein paar Tage Zeit."

„Haben Sie schon einmal davon gehört, dass man Ermordeten so ein Wappen in die Stirn geritzt hat?"

„Nein, so etwas noch nicht. Aber Brandzeichen, davon habe ich schon gehört."

„So wie bei Tieren?", entgegnete sie.

„Genau. Vereinfachte Bilder von Wappen als Brandzeichen für Tiere, um die Eigentumsrechte zu zeigen."

„Wo machte man so etwas?"

„Zum Beispiel bei Sklaven."

„Entsetzlich", konnte Foster nur sagen. „Rufen Sie mich bitte an, sobald Sie Erkenntnisse haben."

Zwei Tage später kam die Antwort vom Peter Darren: „Es ist ein skizziertes Haus mit einer Hellebarde. Ein sehr kriegerisches Wappen. Es gehörte zum Geschlecht der Dunn. Sie lebten bis 1753 am Loch Laxford und hatten dort ein größeres Landgut. 1753 verkauften sie es an ein Kloster. Wo die Nachkommen sind, weiß ich allerdings nicht."

Inspector Roberta Foster stellte sämtliche Funde zu Hause zusammen. Vor allem beschäftigte sie sich mit der Frage, wie sie diesen Fall alleine lösen könnte, ohne diesen alten, von sich so überzeugten Chief Inspector.

Brennan-Tochter-Wochenende

Der kramte an diesem Freitagmittag missmutig die Akten in seine Tasche, instruierte die Sekretärin Elly, dass er ab jetzt nicht mehr erreichbar sei, zog seinen Trenchcoat an und grummelte ein „Schönes Wochenende" beim Verlassen des Großraumbüros. Dann warf er seine Aktentasche auf den Rücksitz seines Wagens und fuhr nach Liverpool. Seine geschiedene Frau Clara hatte ihm mit dem Rechtsanwalt gedroht, wenn er nicht seinen Wochenendverpflichtungen nachkommen und sich um seine Tochter Judy kümmern würde. Er hatte keine Wahl. Als er nach beinahe drei Stunden in Liverpool ankam, empfing ihn die 16-jährige Judy mit großer Freude. Sie umarmte ihren Papa und gab ihm einen dicken Kuss auf die Backe.

„Toll, dass es dieses Wochenende geklappt hat. Hast du schon Pläne?"

Bevor Brennan ihr erzählen konnte, dass er keine Zeit für irgendwelche Pläne gehabt hatte, machte sie ihm schon ihre Pläne klar.

„Wir gehen morgen Abend auf ein Rockkonzert. Mama hat auch schon zwei Karten besorgt. Du sollst mir dann das Geld dafür geben."

Brennan registrierte ein Zucken, das durch seinen gesamten Körper ging. Erstens hatte er keine Lust, auf ein Rockkonzert zu gehen, und das auch noch bei Regen. Und zweitens hätte er gerne Zeit für seine Akten gehabt.

„Daddy, ich freue mich richtig", trällerte Judy, warf zwei Taschen in den Kofferraum und setzte sich ins Auto.

Brennan öffnete die Fahrertür und schielte mit einem Auge in das Obergeschoss des Hauses. Hatte er nicht das grinsende Gesicht seiner Exfrau gesehen?

Judy setzte ihre Ohrhörer ein, schaltete ihr Smartphone auf Musikwiedergabe und schloss die Augen. Brennan warf den Motor an und steuerte sein Auto zur Autobahn. Weit kam er erst einmal nicht. Es war Freitagnachmittag und die Straßen überfüllt. Sein Navi schlug eine Alternativroute vor, für die sie aber immer noch mehr als vier Stunden Fahrt beanspruchen würden. Trotzdem entschloss er sich, diesem Routenvorschlag zu folgen. Doch nach etwa zehn Meilen über schmale Landstraßen und durch enge Ortschaften machte er seine Entscheidung rückgängig und fuhr wieder zurück auf die Autobahn. Mal leiser, mal lauter vor sich hinknurrend kommentierte er die Verkehrssituation. Mit seiner Ruhe war es schon lange vorbei.

„Daddy, wenn du mir etwas sagen willst, so sprich bitte lauter. Sonst verstehe ich es nicht." Judy saß geduldig neben ihm und widmete sich voll und ganz der Musik. Nach fünf Stunden Fahrt kamen sie endlich wieder in Birmingham an.

„Nächstes Jahr fährst du mit dem Zug", kommentierte Brennan.

„Wieso? Dann bist du doch in Rente und hast ganz viel Zeit", war Judys Antwort.

Brennan gab keine Antwort, packte eine der Taschen aus dem Kofferraum und lief mit seiner Tochter zum Hauseingang.

„Daddy, dein Vorgarten sieht ganz schön verwahrlost aus. Aber nächstes Jahr hast du mehr Zeit." Judy schleifte ihre Tasche ins Haus. „Ich gehe mal in mein Zimmer", verkündete sie und lief die Treppe hinauf.

„Was gibt es denn zum Dinner?", kam noch von oben.

Brennan erinnerte sich jetzt, dass er seit heute Vormittag nichts mehr gegessen hatte. Der Kühlschrank wies leider nicht viel Essbares auf, das Tiefkühlfach zeigte gähnende Leere.

„Ich bestelle uns Pizza. Ist das okay?"

„Klar doch. Für mich eine mit Thunfisch."

Später am Tisch stellte Judy fest: „Mama wird mich dann wieder entgiften, wenn ich zurückkomme."

„Was? Entgiften? Was meint sie damit?"

„Sie meint, dass ich nach zwei Tagen bei dir von dem Fertigzeug durch und durch vergiftet bin."

Dumme Pute, dachte Brennan.

Brennan saß jetzt schon drei Stunden am Wohnzimmertisch und las Berichte aus dem Büro. Eigentlich freute er sich darüber. Auf der anderen Seite könnte Judy so langsam zum Frühstücken nach unten kommen. Er war schon um acht Uhr einkaufen gegangen. Sein Magen knurrte. Vorsichtig klopfte er an die Tür seiner Tochter.

„Willst du nicht langsam aufstehen? Das Frühstück ist fertig."

„Lass mich doch schlafen. Wir haben eine lange Nacht vor uns."

Brennan verspürte jetzt wieder dieses Zucken. Er hatte nicht vor, die ganze Nacht auf dem Konzert zu verbringen. Er glaubte nicht daran, dass die Bands zwei Stunden lang spielen und dann alle nach Hause gehen würden.

„Dann steht man noch herum und plaudert", stellte Judy eine Stunde später beim Frühstück fest.

„Es regnet und der Platz wird sowieso im Matsch versinken. Dann werden wir nicht noch weitere Stunden dort herumhängen", stellte Brennan klar.

„Was machen wir nach dem Frühstück?"

„Musst du nicht schon einmal was für das nächste Schuljahr vorbereiten? Zum Beispiel Mathematik wiederholen?"

„Nein. Das macht niemand. Ich habe doch Ferien. Und Mama hat gesagt, du sollst was mit mir machen."

„Wir können in den Zoo gehen."

„So was Langweiliges."

„Wir können in ein Museum gehen."

„Hast du nicht noch langweiligere Sachen auf Lager?"

„Wir können hier Bridge spielen."

„Wir sind doch nicht Oma und Opa."

„Auf was hättest du denn Lust?"

„Äh, wie wäre es mit Shoppen? Ich brauche was für heute Abend, zum Beispiel."

„Heute Abend brauchst du Gummistiefel und einen Regenmantel."

„Kommt überhaupt nicht infrage, dass ich das anziehe."

„Und dann patschnass durch die Gegend laufen? Und was wird mir deine Mutter erzählen, wenn ich dich krank nach Hause bringe?"

Sie verbrachten den größten Teil des Nachmittags in der Stadt. Judy probierte das eine und andere Kleidungsstück. Brennan hielt sich tapfer und war glücklich, als seine Tochter eine bunte Hose und zwei Pullis erstanden hatte, die ihm nicht besonders teuer erschienen. Dann verschwand sie mit ihrer Musik wieder in ihrem Zimmer. Ihr Vater machte keinerlei Anstalten, sie von dieser Aktivität abzubringen. Er widmete sich seinem aktuellen Fall und suchte auch im Internet nach etwas Vergleichbaren.
Skelett aus dem 17. Jahrhundert mit merkwürdigem Zeichen auf der Stirn gefunden. Diese Zeitungsnotiz würde er am Montag mit ins Büro nehmen.

Um acht Uhr abends kam Judy die Treppe hinunter. Brennan drehte sich zu ihr um, erstarrte erst einmal wegen ihres Auftritts und holte tief Luft. War das seine Tochter? Geschminkt wie eine … Hautenge Klamotten, die ihre dünnen Beine noch dünner aussehen ließen.
„Wie siehst du denn aus?", platzte er heraus. Die kann nicht so durch die Gegend laufen, dachte er. „Das ist doch nicht warm genug! Und du bist sofort pitschnass."
„Das ist Gummi. Der ist wasserdicht."
Brennan hielt nicht nur den Atem an, sondern vermied auch weitere Kommentare. Sie fuhren mit dem Bus bis zu dem Stadion, wo das Rockkonzert stattfand. Inzwischen hatte er sich fest

vorgenommen, seine Tochter direkt nach dem Konzert nach Hause zu bringen. Egal, was passierte.

Der Regen war nicht so stark wie befürchtet. Beide trugen ihre Hüte, Brennan auch seinen Regenmantel. Das Konzert war für ihn in Ordnung, aber sehr laut. Die Stimmung war gut. Zu seiner großen Überraschung wollte Judy nach dem Konzert sofort nach Hause. Auf der Heimfahrt redete sie kaum etwas, fragte noch nach einem Aspirin und verschwand in ihrem Zimmer.

Roberta und Paul Foster standen zur selben Zeit eng beisammen. Paul hielt den Regenschirm. Sie hatten sich mit Regenkleidung ausgestattet und verfolgten das Rockkonzert mit Begeisterung. Sie liebten diese Musik und waren guter Stimmung, sangen mit und applaudierten noch lange, als sich die Bandmitglieder von der Bühne zurückgezogen hatten. Dann verließen sie mit den anderen Zuschauern das Stadion. Sie waren gerade zu Hause angelangt, aus ihrem Auto gestiegen, als eine Gruppe Motorradfahrer die Straße entlanggefahren kam, kurz vor dem Paar abbremste und dann um sie herumfuhr, immer wieder. Foster hatte Angst, Paul begann zu schimpfen, dann zu drohen. Sie erkannte die Gruppe nun: Es waren die Hell Waves, deren Mitglied Dick sie vor wenigen Monaten in Aberdeen gefasst hatte und der jetzt hinter Gittern saß. Die anderen waren mit Bewährung davongekommen.

„Die haben es auf mich abgesehen!", rief sie, als sie die Lage erkannte. Paul versuchte, sie ins Haus zu ziehen.

„Na, Polizisten-Schickse? Haste Angst? Wir kriegen dich!"

„Macht, dass ihr fortkommt!", brüllte Foster. Die Gruppe hatte das Paar inzwischen ungefähr zehn Mal umrundet. Angezogen von dem Krawall, erschienen die ersten Nachbarn an den Fenstern und an den Haustüren.

„Haut ab, sonst holen wir die Polizei!", riefen einige.

„Da steht doch schon eine", kam es von einem Rocker, und alle lachten.

„Los, hauen wir ab", befahl der Anführer und sie drehten ab.

„Was war denn das?" Paul sah seine Frau entsetzt an. Roberta Foster war die Angst noch ins Gesicht geschrieben.

„Das waren die Typen aus Aberdeen. Einen von denen haben wir wegen Mordes verhaftet, die anderen kamen nicht ins Gefängnis. Ich verstehe nicht, was die hier machen."

„Das kann ich dir sagen: Die suchen dich. Komm, lass uns nach oben gehen."

Foster konnte in dieser Nacht nicht schlafen. Zu tief saß der Schrecken. Was sollte sie machen? Sollte sie den Kollegen in Aberdeen Bescheid geben oder nichts machen? Aus ihrer kurzen Zeit bei den Hell Waves wusste sie, dass Rocker gerne erst einmal drohen. Und wenn man nichts gegen sie unternimmt, kehrt oft Ruhe ein. Foster entschloss sich, erst einmal nicht die Kollegen zu informieren. Dennoch wurde der Sonntag zu keiner Erholung für sie, ihre Gedanken wechselten zwischen dem Ereignis vom Samstagabend und den Giftmorden. In ihrem Kopf kreiste auch weiterhin der Gedanke, dass sie einen Grund finden musste, um alleine nach Edinburgh zu reisen. Sie war an einer heißen Sache dran!

Am nächsten Tag kam eine verschnupfte und über Halsschmerzen klagende Tochter aus ihrem Zimmer.

„Mir ist kalt. Kannst du nicht die Heizung anmachen?"

Damit musst Brennan sich nicht mehr um Ideen kümmern, wie der restliche Tag zu gestalten sei, aber er hörte schon das Donnerwetter seiner Ex. Judy blieb in ihrem Zimmer, setzte sich vor den Heizlüfter, den Papa ihr gebracht hatte, und vertiefte sich in ein Buch. Als Brennan sich zwei Stunden später nach ihrem Befinden erkundigte, meinte sie nur:

„Ich nehme heute einen Kebab."

Brennan fuhr missmutig eine Stunde in die Innenstadt und zurück, um Kebab zu besorgen. Mit dem Pizzaboten wäre es einfacher gewesen. Am Nachmittag fuhr er seine Tochter zurück nach Liverpool.

„Das war doch klar, dass Judy krank zurückkommt", war Carols vorprogrammierter Kommentar, bevor sie die Tür hinter sich schloss.

Diesen Typen habe ich in den letzten Tagen öfters gesehen, überlegte er, als ihm beim Blick auf die Straße eine bestimmte Person auffiel. Dann setzte er sich in seinen Wagen und fuhr zurück. Es wurde dunkel, als Brennan in seine Wohnstraße einbog. Er parkte sein Auto, zog den Zündschlüssel und überlegte:

Vorgestern Abend, als sie das Haus in Liverpool verließen, hatte der Typ an der Telefonzelle gestanden, zwanzig Meter von Carols Wohnung entfernt, und sich umgeschaut. Und heute Vormittag schlich er da wieder herum, mit einem Handy in der Hand.

Brennan stieg aus, ging ins Haus und durch den Hintereingang sofort wieder hinaus. Er schaute vorsichtig durch die Hecke auf die Straße. Offenbar war er nicht verfolgt worden.

Alte Unterlagen

„Wieso benötigen Sie eine Reiseerlaubnis nach Edinburgh, Roberta?" Chief Inspector Brennan war aufmerksam geworden, als er den Reiseantrag sah. Auf der Fahrt ins Büro waren ihm zwei Dinge durch den Kopf gegangen: Erstens die Notiz in der Zeitung, die er gefunden hatte, und zweitens die Person, die sich auffällig vor Carols Haus in Liverpool herumgedrückt hatte.

Was will die Foster in Edinburgh?, dachte er. Sie kommt aus der Ecke. Will sie eine Heimfahrt bezahlt bekommen? Oder steckt etwas anderes dahinter?

Dem alten Chief Inspector konnte keiner etwas vormachen. Beim Durchsuchen des Internets nach Toten mit Zeichen auf der Stirn war ihm die Zeitungsnotiz aus Edinburgh aufgefallen. Und es gab eine zweite, wenige Tage später: *Besteht ein Zusammenhang mit zwei Leichenfunden in Canterbury und der Nähe von Birmingham?* Woher wussten die Zeitungsleute in Edinburgh von den Besonderheiten unserer Funde? Brennan kombinierte: Foster war, als die Notiz erschien, zu Besuch in Edinburgh gewesen. Sie hatte auf eigene Faust recherchiert und nichts davon erzählt. Sie wollte den Fall alleine lösen, dieses Greenhorn.

„Sie haben vielleicht auch den Artikel in der Zeitung gelesen?"

„Was für einen Artikel?", stellte Foster sich dumm.

„Na, über das Skelett an der Mauer mit einem Zeichen auf der Stirn. Und wie können die Zeitungsleute wissen, dass es bei uns zwei Tote mit demselben Zeichen auf der Stirn gibt?"

„Ich habe den Zeitungsleuten nichts davon erzählt."

„Aber den Archäologen. Und die haben es weitererzählt. Richtig?"

„Dafür kann ich nichts", stotterte Foster.

„Also hören Sie jetzt ein für alle Mal", Brennans Stimme wurde energisch: „Es wird hier nicht wie in Aberdeen laufen. Falls Sie meinen, dass Sie hier auf eigene Faust den Fall lösen können, sind Sie falsch gewickelt. Für diesen Fall braucht man mehr als nur eine Ausbildung in der Schule. Ich bin der verantwortliche Chief Inspector in diesem Kommissariat. Und ich sage, was gemacht wird. Alleingänge werden hier nicht geduldet, ist das klar, Ms Foster? Im Übrigen habe ich keine Lust, am Ende meiner Karriere auch noch eine tote Polizistin verantworten zu müssen!" Brennan war laut geworden, lauter als normal. Alle im Großraumbüro hatten es gehört, sollten es hören. Foster hatte verstanden. Sie stand jetzt erst einmal dumm da.

„Natürlich, Chief Inspector Brennan." Sie hatte morgens noch kurz daran gedacht, ihrem Chef etwas von dem unerwünschten Treffen mit den Rockern zu erzählen. Jetzt wollte sie ihrem erbosten Chef kein weiteres Eingeständnis ihres alten Fehlers liefern.

„Also, Roberta, wir nehmen jetzt sämtliche Unterlagen, die wir haben, und setzen uns ins Besprechungszimmer. In fünf Minuten beginnen wir."

Chief Inspector Brennan war erregt. Da kommt diese junge Person und will den ersten Fall auch noch alleine lösen! Was bildet die sich ein? Kommt frisch von der Schule und kann alles. Wenn das noch einmal vorkommt, werfe ich sie hinaus!

„Also, was haben Sie herausgefunden?" Brennan schaute seine Mitarbeiterin scharf an. Sie kam sich wie bei einem Verhör vor. Ihr Chef hatte natürlich recht. „Also eins nach dem anderen. Bitte!"

Sie erzählte von dem kurzen Artikel in der Zeitung und dass ihr sofort die Idee eines Zusammenhanges mit den hiesigen Fällen gekommen war. Sie hatte sich die Einritzung angesehen und sie anhand der Fotografien verglichen. Dann traf sie sich mit einem Heraldiker, der herausfand, dass es sich um ein Haus und eine Hellebarde handelte. Sie legte ein paar Fotografien auf den Tisch. Weiterhin fand sie den Namen der Familie heraus, die dieses Wappen benutzt hatte: Donn.

„Haben die Archäologen noch etwas über das Skelett herausgefunden?"

„Bis heute habe ich nichts gehört", schloss Foster ihre Zusammenfassung ab.

Brennan war damit zufrieden. Sie machte ihre Sache gut. Sie musste nur lernen, dass sie hier nicht alleine war.

„Ab jetzt arbeiten wir zusammen", stellte er noch einmal klar. „Sämtliche Informationen landen bei mir. Meine Gedanken zu diesen Fällen sind folgende: Entweder ist hier irgendein Psychopath am Werk, der etwas über Bilsenkraut gelesen und jetzt seine Freude am Morden hat. Oder hier läuft eine uralte Geschichte zwischen zwei Familien ab. Ich kann es zwar nicht glauben, nach so einer langen Zeit, aber möglich ist alles."

„Oder eine Kombination von beidem", warf Foster ein.

„Na, Psychopathen sind es in jedem Fall. Und jetzt wird die Geschichte interessant, aber auch gefährlich: Falls unsere Theorie über eine Familienfehde richtig ist, dann kann es demnächst noch mehr Tote geben." Brennan machte eine Pause, um der jungen Kollegin Zeit zum Nachdenken zu geben.

„In jedem Fall suchen wir jetzt einen Serienmörder."

„Oder eine Mörderfamilie."

„Richtig."

Nach diesem Gespräch war Brennans Stimmung wieder im Lot. Er hatte auf seine alten Tage aber auch gemerkt, dass nur Herumkommandieren nicht immer zielführend war. Und sie hatte ihren Fehler eingesehen und hoffte auf eine gute Zusammenarbeit. Sie musste sich solche Sachen abgewöhnen. Im Hinausgehen machte er, hörbar für alle Kollegen im Raum, doch noch eine nette Bemerkung: „Kaffee?"

„Gerne", meinte Foster.

Ich muss den Alten nehmen, wie er ist. Ich kann ihm nichts vormachen. Er hat die Erfahrung.

In den nächsten Tagen machten sich beide Inspectoren noch einmal auf den Weg nach Edinburgh. Das dortige Büro war auf ihren Besuch vorbereitet, auch der Archäologe und der Forensiker waren vor Ort.

Was gefunden worden war, war das Skelett einer jungen Frau von Anfang zwanzig, das keinerlei Zeichen eines gewalttätigen Todes aufwies. Die Frau war auch sonst gesund, soweit man heute sagen konnte. Aber die Tote war nicht auf einem Friedhof begraben, sondern verscharrt worden, und das sah nach Mord aus. Es hatte früher einen schmalen Streifen zwischen Mauer und Graben gegeben, der nicht oft betreten wurde. Also ideal, um eine Leiche verschwinden zu lassen.

„Und umgebracht worden ist sie sicherlich. Sonst hätte sie nicht dieses Zeichen auf der Stirn, das bis in den Stirnknochen reicht", ergänzte Brennan. „Ms Foster hat mit einem Heraldiker herausgefunden, dass das Zeichen dem Wappen einer Familie Dunn gleicht, die in der Gegend vom Laxford gelebt haben soll. Wissen Sie etwas darüber?"

„Leider nein. Vielleicht finden Sie etwas in den dortigen Kirchenbüchern."

Brennan und Foster fuhren weiter nach Norden bis Scourie, mieteten sich dort im Scourie Guest House ein und machten einen Plan für die nächsten Tage. Da es mehrere Kirchen in verstreuten kleinen Orten abzufahren galt, reservierten sie sich ihre Zimmer gleich für drei Tage. Jede Pfarrstelle musste aufgesucht und das Archiv durchgesehen werden. Sie waren froh, dass sie sich die Arbeit in den Archiven aufteilen konnten. Müde kehrten sie am Abend in ihr Hotel zurück. Am dritten Tag wurde Brennan fündig.

„Ja, der Hof der Familie Dunn lag im Bereich dieser Kirchengemeinde. Ich weiß das, weil ich mich zusammen mit Frank Glenn dafür interessiert habe", erklärte Pfarrer Gillespie.

„Wer ist Frank Glenn?"

„Frank Glenn ist jemand, der sich intensiv für die Geschichte der Familien Glean oder Glenn und Donn oder Dunn interessiert. Es wird erzählt, dass sich die beiden Familien bekriegt haben."

„Gibt es mehr dazu?"

„Weitere Unterlagen sind im Archiv. Das lässt sich aber schnell finden." In einem Nebenraum des alten Pfarrgebäudes lag das Archiv. Etwas verstaubt roch es hier.

Wie bei uns im Archiv, dachte Brennan.

„Frank hat das alles einmal zusammengetragen. Hier, sehen Sie", und Pfarrer Gillespie nahm einen der neueren Ordner aus dem Regal.

„Der letzte Eintrag ist von 1830. Der Hof wurde an die Familie McFraham verkauft. Wir wissen auch, dass er dann bald ganz verlassen wurde und verfiel."

„Wissen Sie, wohin die Familie zog?"

„Leider keine Einträge vorhanden."

„Wissen Sie auch, was davor passierte?"

„Sie meinen diesen Familienzwist? Es wurde wohl ununterbrochen jemand umgebracht."

„Gibt es darüber Unterlagen?" Brennans Interesse war nun vollends geweckt.

„Es gibt ältere Unterlagen, die über einen Familienzwist zwischen der Familie Glean und der Familie Donn berichten. In der

Tat gibt es Einträge, dass immer wieder junge Frauen beider Familien plötzlich starben."

„Woher stammte die Familie Glean?"

„Aus der Nähe von Fanagmore. Die beiden Höfe lagen etwa zehn Kilometer voneinander entfernt. Diese Familie Glean zog 1853 nach Süden. Das war eine Zeit, als es hier eine Hungersnot gab."

„Kennen Sie die Hauswappen der beiden Familien?"

„Mr Glenn hat sie herausgesucht. Sie sind jeweils am Rande vermerkt, wenn neue Einträge gemacht wurden. Sie sehen, hier ist das Wappen der Familie Glean: ein Rad."

„Haben Sie auch einen Eintrag über die Familie Donn?"

„Lassen Sie mich mal sehen. Ja, hier, auf dieser Seite: ein Haus mit einer Hellebarde. Falls Sie mehr über die Familien wissen möchten, sprechen Sie am besten mit Mr Glenn. Er wohnt in Scourie, unten am Fluss an der A838. Er ist aber auch schon 78 Jahre alt."

An diesem Abend hatten die beiden Inspectoren einiges an Fakten zusammen. Sie wussten jetzt etwas über diese Familien und dass es hier offenbar immer wieder ermordete jungen Frauen gab. Das Wappen konnte der Familie Dunn zugeordnet werden. Was steckte dahinter?

Am nächsten Vormittag konnten sie Frank Glenn sprechen. Der ältere Herr war über den Besuch informiert worden. Er führte sie in sein kleines Häuschen und in die Wohnstube.

„Ich habe schon gehört, dass Sie sich für die Familiengeschichten der Gleans und der Dunns interessieren. Bestimmt nehmen Sie eine Tasse Kaffee."

„Gerne", meinte Foster. Brennan zeigte ihr mit seiner Miene, dass er das überflüssig fand. Frank Glenn erschien fünf Minuten später mit drei Tassen Kaffee und etwas Gebäck.

„So, jetzt können wir es uns gemütlich machen. Was möchten Sie denn über die Familien wissen? Woran ist die Kriminalpolizei interessiert?"

„Haben Sie eine Ahnung, wo sich die Nachkommen der Familien dieser ehemaligen Höfe aufhalten?", wollte Foster wissen.

„Nein, ich habe keine Ahnung."

„Gibt es denn keine Nachkommen aus Ihrer Familie?", steckte sie nach.

„Ich bin der Letzte der Linie, die ich kenne. Möglicherweise gibt es noch andere, von denen ich keine Ahnung habe."

Brennan machte sich Notizen. Nachprüfen, schrieb er. Er nahm Glenn nicht ab, dass er nicht wusste, wo seine Verwandten lebten.

„Was wissen Sie denn über diesen Familienzwist, der ja wohl immer wieder zu Morden geführt hat?" Brennan kam jetzt auf den Punkt.

Der Gastgeber zeigte sich verschreckt. „Wollen Sie damit andeuten, dass das Morden immer noch weitergeht?"

„Wir stehen erst am Anfang unserer Ermittlungen. Vielleicht liegen wir auch falsch. Was erzählt denn die Geschichte?"

„Die Landgüter der beiden Familien Glean und Donn lagen nur ungefähr zehn Kilometer voneinander entfernt. Es gibt in alten Unterlagen Andeutungen, dass es einen Zwist zwischen den Familien gab, die sich seit vielen Jahren bekriegten und immer wieder umbrachten. Der Legende nach geht das bis ins 15. Jahrhundert zurück. Man erzählte sich, dass die 19-jährige Aleen Glean anno 1457 vergiftet worden war. Sie hatte sich geweigert, Gilmore Donn zu heiraten. Familie Glean beschuldigte Familie Donn des Mordes und schwor allzeit Rache an jungen Mädchen der Familie Donn."

„Und damit ging das frohe Morden los", warf die junge Kollegin aus Birmingham ein.

„Aber nach 1853 gibt es keine Aufzeichnungen", betonte Frank Glenn.

„Man weiß es nicht, möchte ich klarstellen." Brennan nahm den letzten Schluck aus der Tasse.

„Wissen Sie, wie die jungen Frauen umgebracht wurden?", fragte Foster.

„Man erzählte sich, mit Gift."

„Sagt Ihnen Bilsenkraut etwas?"

Glenn überlegte: „Ist das giftig?"

„Sehr", antwortete Brennan.

„Beide Höfe wurden später verkauft und auch verlassen. Sie verfielen. Das haben wir schon gehört. Ich habe noch eine Frage zu Ihrem Namen. Sie heißen Glenn. Die ehemaligen Bewohner hießen Glean. Gibt es da einen Zusammenhang?" Foster freute sich über ihre Frage. Brennan hatte erst überrascht geschaut, dann war ihm aber der Sinn der Frage klargeworden.

„Die Schreibweise von Namen hat sich über die Jahrhunderte verändert. Das hängt auch mit Veränderungen in der Sprache zusammen. Ich habe herausgefunden, dass aus unserem Donn Dunn wurde."

„Und aus Glean?"

„Glenn."

„Woher wissen Sie, dass die Nachkommen der alten Donns jetzt Dunn heißen?"

„Sie könnten auch Dorn heißen. Wollen Sie mir jetzt sagen, warum Sie so an der Geschichte dieser Familien interessiert sind?"

Brennan zögerte erst, sagte dann aber: „Es sind in den letzten dreißig Jahren zwei junge Frauen offenbar vergiftet worden und bekamen das Zeichen der Familie Dunn in die Stirn geritzt. Die letzte erst vor kurzer Zeit."

Frank Glenn wurde blass.

„Sollte das alte Morden tatsächlich weitergehen?", kam es leise aus seinem Mund.

„Wir möchten uns erst einmal bei Ihnen für die Auskünfte bedanken. Falls Ihnen noch etwas einfällt, lassen Sie es uns bitte wissen. Vielleicht melden wir uns noch einmal."

Die beiden Inspectoren verließen das kleine Haus.

„Der weiß doch mehr", war Fosters Eindruck, als sie ins Auto stiegen und zurück nach Birmingham fuhren. „Er hat Dutzende von Namen beider Familien, aber über seine Familie will er nichts herausgefunden haben. Und manchmal druckste er bei einer Antwort regelrecht herum."

„Der weiß definitiv mehr", schnaubte Brennan und steuerte das Auto in Richtung Autobahn. Es wurde eine lange Autofahrt.

Ein nicht geplanter Mord

Winston Turner hatte sich in den letzten Jahren schon zweimal mit Frank Glenn getroffen. Turner hatte das erste Treffen mit seinem Interesse an der Geschichte der beiden Familien begründet und sich auch auf seine Großmutter bezogen. Frank war nach einigen Briefwechseln und Bitten darauf eingegangen. Sie hatten sich bei ihren Treffen gut miteinander unterhalten, Frank erzählte viel aus der Familien-Historie, mit der er sich seit Jahrzehnten befasste. Turner war ein aufmerksamer Zuhörer und machte sich Notizen.

„Möchten Sie eine Familienchronik schreiben?", fragte Frank ihn neugierig.

„Genau das möchte ich."

Nun gab er sich aber nicht mit den Namen zufrieden, sondern wollte auch die Adressen der Nachkommen wissen.

„Die brauche ich nun mal", argumentierte Turner, wenn Frank dazu kritische Fragen stellte und sich schwertat, die Daten der Familienmitglieder weiterzugeben. Er war ein misstrauischer Mensch. Lag es an der Familiengeschichte? Nur einmal erwähnte Frank rein zufällig die Tat von 1457. Turner zeigte keinerlei Neigung, dass er mehr dazu wissen wollte. Trotzdem gelang es Turner nicht, volles Vertrauen von Frank zu bekommen. Frank war und blieb misstrauisch. Er dachte an die Briefwechsel mit Winston Turners Großmutter Margareth. Hatte er ihr schon zu viel berichtet?

Dieses Mal kam Turner nicht alleine. Er brachte seinen Freund mit, einen Michael Glenn. Frank erinnerte sich an den Namen, hatte aber in Bezug auf Michael ein ungutes Gefühl.

„Falls meine Vermutung stimmt, sind wir verwandt", stellte Frank sofort fest. „Wo kommst Du her? – Ich müsste einmal in meinem Archiv nachsehen", meinte er und stand auf. Er drehte aber gleich um und setzte sich wieder zu den beiden.

„Ich lebe in Dundee." Und Michael erzählte aus seinem Leben und baute damit Vertrauen bei Frank auf. Die beiden Freunde erzählten, wie sie sich kennengelernt hatten.

„Großmutter Margareth hat das eingefädelt", warf Turner ein. „Sie hatte Kontakt zu Michaels Eltern. Und vor einigen Jahren kam Michel zu uns nach Port Isaac auf Besuch."

Die drei saßen schon einige Zeit beisammen, Frank hatte in der Zwischenzeit Kaffee gekocht und als die Familiengeschichten immer interessanter wurden, griff Frank nach einer Flasche Whiskey im Schrank hinter sich. Die Gläser waren geleert, als Frank beschloss, den beiden Freunden sein Archiv zu zeigen. Er führte sie in den Keller, nahm einen bestimmten Ordner aus dem Regal und begann eine Seite nach der anderen durchzusehen.

„Hier irgendwo müsste ich deinen Namen finden, Michael." Frank blätterte langsam weiter.

„Stehen hier die Glenns?", fragte Turner und zeigte auf einen anderen Ordner.

Frank blickte kurz auf. „Ja, das sind die von 1960 bis heute."

Turner sah sich weiter um. „Und die Donns? Stehen die auch hier irgendwo?"

„Ja, woanders. Ich glaube, gleich müsste der Michael hier auftauchen." Frank war ganz in den Namen versunken.

„Finde ich den hier?" Turner blickte um sich und suchte einen entsprechenden Ordner mit dem Namen seiner Familie. Frank war in sein Blättern versunken.

Turner warf einen Blick zu Michael und dann zu dem dicken Holzstab, der neben ihm im Regal lag. Jetzt könnte er an die Unterlagen gelangen, jetzt hätte er sämtliche Namen und Adressen, wenn er jetzt zuschlagen würde! Michael erkannte die Absicht seines Freundes. Turners Gesichtsausdruck zeigte ein entschiedenes Lächeln, sein Entschluss stand fest. Frank sah noch einmal aus dem Ordner auf, blickte kurz in das lächelnde Gesicht von Turner, neigte seinen Kopf wieder zum Papier, als Turner blitzschnell diesen Holzstab nahm und Frank Glenn mit mehreren Schlägen bewusstlos schlug.

„Hol mir meine Tasche von oben. Da ist ein Fläschchen mit dem Öl drin. Ich suche hier unten ein Stück Schnur."

Sie fesselten ihr Opfer, flößten ihm das giftige Öl ein und ließen Frank geknebelt in einer Blutlache im Keller zurück. Turner schnappte sich den offenen Ordner, drückte ihn seinem Freund in die Hand und begann, das Archiv weiter abzusuchen.

„Komm mit nach oben. Hier unten gibt es nichts mehr." Michael machte sich auf den Weg zur Treppe.

„Halt, Moment. Vielleicht ist noch etwas in diesem Schrank." Michael Glenn wollte ihn öffnen, er war aber verschlossen.

„Gib mir den Schraubenzieher, der dort oben liegt." Er setzte an und die Tür ließ sich leicht öffnen. „Ah, noch mehr Ordner." Er ging die Reihe durch, blieb bei zweien mit der Aufschrift *Zusammenfassung* stehen, zog sie heraus und lief nach oben. Er schloss die Kellertür und sie setzten sich an den Wohnzimmertisch. Dann begannen die beiden zu blättern und zu lesen.

„Der hat wirklich alles! Schau mal hier: alle lebenden Nachkommen unserer Familien!"

„Sollten wir nicht lieber verschwinden? Wäre dumm, wenn uns jemand sehen würde", meinte Glenn.

„Hast recht. Wir gehen jetzt besser. Diesen Ordner lassen wir hier. Den brauchen wir nicht. Wir nehmen nur die zwei mit den Zusammenfassungen mit. Nachher schauen wir uns die Namen genauer an, wenn wir mehr Zeit haben."

Sie packten ihre Sachen, stellten sicher, dass niemand in der Nähe des Hauses war, und fuhren mit ihrem Auto zu einem 35 Meilen entfernten Ferienhaus in den Highlands.

„Wir machen jetzt einen Abgleich der Adressen mit der Liste meiner Großmutter, und dann trennen wir uns", bestimmte Turner und fuhr auf dem schmalen Waldweg zum Haus.

Er konnte es nicht erwarten, setzte sich schnell an einen Tisch und legte seine Listen und die Ordner von Frank vor sich hin.

„Da liegt noch etwas Arbeit vor uns. Es gibt ein paar Unterschiede in den Listen, die wir jetzt haben. Hier zum Beispiel Jackie Glean. Ich habe die aktuelle Adresse in Guildford, bei Frank steht noch eine in London. Also an die Arbeit." Turner saß konzentriert auf seinem Stuhl und machte sich Notizen.

„Wollen wir nicht erst etwas zu essen machen? Ich gönne mir jetzt ein Bier." Michael klapperte in der Küche mit zwei Töpfen herum. „Ich habe nämlich Hunger."

Als sie lange nach Mitternacht ihre Listen aktualisiert und nur wenige Stunden geschlafen hatten, verließen sie am nächsten Morgen das Häuschen, jeder zu einer anderen Zeit und in eine andere Richtung.

Eine Familientragödie?

Die beiden Inspectoren waren noch am gleichen Tag nach Birmingham zurückgefahren. Es war eine lange Fahrt, bei der sie sich ausgiebig über ihre Funde unterhalten konnten. Nach sechs Stunden begann es dunkel zu werden.

„Wollen wir wirklich noch weitere vier Stunden im Auto sitzen?", fragte Brennan. Er war müde und überlegte, ob sie in einem Hotel übernachten sollten.

„Lassen Sie mich doch fahren. Das schaffen wir schon."

Brennan stimmte zu, obwohl er Frauen am Steuer nicht traute, fand aber die Aussicht verlockend, die Nacht in seinem Bett zu verbringen. Sie wussten jetzt einiges über die Geschichte dieser beiden Familien: eine wahre Kriminalgeschichte auf der Basis von Rache. Brennan ging eine Frage nicht aus dem Kopf: Warum ging dieses Morden wieder weiter? Oder gab es Morde während der gesamten Zeit bis heute? Die nur nicht zugeordnet werden konnten?

„Noch eine Stunde bis Birmingham. Dann haben wir es geschafft." Zu Brennans Zufriedenheit steuerte Foster den Wagen ruhig durch den Verkehr.

„Steve. Darf ich Sie etwas Persönliches fragen?"

„Wenn Sie nicht meine Seele erkunden wollen, schießen Sie los."

„Sie waren doch verheiratet?"

Der Chief Inspector atmete tief durch, überlegte, worauf seine Kollegin wohl hinauswollte.

„Bitte entschuldigen Sie. Ich wollte Sie mit meiner Frage nicht verletzen."

„Na ja. Ich war verheiratet und habe zwei Töchter." Er machte eine längere Pause. „Carol ist einiges jünger als ich. Wahrscheinlich stellte sie sich das Leben an der Seite eines Kriminalkommissars spannend vor. Aber in der Zeit, wenn ich zu Hause war, wollte ich meine Ruhe."

„Sie haben ihr nichts erzählt?"

„Wie sollte ich? Ich konnte doch nicht von laufenden Ermittlungen berichten."

„Und Sie wollten einfach nur die Zeitung lesen. Und irgendwann wurde es Ihrer Frau zu langweilig."

„Ja, und jetzt sind wir gleich da. Kurz nach zehn. Geht ja noch."

Sie erreichten Birmingham. Brennan war froh, dass diese lästige Befragung beendet war. Sie verabredeten sich für den nächsten Vormittag im Büro. Er ließ seine Kollegin an ihrem Wagen aussteigen und fuhr nach Hause.

Brennan hatte eine E-Mail von seiner geschiedenen Frau erhalten, dass er sich um ein Problem mit seiner älteren Tochter Miriam kümmern sollte, die in London studierte. Spontan rief er sie noch spät am Abend an.

„Na super", war seine Antwort, als ihm Miriam erzählt hatte, dass sie ihr Studium in London abbrechen und ein neues in Australien beginnen wollte. „Und warum dieser Unsinn? Gibt es in Australien etwas zu studieren, was man an den Universitäten hier nicht lernen kann?" Brennan war außer sich.

„Hör mal, Papa", war die Reaktion. „Ich studiere hier Design, und das ist langweilig. Ich habe jetzt schon mehrere Leute kennengelernt, die mir von Sidney vorgeschwärmt haben."

„Das hört sich für mich so an, als ob dir Sidney wichtiger ist als das Studium."

„Das verstehst du nicht, Papa. Da ist alles viel moderner. Ich habe dann hinterher viel bessere Chancen."

„Ich habe dir doch nicht fünf Semester in London gezahlt, damit du jetzt damit aufhörst und dann in Sidney neu beginnst."

„Aber Papa", widersprach Miriam, „ich muss ja nicht ein volles neues Studium in Sidney machen. Es werden mir ein paar Semester von hier anerkannt."

„Wie viele?"

„Weiß ich noch nicht."

„Wann weißt du das?"

„Sobald ich mich mit der Uni dort in Verbindung gesetzt habe."

„Und was kostet das Studium in Sidney?"

„So circa fünftausend Pfund."

„Fünftausend für was?"

„Pro Semester."

„Bist du wahnsinnig? Wie soll ich das zahlen? Und demnächst gehe ich in Rente. Weißt du, wie hoch meine Rente sein wird?" Er dachte dabei an seinen Plan, ein Haus in Schottland zu kaufen.

„Papa, das wird schon gehen."

„Und wie viel zahlt deine Mutter?"

„So zweihundert im Monat."

„Das ist doch lachhaft! Und ich soll das meiste zahlen! Das kommt überhaupt nicht infrage. Du studierst jetzt in London zu Ende." Steve Brennan beendete verärgert das Gespräch. „Die hat sie ja wohl nicht alle", murrte er vor sich hin, öffnete eine Flasche Bier und schaute die Spätnachrichten im Fernsehen. Von einem Mord in Scourie wurde nicht berichtet.

„Morgen." Mit seinem üblichen Gruß betrat Chief Inspector Brennan das Großraumbüro. Es war schon zehn Uhr dreißig. Die gestrige lange Autofahrt, das Telefongespräch mit seiner Tochter und die kurze Nacht steckten noch in seinen Knochen und in seinem Kopf.

„Wo ist Ms Foster?", warf er unwirsch in den Raum und setzte sich an seinen Schreibtisch. Inspector Foster hatte ihre Gedanken zu dem Rache-Fall bereits auf ein Blatt Papier geschrieben und es ihm auf den Schreibtisch gelegt. Brennan sah auf, als seine Frage nicht beantwortet wurde. Sie betrat gerade das Büro mit einem Becher Kaffee in der Hand.

„Gehen wir gleich in den Besprechungsraum", ordnete Brennan an. Sie merkte ihm die schlechte Laune an, ging aber gar nicht auf seinen Gemütszustand ein und konzentrierte sich gleich auf die Arbeit.

„Guten Morgen, Steve. Natürlich."

Sie schrieben alle Informationen, die sie über den Fall hatten, auf ein Flipchart.

„Was haben Sie für Ideen, Roberta? Wie sollen wir weitermachen?"

„Wir brauchen noch viel mehr Informationen", war ihre Antwort.

„Wo bekommen wir die her?"

„Wir müssen noch mehr über diese Familien herausbekommen. Gibt es eine Verbindung der letzten Toten mit der Familie Glean/Glenn?"

„Und wo leben die Glenns heute?", war Brennans Frage.

„Auch das müssen wir herausfinden."

„Sollen wir zusammen mit Canterbury eine SOKO einrichten?" Foster fand ihren Einfall gut.

„Noch nicht. Der Verwaltungsaufwand ist momentan noch zu groß", entgegnete Brennan. Sie überlegten hin und her und spielten Schritte durch, wie sie an weitere Informationen gelangen könnten. Und sie suchten einen Weg, wie sie potenzielle Opfer finden könnten, bis Brennan meinte:

„Zeit zum Mittagessen. Hatte heute kein Frühstück. Gehen Sie mit in die Kantine?"

Brennan war jetzt ungewöhnlich gesprächig. Selbst auf ihrer langen Fahrt hatte er so gut wie nichts Privates erzählt. Ob das an den letzten Tagen lag, an denen sie gut zusammengearbeitet hatten?, fragte sie sich. Und wieso hatte er auf einmal so gute Laune?

Er fragte Foster nach ihrer Heimat aus und wie die Umgebung dort sei. In diesem Gespräch in der Kantine machte Brennan sogar die eine oder andere Andeutung über seine Jugend. Kurz berichtete er auch über sein Telefonat mit seiner Tochter gestern Abend. Foster versuchte vorsichtig, sie zu verteidigen. Brennan wollte gerade ein paar Bemerkungen über das Verhalten der heutigen Jugend gegenüber den Entscheidungen der Eltern machen, als sein Handy summte. Knurrend schaute er auf das Display. Eine Nummer aus Edinburgh. Aber nicht die von den Leuten, die sie getroffen hatten.

„Brennan."

„Chief Inspector Brennan, mein Name ist Chris Martin. Ich bin Chief Inspector in Edinburgh. Ich muss Ihnen mitteilen, dass Frank Glenn heute Morgen tot in seinem Haus in Scourie aufgefunden worden ist. Er ist wahrscheinlich vergiftet worden, es hat aber offenbar auch Gewaltanwendung gegeben. Er war an Armen und Händen gefesselt, als wir ihn fanden. Mehr können wir noch nicht sagen. Wir sollten uns in den nächsten Tagen unterhalten. Sie waren die letzten Tage in unserer Gegend, haben mir ja auch den Grund genannt. Es sieht so aus, als ob ein Serienmörder unterwegs wäre."

„Ich mache mit Ihnen noch heute einen Termin aus, Chris. Die Sache wird jetzt gefährlich."

Foster hatte das meiste mithören können.

„Na, das gibt eine größere SOKO. Noch heute Morgen haben wir uns darüber unterhalten, wer der Nächste sein könnte", erinnerte sie.

„Und jetzt haben wir einen männlichen vergifteten Toten. Das passt nicht zu unserer bisherigen Theorie." Brennan aß schnell den Rest seiner Fish and Chips, dann gingen beide zurück ins Büro.

„Ich werde noch einmal nach Edinburgh fahren und die Kollegen bei der Suche nach Material unterstützen. Sie bleiben hier und suchen mit den Namen, die wir haben, nach irgendwelchen verwandtschaftlichen Verbindungen dieser Donns/Dunns und Gleans/Glenns. Aber vorher werde ich mit Gallagher reden."

Neue Anhaltspunkte

Noch bevor Brennan am nächsten Tag wieder nach Norden aufbrach, hatte ihn sein Vorgesetzter, Chief Superintendent Ron Gallagher, Chef der Kriminalpolizei Birmingham, zu einem Gespräch in sein Büro gebeten. Es kam für Brennan nicht überraschend, dass sich die National Crime Agency (NCA) eingeschaltet hatte und er als Designated Chief Inspector mit nationalen Vollmachten ausgestattet wurde. Nun konnte er, ohne bei den lokalen Behörden jedes Mal um Genehmigung zu fragen, sich an den jeweiligen Tatort begeben. Sie hatten es offenbar mit Serienmördern zu tun, die landesweit ihre Opfer suchten. Brennan hatte jetzt die Befugnis, sie überall zu jagen.

Nun war er wieder unterwegs nach Norden, nach Edinburgh, doch dieses Mal fuhr er mit dem Zug. Die ganze Strecke alleine mit dem Wagen wollte er sich nicht noch einmal antun. Entspannt konnte er sich Gedanken über diesen Fall, aber auch über sein Hobby machen.

In Edinburgh mietete er sich ein Auto und fuhr dann gleich weiter nach Scourie. Als er am späten Nachmittag am Tatort ankam, waren die Kollegen aus Edinburgh noch immer mit ihren Untersuchungen beschäftigt. Kistenweise trug die Spusi Unterlagen und elektronische Geräte aus dem Haus.

„Hallo, Chief Inspector Brennan. Frank Glenn hat Unmengen alte Unterlagen und Bücher gesammelt. Die werden wir alle durcharbeiten müssen. Zum Glück haben wir Ihre Hilfe", Inspector Chris Martin musste selber über seine Bemerkung lächeln. Brennan lachte nicht. Die langen Fahrten und kurzen Nächte während der letzten Tage machten sich bei ihm bemerkbar. Er lief durch das Haus und sah sich ein Bücherregal an. Er nahm das eine oder andere Buch zur Hand – was er suchte, würde er auf diese Art und Weise nicht finden. Er öffnete diese und jene Schublade, die meisten Sachen waren aber schon ausgeräumt worden.

„Es ist schon spät, Steve. Wir sind jetzt erst einmal fertig. Treffen wir uns morgen bei mir im Büro. Haben Sie sich ein Hotelzimmer hier in Scourie genommen?"

„Ja, dasselbe wie vor ein paar Tagen." Brennan sah sich noch weiter um. Er öffnete eine Kellertür – auch hier waren die Kollegen offenbar schon gewesen. Er stieg hinab und fand ein großes Regal mit Ordnern, ein altes Fahrrad, ein Regal mit selbst gekochten Marmeladen, eine kleine Werkbank, einen Schrank. Nur ein kurzer Blick von der Seite, ihm waren sofort die frischen Kratzer an der Tür aufgefallen. Er beugte sich hinunter und öffnete sie vorsichtig. Offensichtlich war die Schranktür aufgebrochen worden, was nicht schwer gewesen sein sollte. Weitere alte Ordner kamen zum Vorschein. Aber offensichtlich fehlten zwei. Die Staubspuren waren noch zu erkennen. Er nahm zwei Ordner aus dem Archiv und wollte bei Tageslicht einen Blick hineinwerfen. Auf halbem Weg musste er auf der Treppe stehen bleiben: Sein Puls raste, er hatte wieder dieses Gefühl der Enge in der Brust, als wenn ihm die Luft wegbleiben würde. Ihm wurde schwindelig, er setzte sich auf eine Stufe. Er merkte, wie er zu schwitzen begann.

„So ein Mist! Jetzt spinnt das Herz! Gerade jetzt." Er lehnte sich zurück und versuchte, sich zu beruhigen. Langsam ging es ihm wieder besser.

Ich muss demnächst zu einem Arzt, beschloss er.

Ungeachtet seines Zustandes fuhr er mit seinen Untersuchungen fort. Er fühlte sich immer noch nicht ganz wohl und musste kräftig schnaufen, als er oben ankam. Ein Kollege der Spusi bestätigte, dass sie nicht im Keller nachgeschaut hatten. Morgen würden sie weitermachen. Falls Brennan noch hierbleiben wolle, so könne der wachhabende Constable das Haus später plombieren. Brennan setzte sich noch ein paar Minuten auf eine Bank vor dem Haus, blätterte in den verstaubten Ordnern und entschied, noch einmal in den Keller zu steigen. Er nahm einen weiteren Ordner aus dem Schrank und öffnete ihn. Eine Menge Staub wirbelte auf, bis er die Blätter lesen konnte. Es waren

Chroniken der Familie Donn mitsamt ihren damaligen Adressen aus den Jahren 1850 bis 1900. Wenn die Aufzeichnungen vollständig waren, würde es sicherlich auch ein Verzeichnis der Lebenden geben. Brennan ging einen Ordner nach dem anderen kurz durch, bis er an den aktuellen kommen sollte. Der fehlte! Aber offenbar hatten hier zwei gestanden.

„Derjenige, der Frank Glenn umgebracht hatte, war vor allem an diesem Ordner interessiert", murmelte Brennan vor sich hin. „Der enthält wahrscheinlich die Namen der Lebenden. Das gesamte Archiv ist ganz wichtiges Beweismaterial!" Brennan trug langsam alle fünfundzwanzig Ordner aus dem Keller nach oben in seinen Wagen. Sein Atem ging schwer. Aber jetzt aufzugeben war nicht seine Art. Er startete den Motor und fuhr in sein Hotel in Scourie. Mithilfe des Portiers brachte er die Akten in sein Zimmer. Dann legte er sich erst einmal hin. Der Schlaf übermannte ihn.

Als er um sechs Uhr in der Früh aufwachte, fühlte er sich frisch und war bereit, die Ordner anzuschauen. Die Kollegen aus Edinburgh würden nicht vor neun oder zehn Uhr am Tatort eintreffen. Ihm wurde klar: Frank Glenn hatte alle Unterlagen gehabt und wollte das Geheimnis für sich behalten. Irgendwie musste der Mörder davon Wind bekommen haben. Brennan arbeitete sich durch ein paar Ordner, war überrascht von der Vollständigkeit der Chroniken und fuhr gegen zehn Uhr zu Glenns Haus.

Brennan und Martin gingen an diesem Morgen noch einmal durch das Haus und fuhren anschließend nach Edinburgh. Dort saßen sie am Nachmittag im Büro und blätterten in den Archivordnern.

„Das sind alles wichtige Hinweise. Aber gerade für den aktuellen Fall gibt es keine Aufzeichnungen." Chief Inspector Martin blätterte weiter.

„Ich habe heute Morgen ein paar Ordner durchgesehen. Wenn man sich die Arbeit macht, findet man auch die Namen der aktuell Lebenden. Sehen Sie hier", erklärte Brennan. „Hier ist die Linie der Glean, wie sie sich verzweigt in die Glenn und Glean. Irgendjemand hat den Namen geändert. Vielleicht um nicht so leicht gefunden zu werden. Und ich bin mir sicher, wenn wir weitersuchen, finden wir auch Claire Glenn, die vor 27 Jahren in der Nähe von Birmingham ermordet worden ist."

„Das ist ja interessant", stimmte Martin zu. „In den fehlenden Ordnern könnte sich eine Art Übersicht dessen befinden, was hier aufgezeichnet ist."

„Richtig. Vermute ich auch", stimmte Brennan zu.

„Ich werde meine Leute bitten, die Aufzeichnungen in den Ordnern nach noch Lebenden zu überprüfen. Das wird aber eine Zeit lang dauern", stellte Martin fest.

„Das wäre super. Wir machen in Birmingham mit unseren Erkenntnissen weiter."

Das Gift

„Wieso bringt man heutzutage Menschen mit dem Gift des Bilsenkrautes um? Wie kommt man auf diese Idee, und wie kommt man an das Kraut?" Chief Inspector Brennan und Inspector Foster standen ein paar Tage später in der Forensischen Abteilung in Birmingham. Es war Brennan, der diese Frage gestellt hatte. Obwohl für ihn ein Zusammenhang zwischen den Giftmorden bestand, konnte er nicht verstehen, dass dieselbe Methode über Jahrhunderte angewandt worden sein sollte. War das nur ein Verrückter, der sich mit pflanzlichen Giften auskannte, oder war da mehr dahinter?

„Das Bilsenkraut war schon im Altertum, in Babylon, im alten Ägypten und in Persien für seine Wirkung bekannt. Zahlreiche Giftmorde wurden damit verübt und Wahrsager versetzten sich mit dieser Droge in Trance", erklärte Kincaid. „Die Hauptwirkstoffe des Bilsenkrautes, Hyoscyamin und Scopolamin, kommen in allen Teilen der Pflanze vor, vor allem aber in den Wurzelknollen und im Samen. Schon 500 Milligramm der Blätter zeigen eine Giftwirkung und 15 Samenkörner können für Kinder tödlich sein. Für Erwachsene reicht die doppelte Menge. Hyoscyamin und Scopolamin zählen in der Toxikologie zu den am stärksten wirkenden Pflanzengiften. Die Vergiftungserscheinungen sind ähnlich wie die bei der Tollkirsche, treten aber nicht unbedingt immer auf. Dazu gehören Pupillenerweiterung, gerötete und trockene Haut, Trockenheit der Schleimhäute in Mund und Rachen sowie Pulsbeschleunigung. Im Vordergrund steht beim Bilsenkraut die narkotische Wirkung der Gifte, sodass es zu Bewusstseinsstörungen, auch zu Bewusstlosigkeit und narkoseähnlichem Schlaf kommt. Es sind auch Weinkrämpfe, Rededrang und Tobsuchtsanfälle möglich. Bei entsprechender Dosis kann der Tod eintreten. Die Symptome treten relativ rasch innerhalb von fünf bis dreißig Minuten nach der Einnahme auf." Dr Kincaid legte eine Pause ein und ließ seine Erklärung erst einmal auf die beiden Inspectoren wirken.

„Mir ist diese Methode des Vergiftens in den letzten dreißig Jahren noch nie untergekommen. Ist sie nicht ungewöhnlich?" Brennan kam ins Grübeln.

„Heute ja. Aber, wie ich sagte, früher nicht."

„Und im Mittelalter?"

„War sie auch bekannt. – Kommen Sie doch einmal mit zu meiner kleinen Buchsammlung." Kincaid führte sie in sein Büro. Hinter dem Schreibtisch erstreckte sich eine Bibliothek über die gesamte Breite des Raumes.

„Da haben Sie einen schönen Bücherbestand. Das sind einige Meter Literatur", bemerkte Foster anerkennend.

Kincaid nahm ein Buch heraus und öffnete es an einer gekennzeichneten Stelle. Offensichtlich hatte er sich schon einmal für das Kraut interessiert.

„Hier sehen Sie: Im *Buch Der Natürlichen Gifte* steht, dass das Gift in geringen Mengen auch anders wirken kann: Das Bilsenkraut gehört durch seine berauschende Wirkung zu den ältesten ‚Zauberpflanzen' Eurasiens. Für die Kelten war Bilsenkraut eine göttliche, dem Sonnengott Belenos geweihte Pflanze. Im alten Griechenland versetzte sich die Orakelpriesterin von Delphi mit einer Mischung aus geräuchertem Bilsenkraut und Lorbeer in Trance. In der antiken Medizin wurden Bestandteile des Bilsenkrautes gegen Schmerzen verwendet, in der richtigen Dosierung wirkt es krampflösend. In der Neuzeit wurde die Pflanze vor allem durch die Hexenprozesse bekannt. Bilsenkraut war mit ziemlicher Sicherheit ein Bestandteil der Hexensalben. Das Kraut wird schon lange als Rauschmittel benutzt. Als angeblich wirksames Aphrodisiakum soll es die Durchblutung der Unterleibsorgane fördern. Später verkam das Bilsenkraut zum „Liebeszwinger", mit dem Frauen gefügig gemacht wurden. Zur Zeit Shakespeares wurde es als Rauschmittel, aber auch als Gift verwendet. Hamlets Onkel vergiftet dessen Vater mit Hebenon, womit Bilsenkraut, aber möglicherweise auch andere giftige Pflanzen gemeint sind. Gerne wurden in der damaligen Zeit die getrockneten Blätter und Samen geraucht, zusammen mit anderen Kräutern und Pflanzen wie Hanf oder Salbei, bevorzugt in mittelalterlichen Badehäusern", beendete Kincaid seine Ausführung.

„Mit dem Zeug kann man ja eine Menge Unfug treiben!" Brennan schaute einige Seiten mit Aufnahmen des Bilsenkrauts an.

„Ich finde das faszinierend", bemerkte Foster. „Was Pflanzen für eine Wirkung haben können!"

„Drogen waren für die Menschen immer schon etwas Anziehendes. Alkohol und Nikotin gehören auch dazu", bemerkte Kincaid und blickte zu Brennan. Der verstand den Blick und meinte mit einem Grinsen:

„Ich rauche kaum noch. Aber ein Bier hier und da muss schon sein."

„Sehen Sie, wir sind gerne abhängig von solchen Drogen."

„Aber etwas anderes, Dr Kincaid: Wo kann man heute dieses Gift bekommen?"

„Sie können die Pflanze in der Natur suchen. Anleitungen dazu gibt es im Internet und in der einschlägigen Literatur. Frei verkäuflich ist es nicht. Als Therapeutikum unterliegt es der Verschreibungspflicht."

Brennan überlegte. Warum macht sich ein Mörder solche Mühe und erschießt seine Opfer nicht einfach?

„Gibt es noch etwas, das wir wissen sollten?"

„Das ist alles, in groben Zügen. Ich werde noch etwas über das Bilsenkraut nachdenken."

„Aber bitte nur darüber nachdenken", erwiderte Foster als witzig gedachten Kommentar und verließ das Büro. Brennan hob kurz fragend den Kopf, verstand ihre Bemerkung und schüttelte den Kopf.

Entgegen ihrer Erwartung war Paul noch nicht zu Hause. Es war schon beinahe sieben, und normalerweise war er schon viel früher aus dem Büro zurück. Sie schickte eine SMS und bekam erst einmal keine Antwort. Eine halbe Stunde später las sie auf ihrem Handy, dass er noch mit Kollegen ein Bier trinken gegangen war. Sie hatte sich auf diesen Abend mit Paul gefreut.

Als er um elf Uhr noch nicht da war, legte sie sich leicht verärgert ins Bett. Sie war bereits eingeschlafen, als er zur Tür hereinkam.

„Wo bist du gewesen?", fragte sie ihn.

„Habe ich dir doch geschrieben. Hast du meine SMS nicht erhalten?"

„Doch. Aber du hast dann doch gewusst, dass ich heute einmal früher zu Hause war."

Sie stand noch einmal auf und lief zur Küche. In der Garderobe fiel ihr der Duft eines Parfums auf, der von Pauls Mantel und Jackett ausging. Ein Damen-Parfum! In diesem Moment lenkte sie den Blick auf das Handy ihres Mannes: Das Display leuchtete auf, eine Nummer erschien und schließlich der Name Wanda. Paul war noch im Badezimmer, Foster nahm sich einen Zettel und schrieb die Nummer ab. Wanda. Wer war Wanda?

Brennan fasst zusammen

Chief Inspector Brennan war an diesem Morgen recht früh im Büro und setzte sich erst einmal an seinen Schreibtisch. Was er bis jetzt erfahren hatte, fügte sich für ihn nicht so recht zu einem klaren Bild zusammen. Was er in den letzten Wochen gehört und gesehen hatte, musste er jetzt einmal sortieren: Eine Tote im Wald, wohl vor etwa 27 Jahren ermordet, ein Skelett aus dem Mittelalter, eine vergiftete Tote im Kofferraum, und alle, außer Frank Glenn, hatten dieses merkwürdige Zeichen auf der Stirn.

Brennan hatte sich die letzten Monate vor seiner Pensionierung anders vorgestellt. Alte Fälle aufarbeiten, Berichte vervollständigen, so was in der Art – und nun das. In 18 Monaten würde er in Pension gehen. Er hatte von einer Reise nach Indien, einem kleinen Häuschen in Schottland und seinem Hobby Angeln geträumt. Seine Pläne hatte er schriftlich festgehalten, und dieses Papier lag in seinem Schreibtisch. Aber jetzt hatte er keine Zeit mehr für solche Überlegungen. Sein Pflichtgefühl rief und es waren auch der Anreiz und sein Stolz, solch einen Fall noch lösen zu können. Brennan fühlte Energie in sich aufsteigen, fast wie in alten Zeiten. Er hatte die Erfahrung und die Kraft. Diesen Fall würde er noch lösen!

„Roberta", rief er in Richtung ihres Schreibtisches. „Kommen Sie doch mal herüber. Wir gehen in den Besprechungsraum. Nehmen Sie alle Unterlagen zu diesem Fall mit." Brennan hatte kaum die Tür geschlossen, da nahm seine Kollegin einen Filzschreiber in die Hand und wollte ihre Erkenntnisse auf das Flipchart schreiben.

„Moment", bat Brennan. „Nicht so schnell. Lassen Sie uns erst einmal ordnen. „Erstens: Wir haben jetzt vier Tote: zwei Frauen, eine davon vor ca. 27 Jahren ermordet, einen Mann, und ein Skelett aus dem Mittelalter. Nehmen wir einmal an, es handelt es sich auch hier um eine vergiftete Person. Dass sie dieses Zeichen auf der Stirn hat, spricht dafür. Ja, notieren Sie das bitte."

„Zweitens", machte sie weiter: „Sämtliche weiblichen Toten haben dieses Zeichen auf der Stirn: ein Haus mit einer Hellebarde. Es gehörte zu der Familie der Donn aus dem Gebiet um Fanagmore. Die Nachkommen heißen aber auch Dunn oder Dunnel bzw. die von der anderen Familie Glean, Glenn oder auch noch anders."

„Stopp, stopp. So weit sind wir noch nicht." Brennan hatte seine eigene Vorstellung. „Laut alter Unterlagen muss es zwischen der Familie Glean und einer Familie Donn zu mörderischen Streitigkeiten gekommen sein. Grund: Aleen Glean wurde angeblich 1457 vergiftet. Sie hatte sich geweigert, Gilmore Donn zu heiraten. Daraufhin fingen die Gleans an, die Donns umzubringen. Das Drama begann."

„Die Namen können sich verändert haben: Aus Donn wurde Dunn oder Dale zum Beispiel, und aus Glean Glenn", warf sie ein.

„Ja, wichtig. Gehört dazu.", knurrte Brennan.

„Die Donns sind später nach Edinburgh und dann weiter in den Süden von England ausgewandert. Wohl auch, damit sie den Gleans entkommen konnten."

„Moment. Dieser letzte Satz. Woher stammt der?", wollte Brennan wissen.

„Hat das nicht der alte Frank Glenn gesagt? Aber etwas Genaueres wissen wir nicht, richtig?" Foster machte sich eine Notiz.

„Da sollten wir nachhaken, sobald die Kollegen in Edinburgh mehr aus dem Archiv herausgefunden haben. Bleiben Sie mit denen in Kontakt."

„Aber auch die Gleans verkauften ihren Hof", sagte sie.

„Richtig", bestätigte Brennan. „Hatte das Drama damit erst einmal ein Ende? Das wissen wir nicht. Wann war das? Erinnern Sie sich noch, was Frank Glenn erwähnt hat?"

„Auch irgendwann um 1800 oder so", meinte Foster sich zu erinnern.

„Und hier habe ich einige Kopien aus den Ordnern aus Frank Glenns Wohnung. Ich konnte die Namen von Leuten aus der Familie Donn, die jetzt leben, einigermaßen zusammenstellen. Von denen habe ich sämtliche Frauen herausgesucht, und von denen wieder solche, die zwischen achtzehn und dreißig Jahre alt sind. Das sind Elf", erklärte Brennan.

„Sind die beiden Ermordeten darunter?", fragte Foster.

„Die Letzte ja, die Tote aus dem Wald nicht. Das bedeutet, dass meine Liste nicht unbedingt vollständig ist."

„Aber wir kennen die anderen und können mit ihnen in Verbindung treten." War sie erfreut über ihre Schlussfolgerung.

„Wir müssen erst einmal schauen, ob diese Personen wirklich existieren. Das wird Ihre Aufgabe sein."

„Okay", kam es von ihrer Seite, während sie sich Notizen machte.

Brennan lehnte sich zurück und blickte seine Kollegin an.

„Warum hat irgendein Irrer wieder damit angefangen? Und viel wichtiger: Woher kennt er die Namen der Nachkommen, also seiner Opfer? Irgendjemand muss da ständig Kontakt gehalten haben! War das nur dieser Frank Glenn?"

Foster schrieb die wichtigsten Punkte auf das Flipchart. Das Blatt war fast voll.

„Kleben Sie die beschriebenen Blätter an die rechte Wand. Klebeband finden Sie da vorne."

„Haben Sie nicht erzählt, dass bei Frank Glenn eine Reihe von Ordnern fehlte?" Sie befestigte das erste Blatt an der Wand. „Er hatte doch ansonsten ein perfektes Archiv der Familiengeschichte?"

„Richtig", entgegnete Brennan. „Der Mörder von Frank Glenn wusste, was er suchte. Damit hat er nun die Adressen der lebenden weiblichen Nachfahren der Gleans in der Hand."

„Und wird wahrscheinlich das Morden weiterführen", ergänzte sie. „Was haben wir sonst noch für Anhaltspunkte?"

„Keine", meinte Brennan und sah sich ihre Notizen noch einmal an. „Bislang noch keine", ergänzte er.

„Haben die Kollegen aus Canterbury schon mehr über die Tote im Kofferraum herausbekommen? Und was wissen wir über die Tote im Wald?"

„Canterbury hat sich noch nicht gemeldet", antwortete Foster. „Wir wissen aber, dass es sich um eine Erin Glenn handelt, die 22 Jahre alt geworden ist. Sie arbeitete als Sachbearbeiterin bei der Stadt Canterbury. Erste Recherchen ergaben nichts Auffälliges. Sie führte ein ganz normales Leben."

„Und weiter?"

„Was weiter?"

„Die Tote im Wald? Vor unserer Haustür?", reagierte Brennan unwirsch.

„Nichts Weiteres. Aber wir wissen, wie sie hieß, wer sie war, was sie gemacht hat und wann sie verschwand, bzw. wann sie wahrscheinlich ermordet wurde."

„Sie haben doch jetzt einen Namen. Glean oder Glenn oder etwas Ähnliches", belehrte Brennan seine Kollegin. Bevor Brennan noch deutlicher werden musste, antwortete sie schnell:

„Ich verstehe. Ich werde bei der Polizei nachfragen, was damals noch herausgefunden wurde. Ich werde gleich darangehen."

„Und fragen Sie auch noch einmal bei dieser ehemaligen Nachbarin, ob ihr etwas aufgefallen ist. – Also, dann los. Sie kümmern sich um die Tote im Wald und ich werde in Canterbury nachfragen"; Brennan erhob sich und verließ den Raum. „Und sorgen Sie dafür, dass unsere Notizen nicht im Papierkorb landen", schob er noch hinterher.

Ein Problem für Roberta Foster

Sie war jetzt alleine im Büro. Ihre Gedanken kreisten immer noch um den Abend zuvor. Sie hatte sich die Handy-Nummer von dieser Wanda aufgeschrieben. Sollte sie beim Telefonanbieter nachfragen oder noch warten? Obwohl es erst Viertel nach fünf war, entschied sie sich, nach Hause zu fahren. Falls Paul noch nicht da war, könnte sie auch von dort aus arbeiten.

Foster bog auf ihren Parkplatz ein und sah Pauls Auto dort stehen. Sie nahm Tasche und Mantel und lief zu ihrer Wohnung. An der Haustür kam ihr eine junge Frau entgegen, die sie kurz anschaute und dann zum Parkplatz ging. Foster blieb kurz stehen und schaute der Frau nach. Irgendetwas erinnerte sie. Sie lief mit diesen Gedanken zum Fahrstuhl und zu ihrer Wohnung, sie öffnete die Tür, lief ins Wohnzimmer, in dem Paul mit einer Zeitung auf dem Sofa saß. Schlagartig fiel ihr ein: Das Parfum! Paul roch gestern Abend danach, die Frau an der Eingangstür roch danach und dieser Geruch war jetzt hier, in ihrem Wohnzimmer. Diese Frau war hier gewesen. Sie war Wanda! Foster ging ins Schlafzimmer und entdeckte, was sie zu sehen erwartete: Die

Bettbezüge lagen anders da, als sie heute Morgen von ihr hingelegt worden waren. Der Parfumgeruch war hier noch intensiver. Sie hob die Decken und sah den noch feuchten Fleck. Sie dreht sich um, stellte sich wütend von Paul:

„Wanda war vorhin hier. Ihr habt gefickt!"

Paul blickte aus seiner Zeitung auf und machte ein verdutztes Gesicht.

„Was?"

„Ich brauche diesen Satz wohl nicht zu wiederholen. Du hast noch nicht einmal das Bettlaken gewechselt. Du hast ein Verhältnis mit dieser Schlampe. Dieses Flittchen kam mir gerade an der Eingangstür entgegen." Roberta Fosters Stimme war inzwischen aggressiv und laut geworden. Paul sah sie sprachlos an. Was sollte er nur sagen?

„Hätte ich mich daran erinnert, dass ich mit einem Kriminal-Inspector verheiratet bin, wäre ich natürlich vorsichtiger gewesen", kam es zynisch aus seinem Mund.

Foster holte aus und schlug zu. Sie schlug zu wie eine ausgebildete Polizistin. Paul flog vom Sofa und lag wie ein Käfer auf dem Rücken. Er stand auf und hielt sich mit der Hand seine Backe.

„Das war zur Erinnerung, dass du mit einer Polizistin verheiratet bist. Und jetzt nimmst du deine Siebensachen und verschwindest aus dieser Wohnung."

„Du bist ja nie da", bemerkte er weinerlich. „Ich habe keine Lust, jeden Abend alleine vor dem Fernseher zu verbringen. Keinen Abend warst du vor neun Uhr zu Hause!"

„Du weißt ganz genau, dass wir zurzeit an einem schwierigen Fall arbeiten. Und dir war von vornherein bekannt, dass ich nicht irgendeine Angestellte mit einem Nine-to-five-Job bin, sondern Polizistin. Und schon nach kurzer Zeit hüpfst du mit einer anderen ins Bett. Und das auch noch in unserer Wohnung. Hau ab! Pack deine Sachen. Jetzt!" Sie war aufgebracht und hatte sich in Rage geredet, ihre Stimme war laut geworden. Paul hatte sich jetzt wieder etwas gefangen und war gleichfalls wütend, wohl auch wegen des Schlages:

„Erzählst du mir alles, wenn du die halbe Nacht wegbleibst oder mit deinem Chef tagelang unterwegs bist?"

„Das gehört zu meinem Job, falls du es vergessen haben solltest. Und du willst mir doch nicht unterstellen, dass ich etwas mit meinem beinahe doppelt so alten Chef habe?"

„Es gibt ja vielleicht noch andere Männer in deinem Laden."

„Dieser Laden ist das Kriminalkommissariat und wir suchen einen Giftmörder im ganzen Land. Und ich habe dich heute hier erwischt, in unserer Wohnung. Und darum geht es. Pack deine Sachen!"

„Wollen wir nicht noch einmal darüber reden?", kam es jetzt hilflos von Paul. Er setzte sich wieder.

Roberta stellte sich wütend vor ihn hin. „Falls Du jetzt nicht innerhalb weniger Minuten die Wohnung verlassen hast, werfe ich dich hinaus und deine Sachen kannst du unter dem Balkon abholen."

„Hör mal. Es tut mir leid. Es wird auch nicht wieder vorkommen."

„Raus."

„Wir haben doch hier so eine schöne Zeit und so eine tolle Wohnung gefunden ..."

„Zum letzten Mal, raus." Roberta straffte ihren Körper und war bereit, Paul vor die Tür zu setzten. Paul sah die Drohung und erhob sich. Dann lief er an ihr vorbei ins Schlafzimmer. Sie setzte sich erst einmal. War sie mit dem Rausschmiss zu weit gegangen? Im Hintergrund hörte sie, wie Paul einen Koffer nahm und ein paar Kleidungsstücke hineinlegte. Am Ende hatte er nicht nur seinen Koffer, sondern auch eine große Tasche und seinen Laptop gepackt. Wortlos zog er die Wohnungstür hinter sich zu. Roberta saß in ihrem Sessel und heulte.

Die Tote im Kino

Turner hatte gut geschlafen. Selbstzufrieden duschte er, zog sich an und ging ins Restaurant, um sein Frühstück einzunehmen. Er wollte sich gut stärken, denn der Tag könnte lang werden. Um zehn Uhr zahlte er die Rechnung in bar und verließ das Hotel in London, wohin er sich nach seiner Tat in Canterbury zurückgezogen hatte. Sein Weg führte ihn mit der U-Bahn zur Euston Station. Er kaufte eine Fahrkarte für den Zug nach Guildford. Dort würde er sich für die nächsten Tage in einem Hotel einquartieren. Ein Treffen mit seinem Freund Michael stand noch für heute Abend auf dem Programm. Er kaufte sich eine Zeitung und nahm im Zug seinen Sitzplatz ein, um sich nach kurzem Durchblättern der Zeitung auf sein Buch zu konzentrieren. Über die Toten, seine Toten, wurde berichtet, aber keine Spur, die verfolgt wurde, war angegeben. Er lehnte sich entspannt zurück.

Der Tod auf dem Nil sollte seine Lektüre für die Fahrt sein. Agatha Christie faszinierte ihn immer schon. Er wollte aber nicht morden. Seine Opfer sollten ihre Schuld eingestehen, sagte er sich immer wieder.

In Guildford setzte er sich in den Bus und fuhr zum Mandolay Hotel, wo er sich unter dem Namen Mike Adams anmeldete. Er würde es in den nächsten Tagen immer wieder verlassen, und einmal länger. So hatte er es geplant. Turner war mit seiner Lektüre beinahe fertig, als ihm über sein Zimmertelefon ein Gast angekündigt wurde. Turner lief zur Rezeption und begrüßte seinen Freund Michael.

„Hattest du eine gute Anreise?", fragte er ihn auf dem Weg zu seinem Zimmer.

„Danke. Ich bin auch erst heute hier in der Stadt angekommen." Michael hängte seine Jacke über eine Stuhllehne. „Läuft bei dir alles nach Plan? Viel liest man nicht in der Zeitung."

„Die Polizei hält sich ziemlich bedeckt. Ich vermute, die tappen im Dunkeln."

„Das einzige Problem könnte für uns das Archiv von Frank sein. Die aktuellen Listen haben wir. Aber was in den restlichen Ordnern steht, haben wir nicht kontrolliert."

„Wir hatten keine Zeit, alle Ordner durchzusehen. Falls die Polizei auf die Idee kommt, dort zu stöbern, könnten sie in der Tat den einen oder anderen Anhaltspunkt finden", vermutete Turner.

„Hast du den Ordner mit den Listen gut versteckt?", wollte er noch wissen.

„Natürlich. In unserem Versteck. Wie weit bist du mit der Jackie Glean? Hast du schon einen Termin?"

„Ich muss noch mehr über sie wissen. Und wann fängst du an?"

„Ich arbeite noch an einem Plan für Edward Dunn."

„Wo wohnt der? Ich erinnere mich nicht mehr."

„In der Nähe von Newbury."

Die beiden Freunde saßen noch länger zusammen. Turner hatte eine Flasche Wein und Sandwiches auf das Zimmer bringen lassen.

„Wir kennen und finden aber alle. Mit oder ohne Namensänderung. Lass uns an die Arbeit gehen. Wir haben unseren Plan."

Sie redeten über dies und das und beendeten ihr Treffen um halb elf. Michael Glenn packte seine Sachen, verabschiedete sich und fuhr mit seinem Mietwagen zu seiner Unterkunft.

Turner verließ während der folgenden vier Tage immer wieder das Hotel für mehrere Stunden. Einmal war er den ganzen Tag unterwegs. Er fuhr mit dem Bus in die Stadt, setzte sich in ein Café, von dem aus er den Eingang des Buchladens gut beobachten konnte. Die Besitzerin Jackie Glean schloss pünktlich um zehn Uhr morgens ihren Laden auf und um neunzehn Uhr wieder zu. Zwischendurch verließ sie ihr Geschäft nur, um im Café gegenüber etwas zu essen und eine Freundin zu treffen. Er hatte sich in die Nähe der beiden Damen gesetzt und das eine oder andere Gespräch mitverfolgt. Und er hatte gehört, dass Jackie Glean am Freitagabend im Odeon einen Film ansehen wollte.

Turner ging sehr selten ins Kino, doch in diesem Fall war es für ihn ein Muss. Am Abend vorher nahm er sich viel Zeit, um sich die Räumlichkeiten des Odeons anzuschauen. Der Vorraum war ausgestattet mit einer Bar, der ideale Ort für seinen Plan. Den James-Bond-Film hätte er sich an diesem Abend nicht ausgewählt. Er kannte ihn schon. Für ihn waren die Räumlichkeiten das Wichtigste.

Am Sonntagabend mischte Turner sich unter die Kinobesucher und erwartete Jackie Glean. Teil eins seines Planes ging auf: Er hatte es gehofft, und sie kaufte sich tatsächlich eine Cola und ging in den Vorführsaal. Turner erwarb schnell ebenfalls eine Cola und folgte ihr. (Plan B wäre gewesen, sie auf dem Nachhauseweg zu überwältigen.) Das Kino war nur halb besetzt, er fand einen Platz in ihrer Nähe, ließ einen Platz zwischen ihnen frei und setzte sich. Auf keinen Fall wollte er ihre Aufmerksamkeit erregen. Kaum war der Vorspann angelaufen, goss er vorsichtig sein Gift in die Cola-Flasche und wartete. Leicht schwenkte er die Flasche im Kreis. Dabei ließ er seinen Schlüsselbund fallen. Während einer spannenden und mit viel Lautstärke untermalten Szene bückte er sich, hob nicht nur die Schlüssel auf, sondern tauschte auch die Flaschen aus. Ihm sei sein Schlüssel heruntergefallen, murmelte er so laut vor sich hin, dass es glaubwürdig klang. Selbst an dieselbe Füllhöhe in den Cola-Flaschen hatte er gedacht, was in der Dunkelheit nicht einfach war. Er lehnte sich entspannt zurück, wohl wissend, dass sich der Rest von selbst erledigen würde.

Nach einer halben Stunde, Jackie Glean hatte die Flasche ausgetrunken, versuchte sie aufzustehen, vermutlich fühlte sie sich nicht wohl; sie wurde aber von Turner in ihren Sitz zurückgedrückt. Sie wollte etwas sagen, konnte das aber nicht mehr, sondern fiel in einen schlafähnlichen Zustand, von dem Turner wusste, dass sie nicht mehr daraus erwachen würde.

Die Zeit verging, der Film war zu Ende, die Kinobesucher verließen den Raum, Turner zog die Tote unter die Sitze, für den Fall, dass jemand Kontrolle laufen würde. Dann ging das Licht aus. Turner wartete noch, bis die letzten Geräusche außerhalb des Vorführraums verklungen waren, und setzte die tote Jackie Glean wieder auf ihren Platz. Er nahm sein Messer, ritzte das Zeichen in ihre Stirn. Nur wenig wässriges Blut trat aus, er beließ es bei zwei Schnitten in die Haut und verließ den Raum. Er wusch sich die Hände im Toilettenraum, ging an den Hintereingang des Kinos, der auch der Notausgang war, setzte die Alarmanlage durch einen kurzen Zug am Kabel außer Kraft und verschwand durch die Tür. Bevor er das Licht in seinem Hotelzimmer löschte, meldete er Vollzug bei seiner Großmutter: „Ich habe wieder einen Mord gerächt."

Die Spur

„Jackie Glean", vermeldete Foster ihrem Chef, „weist die gleichen Spuren wie die anderen Opfer auf: Das Zeichen auf der Stirn, und: wahrscheinlich vergiftet. Es würde mich nicht wundern, wenn auch sie mit Bilsenkraut umgebracht worden wäre." Inspector Foster war an diesem Morgen sofort zum Tatort nach

Guildford gefahren. Sie hatte, nachdem sie Paul aus der Wohnung geworfen hatte, nicht viel geschlafen. Sie war sauer über seine Affäre, fragte sich aber auch, ob sie richtig reagiert hatte.

An diesem Tag war sie um fünf Uhr dreißig aufgestanden, hatte sich einen starken Kaffee gemacht und war ins Kommissariat gefahren. Mehr und mehr überstieg die Wut über Paul ihre Zweifel über den Rausschmiss. Der Anruf, durch den sie kurz nach acht Uhr über den neuen Mord unterrichtet wurde, half ihr, sich wieder auf ihre Arbeit zu konzentrieren und die privaten Dinge beiseitezuschieben.

Wenn Paul mit dieser Wanda schon öfter im Bett war, dann stand seine Ehe für ihn wohl schon länger infrage. Mit diesen Gedanken startete sie ihren Wagen und fuhr zum Tatort nach Guildford.

Brennan hatte noch ein weiteres Telefonat mit seiner Tochter in London. Anschließend war er beim Zahnarzt, der ihn von seinen hartnäckigen Zahnschmerzen befreite, indem er ihm den entsprechenden Zahn zog.

„Geht nicht mehr zu reparieren", erklärte Dr Will Brennan. „Keine Füllung mehr möglich. Sie bekommen eine Brücke."
Brennan nahm es gelassen und dachte jetzt nicht an die Kosten, die mit dieser Zahnbrücke auf ihn zukamen. Anschließend fuhr er ebenfalls nach Guildford, gegen elf Uhr kam er an.

Die Polizeikollegen hatten den Platz vor dem Kino weitläufig abgesperrt. Eine größere Menge Schaulustiger versammelte sich davor und hoffte, irgendwelche spannenden Dinge zu sehen. Ein junger Constable stellte sich Brennan in den Weg:

„Sir, ich kann Sie hier nicht durchlassen."

„Chief Inspector Brennan. Ich bearbeite den Fall."

„Kann ich bitte Ihren Ausweis sehen?"

Brennan pulte seinen Dienstausweis aus der Jackentasche.

„Merken Sie sich für das nächste Mal: Chief Inspector Brennan."

„Natürlich, Sir."

Brennan entdeckte Foster, die mit den Leuten von der Spusi sprach.

„Gibt es schon etwas?", unterbrach er.

„Die Tote ist eine Jackie Glean. Wie es aussieht, hat derselbe Täter wieder zugeschlagen. Dieses Mal im Kino, wohl während der Filmvorführung. Die Kollegen haben den Innenraum abgesucht. Aber wir haben noch keine Spur."

„Kollegen, bitte sucht alles, aber wirklich alles ab."

„Machen wir natürlich, Chief Inspector. Das ist unsere Arbeit." Die Spusi-Leute liefen wieder in den Kinoraum und suchten jetzt in jeder Ritze nach Beweismaterial.

„Nehmt euch auch die anderen Räume vor."

„Der macht sich nicht einmal die Mühe, Ausweise und sonstige Papiere an sich zu nehmen. Der muss sich sehr sicher sein", bemerkte Foster.

Die Tote war inzwischen nach draußen geschafft worden. Brennan ging in den Vorstellungsraum und setzte sich, nur einen Platz von dem entfernt, auf dem Jackie Glean gesessen hatte. Die Spusi hatte die Cola-Flecken auf dem Fußboden entdeckt und Proben davon genommen. Überall an dem Platz befand sich getrocknetes Blut. Brennan beugte sich nach vorne, sah unter die

Sitze, als sich sein Mantel im Nachbarsitz verhakte und diesen ein wenig hinunterklappte. In diesem Moment klapperte etwas neben ihm auf den Boden. Es war kaum zu hören, als der kleine Gegenstand auf den Teppichboden fiel. Brennan hatte ebenso kurz einen dunklen Schatten fallen sehen. Er befreite seinen Trenchcoat und bückte sich erneut. Mit der Hand fuhr er über den dunklen Teppich und ertastete diesen Gegenstand. Zur Sicherheit nahm er sein Taschentuch und holte ihn unter dem Sitz hervor: Es war ein USB-Stick. Brennan nahm ihn und lief zu einem Kollegen von der Spusi, der einen Laptop hatte.

„Können Sie das bitte gleich anschauen", bat er ihn.

„Okay, mach ich", und er schob den Stick in den Slot. Es gab nur eine Datei.

„Es handelt sich um eine Liste mit Namen. Wollen Sie mal sehen, Chief Inspector?"

„Das ist ja grandios! Da hat der Superschlaue die Liste seiner Opfer hier liegenlassen? Schicken Sie mir bitte diese Datei auf mein Handy und in mein Büro. Die Kollegen von der IT sollen den Stick noch genauer untersuchen." Brennans Laune hatte sich schlagartig verbessert. Auf diesen Moment hatte er gewartet: Jeder Täter macht irgendwann einen Fehler. Irgendwann kriegen wir ihn, ich werde ihn fassen!, dachte er.

Brennan holte tief Luft. Er blickte rein zufällig zur Straße. Das Kino war weiträumig abgesperrt worden. Neugieriges Publikum stand immer noch davor, manche blieben länger, andere hielten nur kurz auf ihrem Weg an. Ein Mann fiel ihm auf, der sehr neugierig zu Brennan und den Leuten von der Spusi schaute. Für Brennans Verständnis auffallend neugierig.

Turner hatte eine angenehme Nacht gehabt. Nachdem er gefrühstückt hatte, nahm er seine Jacke und griff nach dem USB-Stick. Er wollte sichergehen, dass er den von ihnen beschlossenen Plan genau befolgte. Aber der Stick war nicht da, nicht in seiner Jacke, nicht in seiner Hosentasche. Er schaute sich um und konnte ihn nirgends entdecken. Er öffnete den Zimmersafe.

„Ich habe ihn nicht hineingetan, ich habe ihn nicht aus der Jackentasche genommen, ich habe ihn gestern Abend nicht in der Hand gehabt", murmelte er vor sich hin. Seine Stimme wurde lauter, je mehr er begriff, in welcher Situation er sich befand. Sein Puls raste, er begann zu schwitzen. Schnell war ihm klar, dass der Stick nicht hier sein konnte. Er hatte ihn entweder auf der Straße oder im Kino verloren. Er war möglicherweise aus der Jackentasche gerutscht, als er das kleine Fläschchen mit dem Gift ausgepackt hatte. Turners Herz schlug Alarm. Er musste sich erst einmal setzen und die möglichen Konsequenzen überlegen.

Zum Glück habe ich noch einen Ausdruck im Safe, den habe ich gestern dort hineingelegt. Aber ich muss meine Taktik ändern, denn die Polizei wird den Stick möglicherweise finden.

Als Turner seine Jacke anziehen wollte, bemerkte er gerade noch rechtzeitig, dass er die Blutspuren von gestern Abend noch nicht ausgewaschen hatte. Schnell wechselte er die Jacke gegen eine andere, warf die beschmutzte in den Koffer und verschloss ihn. Der Zimmerservice sollte sie nicht zu Gesicht bekommen. Dann fuhr er in die Stadt, zum Kino, in der Hoffnung, dass die Polizei den Stick noch nicht gefunden hatte. Doch eine Absperrung hielt ihn vom Betreten des Kinos ab. Er sah die Polizisten in Uniform, die Spusi in ihren weißen Anzügen und die Kriminalbeamten, wie sie sehr intensiv auf einen Laptop schauten. Turner näherte sich möglichst unauffällig bis zur Absperrung und erkannte seinen knallroten USB-Stick im Laptop auf dem Klapptisch. Ein älterer Mann blickte auf, schaute sich um und Turner an. Dieser drehte sich langsam weg, in der Hoffnung, nicht wahrgenommen worden zu sein, und schritt langsam davon.

Chief Inspector Brennan blickte noch länger in die Richtung, in die die neugierige Person gegangen war.

„Der Mörder hat seinen ersten Fehler gemacht. Vielleicht kenne ich ihn sogar schon", sagte er halblaut vor sich hin. Foster schaute erst Brennan an und folgte dann seinem Blick. „Den sollten wir uns merken. Ein auffälliger Gang, meinen Sie nicht auch, Roberta?"

Foster sah noch etwas anderes: Zwei Rocker von den Hell Waves standen in nicht allzu weiter Entfernung von der Absperrung. Sie schaute weiter in die Runde und konnte dann auch ihre Motorräder in einer Seitenstraße erkennen.

„Roberta. Haben Sie den Mann auch gesehen?", fragte Brennan und war verwundert, dass sie in eine ganz andere Richtung blickte.

„Ja, Steve. Den werde ich mir merken."

„Haben Sie sonst noch etwas gesehen?"

Sie schluckte. „Ich glaube, ich muss Ihnen noch etwas erzählen."

„Hat das etwas mit diesem Fall zu tun?"

„Ich denke eigentlich nicht. Aber mit meinem alten Fall." Sie wurde unterbrochen. Ihr Handy klingelte. Die Anzeige auf dem Display zeigte ihr, dass es Paul war. Den ersten Anruf drückte sie noch weg, den zweiten nahm sie an.

„Was willst du? Ich bin bei der Arbeit."

„Können wir heute Abend reden? Wann bist du zu Hause?"

„Ich habe keine Zeit. Du wohnst doch wohl jetzt bei dieser Wanda?"

„Nein, ich bin in einem Hotel."

„Dein Problem. Ich habe heute Abend keine Zeit", wiederholte sie und wollte das Gespräch beenden.

„Was machst du am Wochenende?"

„Ich arbeite, und dann will ich meine Ruhe haben!" Jetzt beendete sie das Gespräch.

Brennan hatte mit einem Ohr zugehört.

„Noch mehr Probleme? Sie wollten mir gerade von Ihrem alten Fall erzählen."

„Sie kennen die Geschichte sicherlich aus meinen Akten. Ich habe da Mist gebaut. Aber der Mörder wurde gefasst."

Brennan wartete. Er gab keinen Kommentar von sich.

„Zwei von den Rockern standen vorhin an der Absperrung und beobachteten alles." Sie erzählte nichts von der nächtlichen Aktion vor ihrer Wohnung.

„Meinen Sie, das hat etwas mit unserem Fall zu tun?"

„Ich glaube, das hat etwas mit mir zu tun. Die sind sauer auf mich."

„… und wollen Ihnen Angst einjagen. Falls irgendetwas vorkommt, sagen Sie mir bitte sofort Bescheid." Brennan kannte die

107

gesamte Geschichte aus Aberdeen. Seiner Erfahrung nach war das Verhältnis zwischen Polizei und Rockern generell schwierig.

Sie sahen sich noch weiter am Tatort um, suchten sich anschließend einen ruhigen Platz in einem Café und fassten die neuen Fakten zusammen. Brennan sah nun zwei Fälle: erstens die Giftmorde und zweitens die Rocker, die seiner Mitarbeiterin Ärger machen wollten. Er telefonierte mit den Kollegen in Aberdeen.

Die Inspectoren aus Birmingham fuhren am Nachmittag ins Kommissariat in Guildford, setzten sich mit den Kollegen zusammen und besprachen die Fälle. Immer wieder kam die Frage nach den möglichen nächsten Opfern auf. Brennan hatte dazu jetzt Anhaltspunkte und den Namen: Glean oder Glenn. Die Leiche hatten sie nach Birmingham transportieren lassen. Kincaid war bald an die Untersuchung gegangen. Am späten Nachmittag waren sie nach Birmingham zurückgefahren und hatten ihn aufgesucht. Die Bestätigung des Zeichens auf der Stirn war schon da, die Untersuchung auf das Gift im Mageninhalt und im Blut lief noch. Die Inspectoren klebten ein neues Foto an die Notizen im Besprechungszimmer.

Foster war gegen neunzehn Uhr nach Hause gefahren. Es war ein anstrengender Tag gewesen: die Untersuchungen vor Ort, die Bestätigung der Mordmethode und all die Besprechungen. Zudem beschäftigten sie die beiden zusätzlichen Probleme: Paul und die Rocker. Auf ihrer Fahrt durch die Straßen von Birmingham hatte sie sich immer wieder nach den Motorrädern umgesehen. Sie ließ das Auto auf der Straße stehen. Sie mied die Tiefgarage. Außerdem hatte sie sich vorgenommen, ihre Wohnung nur noch bewaffnet zu verlassen. Doch sie fand auch in dieser Nacht keine Ruhe.

Die Jagd beginnt

Am nächsten Tag saßen sie wieder im Büro in Birmingham und besprachen die Lage.

„Jetzt haben wir zwar den Stick und damit eine Liste mit Namen der Donns, wissen aber nicht, welche der Frauen als potenzielle Opfer infrage kommen. Hier stehen dreiundzwanzig mögliche Opfer", brachte Brennan die Sache auf den Punkt.

„Vielleicht will dieser Irre alle umlegen?"

„Möglich ist das schon. Sehen Sie ein Schema, wenn wir auf die Opfer schauen? Ich nicht."

„Haben Sie noch weitere Informationen zu der Toten aus Canterbury?"

„Ja, ihre Cousine Helen hatte eine Vermisstenanzeige aufgegeben. Sie wohnt ebenfalls in Canterbury. Ich werde sie besuchen."

„Die müsste in den Fünfzigern sein. Damit scheidet sie als mögliches Opfer aus. Geben Sie den Kollegen trotzdem genaue Anweisungen. Und fragen Sie nach weiteren Verwandten, insbesondere jungen Frauen." Brennan überlegte weiter. „Neulich hat ein Verwandter von mir in einem dieser Online-Abstammungstafeln herumgesucht. Er war überrascht, wie viel er über unsere Familie herausgefunden hat. Suchen Sie bitte auch in solchen Online-Portalen nach den Familien Dunn und Glean. Vielleicht finden wir etwas, was für uns interessant ist."

„Ich würde gerne Feierabend machen. Wir haben die letzten Tage sehr lange gearbeitet. Ich muss auch einmal wieder etwas anderes machen."

„Ist in Ordnung. Gehen Sie", meine Brennan großzügig.

Inspector Brennan ging diese Person, die ihm vor dem Kino aufgefallen war, nicht aus dem Kopf. Das war kein Neugieriger, der mal schnell schauen wollte, was da los war. Es könnte der Täter gewesen sein, der gehofft hatte, den Stick wiederzufinden. Und dieser Mensch hatte sich auffällig benommen. Brennan setzte sich an seinen Schreibtisch, wollte alle seine Notizen noch einmal durchgehen und ergänzen, als er von einem Spezialisten aus der IT-Abteilung unterbrochen wurde.

„Gut, Steve. Sie sind noch hier. Ben hat mich gebeten, mir den Stick noch einmal genauer anzuschauen. Das habe ich getan, und ich habe da etwas für Sie, was sie sicherlich interessieren wird."

„Na, reden Sie schon, Harry."

„Auf dem Stick gab es versteckte Dateien. Eine davon enthält eine Liste. Ich habe sie Ihnen ausgedruckt. Die Datei schicke ich Ihnen noch."

Brennan schoss aus seinem Stuhl hoch und griff nach dem Papier. Die Liste machte beim ersten Hinschauen keinen Sinn, sie war offenbar codiert.

„Das wird eine lange Nacht", grantelte er vor sich hin, begann aber sofort nachzudenken. „Was sollen diese Kombinationen von Zahlen und Wörtern? Scheinen Passwörter zu sein. Ich bin mir aber sicher, das sind Namen." Er nahm die Unterlagen und lief in die IT-Abteilung. Obwohl es schon zwanzig Uhr vierunddreißig war, machte er sich Hoffnung, dass Ben Webber noch im Hause war. Sie hatten sich länger nicht gesehen, es hatte während der letzten Monate keinen Fall gegeben, bei dem sie gegenseitige Hilfe benötigt hätten.

„Hallo Ben, auch noch im Büro?"

„Du weißt, wie immer."

„Hast du diese Datei auf dem Stick gesehen?"

„Nein, der Kollege war froh, sie gefunden zu haben. Hat sich aber wohl keine Gedanken dazu gemacht."

„Schau dir doch das einmal an. Ich vermute, es sind Namen und Daten. Dieser Stick kommt von dem Mörder, der seine Opfer vergiftet und kennzeichnet. Wir glauben, dass er noch mehr potenzielle Opfer auf seiner Liste hat. Und das hier auf dem Stick könnten sie sein."

„Ich lasse mal ein paar Entschlüsselungsprogramme darüber laufen. Das könnte aber länger gehen."

„Du meinst, heute kein Ergebnis mehr?"

„Wahrscheinlich nicht. Ich rufe dich an, sobald ich etwas habe."

Brennan packte seine Sachen und machte sich auf den Heimweg. Er machte sich Hoffnung, den Täter bald überführen zu können.

Inspector Brennan hatte unruhig geschlafen. Immer wieder tauchte vor seinem Auge diese unbekannte Person auf: Helle Jacke, blaue Jeans, auffallender Gang: Das rechte Bein knickte ein wenig ein, was dem Schritt ein etwas wackeliges Aussehen gab.

Er hatte sich einen Kaffee aufgebrüht, wollte sich gedankenversunken zwei Scheiben Toastbrot aus dem Regal nehmen, als er erst beim zweiten Mal bemerkte, dass er ins Leere griff: Den Einkauf gestern hatte er wieder einmal vergessen. In einer Tüte im Schrank fand er noch drei Kekse, das musste an diesem Morgen als Frühstück reichen. Eier hatte er noch im Kühlschrank gesehen, ihm war allerdings der Aufwand für ein Rührei zu groß. Ihn zog es ins Kommissariat.

Nach dem letzten Schluck aus der Kaffeetasse packte er seine Sachen und fuhr um sieben Uhr direkt ins Kommissariat. Zu seiner Überraschung war seine Kollegin schon da und beugte sich mit Ben Webber über ein Blatt Papier.

„Guten Morgen. Offensichtlich bin ich spät dran und Sie haben schon Neues herausgefunden?", gab Brennan zuversichtlich von sich.

„Also, wir haben eine Systematik gefunden, zumindest teilweise. Es sieht nach zwei Listen aus. Aus der ersten könnten wir Namen und Adressen lesen, wenn wir für den Familiennamen ein „D" als ersten Buchstaben einsetzen. Bei der anderen Liste kommen wir mit diesem System nicht weiter."

„Eine andere Verschlüsselung?"

„Vielleicht. Wir werden weitersuchen", meinte Webber und verschwand.

Foster erklärte Brennan die entschlüsselte Liste: „Das sind die Namen, das sind Postleitzahlen und das sind die Straßen. Leider gibt es daraus keinen Hinweis, wer das nächste Opfer sein könnte."

„Aber das sind nur neun! Haben wir nicht gesagt, dass es mindestens dreiundzwanzig gibt? Wo sind die anderen? Sind denn unsere Opfer dabei?"

„Es gibt Doppelnennungen, also einige Personen tauchen mindestens zweimal in der Liste auf. Den Grund weiß ich nicht. Und ja, drei unserer Toten stehen drauf, die wir nun abgezogen haben."

„Wenn wir diese Namen mit denen aus dem Archiv von Frank Glenn vergleichen, dann handelt es sich hier um neun neue mögliche Opfer?", fragte Brennan noch einmal kritisch nach. „Welche Liste ist dann gültig?"

„Ich gehe davon aus, dass es die vom USB-Stick ist. Sie ist neuer als die Listen, die wir bei Frank Glenn gefunden haben."

„Das könnte stimmen. Als Nächste steht Carol Glean drauf."

„Wir konzentrieren uns auf diese Person, reduzieren aber das Risiko der anderen, indem wir ihnen Polizeischutz an die Seite stellen. Hoffen wir, dass wir richtigliegen und der Mörder uns bei dieser Kandidatin in die Falle geht."

„Mir ist nicht wohl bei der Sache, wir haben aber keine andere Wahl. Roberta, Sie haben hoffentlich recht. Prüfen Sie bitte sämtliche Angaben, und dann müssen wir alle denkbaren Opfer schützen. Dass wir den Stick gefunden haben, ist wirklich ein Glücksfall."

„Aber nicht für den Täter."

„Wie ich immer sage: Jeder Täter macht irgendwann einen Fehler."

Foster machte sich sogleich an die Arbeit. Nach einer Stunde kam sie zurück.

„Die Angaben zu den Adressen stimmen alle. Als Erste auf der Liste steht Carol Glean in Sevenoaks. Sie ist eine entfernte Cousine des letzten Opfers, Jackie Glean."

„Gut. Gehen wir davon aus, dass der Täter dort zuschlägt. Dann werden wir ihn uns schnappen. Zusätzlich werden wir mit den Kollegen in allen anderen Orten reden und Anweisungen geben."

„Wenn wir Pech haben, schlägt er schon jetzt am Wochenende zu."

„Ja. Die Umgebung muss schon jetzt beobachtet werden. Und zwar vorsichtig. Falls jemand von der Polizei gesehen wird, geht uns die Maus nicht in die Falle. Ich rede gleich mit den Kollegen", fasste Brennan zusammen und nahm den Telefonhörer.

Foster wäre gerne ins Wochenende gegangen, die aktuelle Lage ließ das aber nicht zu. Sie blieb bei Brennan, machte sich Notizen und brachte den einen oder anderen wichtigen Aspekt ein. Es galt, mögliches Verhalten und Aussehen des Täters zu beschreiben. Immer wieder kamen Rückfragen. Ja, sie würden sofort nach Sevenoaks kommen, sobald es Anhaltspunkte für sein Erscheinen gäbe, spätestens am Montag.

Ein Wochenende voller Unsicherheiten

Chief Inspector Steve Brennan war am Freitagabend erst gegen dreiundzwanzig Uhr nach Hause gekommen. Ein geplantes gemeinsames Wochenende mit seiner Tochter Judy hatte er absagen müssen, sehr zum Ärger seiner geschiedenen Frau. Jetzt am Samstagmorgen setzte er sich schon beim Frühstück mit den Informationen auseinander, die sie noch am Freitag erhalten hatten. Sollte der Täter seine Planungen abgeschlossen haben, so könnte er auch schon an diesem Wochenende zuschlagen. Die Polizeiposten waren instruiert. Mehrere Beamten in Zivil bewachten die Umgebung. Brennan betete, dass das Denkbare nicht eintreten werde. Die Vorbereitungen der Polizei in Sevenoaks waren noch nicht beendet. Und Brennan wollte den möglichen Tatort noch selbst in Augenschein nehmen. Sollte er am Wochenende nach Sevenoaks fahren? Brennan blickte immer wieder nervös auf sein Handy.

Foster hatte endlich einmal gut geschlafen. Sie war allein in der Wohnung und hoffte, dass das auch in den nächsten Tagen so bleiben möge. Sie konnte auf Paul verzichten. Sie fühlte sich mehr und mehr enttäuscht über sein Verhalten, je mehr sie darüber nachdachte. In dieser Stimmung machte sie sich daran, die Wohnung gründlich zu putzen. Beim Anblick von Pauls Sachen kam sie zu dem Entschluss, dass er hier nicht mehr auftauchen müsste. Sie holte aus der Garage ein paar Umzugskartons und packte seine persönlichen Sachen hinein. *Du kannst deine Sachen am Montag hier abholen. Den Hausschlüssel legst du dann auf den Küchentisch,* schickte sie eine SMS an Paul.

Ihre Gedanken jagten hin und her zwischen ihrer Situation mit Paul und dem Fall des Giftmörders. Sie hatten jetzt eine Spur, sie wollten ihm eine Falle stellen. Aber was ist, wenn er die Falle erkennt oder die Falle nicht zuschnappt, und er mit dem möglichen Opfer entkommt? Der Plan war, dass eine Polizistin die Rolle von Carol Glean übernehmen sollte. Das Opfer wäre dann eine Kollegin! Sollte sie, Foster, sich als Lokvogel zur Verfügung stellen? Diese Überlegungen gingen ihr durch den Kopf, als sie nach getaner Arbeit mit einer Tasse Kaffee im Sessel saß. Sie nahm ihr Handy und rief Brennan an.

„Hallo Steve. Gibt es etwas Neues?"

„Nein, bei mir nicht. Und aus Sevenoaks habe ich auch noch nichts gehört. Werde aber einmal nachfragen. Vielleicht fahre ich sogar selber hin."

„Steve, ich habe eine Idee wegen der Rolle des Lockvogels. Ich könnte die übernehmen. Ich habe auch die Ausbildung dazu."

„Kommt nicht infrage. Die Kollegen vor Ort haben Experten. Ich brauche Sie für andere Dinge."

„Aber Steve ..."

„Nein."

Die will sich wieder profilieren, dachte Brennan. Das werde ich verhindern. „Wie geht es Paul?"

Foster schluckte. Brennan wurde hellhörig, als sie sich mit der Antwort Zeit ließ.

„Ich habe ihn vor die Tür gesetzt. Er zieht andere Frauen vor."

„Verstehe. Kann ich etwas tun?"

„Nein danke, Steve. Ich komme klar."

Brennan sah ihren Vorschlag nun in einem anderen Licht: Sie benötigte Selbstbestätigung nach dieser Geschichte. Die Rolle als Lockvogel würde er ihr aber nicht geben, das stand für ihn fest. Sie wiederum saß schmollend in ihrem Sessel. Nichts durfte sie bei diesem Chief Inspector alleine tun, nichts! Sollte sie sich schon einmal in Sevenoaks einquartieren? Sie ertappte sich dabei, voller Hoffnung auf einen Anruf zu warten, dass der Täter zugeschlagen hätte. Wäre sie schon dort, wäre sie sofort am Tatort, vor Brennan. Aber dann wäre auch kein Lockvogel mehr nötig, überlegte sie. Langsam wurde ihr klar, dass es ihr bei diesen Gedanken mehr um sich, als um das Opfer ging.

„Schluss jetzt damit", sagte sie zu sich selbst und beendete damit das wirre Kreisen ihrer Gedanken. Sie nahm das Telefon und verabredete sich mit einer Freundin für den Abend.

Auch Chief Inspector Steve Brennan kam langsam zur Ruhe, als er seine Unterlagen beiseitegelegt hatte und sich in die Zeitung vertiefte. Ein längerer Artikel über das Angeln in Kanada nahm ihn in Beschlag. Er erinnerte sich, dass er vor Jahren ein Buch zu diesem Thema gekauft und gelesen hatte. Er verglich die Beschreibungen.

„Da hat sich einiges geändert", stellte er fest. „Die Orte sind touristisch geworden. Alleine ist man dort nicht mehr." Sein

Handy klingelte. Rasch sah er auf das Display und war nicht sicher, ob er das Gespräch annehmen sollte. Es war Carol.

„Steve, bist du zu Hause? Hätte ich das gewusst, hättest du auch Judy dieses Wochenende nehmen können."

„Ich bin zu Hause, aber im Dienst. Jeden Moment kann ich einen wichtigen Anruf bekommen."

„Das erzählst du immer. Schon früher musste ich ständig diese Litanei anhören." Brennan schwieg dazu.

„Hörst du noch zu?"

„Ich lege jetzt auf. Es ist wichtig, dass ich erreichbar bin." Er drückte den Knopf und legte das Handy beiseite. Jetzt bemerkte er die Ruhe in seinem Haus und vertiefte sich wieder in die Artikel über sein Hobby. Regelmäßig bekam er einen Zwischenbericht aus Sevenoaks. Die Lage sei ruhig, keine auffälligen Menschen in der Nähe, und Carol Glean hatte sich mit einem Polizisten in ihrem Haus verschanzt.

Die Berichte änderten sich auch am Sonntag erst einmal nicht. Brennan hatte beschlossen, nicht nach Sevenoaks zu fahren. Was sollte er dort, wenn nichts passierte? Das Wetter hatte sich verschlechtert: Regenschauer ließen ihn zu Hause bleiben und nach Ideen für eine größere Reise suchen, bevor er sich in Schottland niederlassen würde.

Um fünfzehn Uhr sechsundzwanzig klingelte sein Handy. Ein kurzer Blick auf das Display sagte ihm, dass es sich um einen Anruf aus Sevenoaks handeln konnte.

„Chief Inspector Brennan, hier ist Sergeant Hammersmith aus Sevenoaks. Ich beobachte aus dem Haus von Jackie Glean einen Fremden, der schon mehrmals an der Gärtnerei vorbeigegangen ist und auffällig in unsere Richtung schaute. Er könnte von der Größe her dem möglichen Täter entsprechen. Sollen wir zugreifen?"

„Auf keinen Fall! Falls es nicht der gesuchte Täter ist, wird uns der richtige möglicherweise durch die Lappen gehen. Wir müssen davon ausgehen, dass er die Gärtnerei unter Beobachtung hat, und zwar so, dass Sie es nicht sofort erkennen."

„Okay, Sir."

„Wie weit sind sie sonst mit den Vorbereitungen?"

„Alles nach Plan, Sir."

„Gut. Seien Sie weiterhin wachsam und unternehmen Sie nichts. Es sei denn, der Täter schlägt wirklich zu."

„Okay, Sir."

Brennan legte auf und widmete sich wieder seinen Plänen für die Zeit nach der Pensionierung.

Als er sich am Abend von seinem PC erhob, kreisten seine Gedanken vermehrt um eine Reise nach Indien. Auch diese Idee hatte er schon länger. Gleich nach seiner Pensionierung würde er dort zwei Monate lang einen alten Freund besuchen und reisen. Seine Ziele hatte er gerade wieder im Internet angesehen. Für einige Momente war er nicht der Chief Inspector. Zumindest für eine kurze Zeit war der Giftmörder weit weg. Es wurde schon dunkel, als sein Handy erneut klingelte. Er fuhr zusammen und nahm das Gespräch an, ohne auf das Display geschaut zu haben:

„Roberta hier. Ist alles in Ordnung bei Ihnen? Ich vermisse Ihre Rückmeldungen zur Lage in Sevenoaks."

„Tut mir leid. Ich war in einer Reiseplanung."
Für sie war das eine ganz neue Erfahrung: Ihr Chef mit seinen Gedanken ganz weit weg.
„Haben Sie etwas gefunden?"
„Vielleicht. – Aus Sevenoaks gibt es nichts Neues. Wir sehen uns dann morgen." Er legte auf.
„Gute Nacht", murmelte sie, aber das hörte er gar nicht mehr. Bloß nicht zu viel Privates.

Brennans Risiko

Carol Glean hatte eine Gärtnerei in der Nähe von Sevenoaks bei London, die sie mit vier Angestellten führte. Sie liebte ihre Arbeit über alles, züchtete Rosen und versorgte die kleinen Vorgärten in ihrer Umgebung mit Blumen und Sträuchern. Einmal im Jahr traf sie sich mit ihrer Cousine Jackie entweder in Birmingham oder bei sich in Sevenoaks, oder sie gingen zusammen bummeln in London. Ihr Freund Jim wohnte mit ihr im kleinen Wohnhaus der Gärtnerei, das schon einhundertfünfzig Jahre alt war. Nachdem ihre Mutter vor drei Jahren gestorben war, hatten sie die kleinen Zimmer schön für sich hergerichtet.

Auf seinen Weg nach Sevenoaks hatte Chief Inspector Brennan am frühen Montagmorgen die Gelegenheit genutzt und in der Praxis seines Freundes Dan Halfpenny in Dulwich Village bei London kurzfristig einen Termin wahrgenommen.

„Guten Morgen, Steve. Was führt dich zu mir? Wo tut es weh? Deine letzte Untersuchung liegt drei Jahre zurück!"

„Guten Morgen, Dan. Ja, ich weiß. Ich sollte öfters bei dir vorbeikommen. Vor ein paar Tagen hatte ich ein Erlebnis, das mir Sorgen bereitet. Plötzlich bekam ich keine Luft mehr. Ich musste mich hinsetzen. Dann ging es wieder besser."

Doktor Dan Halfpenny kannte die Krankengeschichte seines Freundes Steve in- und auswendig. Er hatte ihn schon vor Jahren ermahnt, seinen Lebensstil und vor allem die Essgewohnheiten zu ändern.

„Darf ich davon ausgehen, dass du dich immer noch hauptsächlich von Fisch und Chips, Hamburgern und Bier ernährst?"

„Ich kann mir die Küche nicht aussuchen."

„Dann mach dich mal frei." Dr Halfpenny führte einige Untersuchungen durch und kam zu dem Schluss: „Steve, wenn du deine Rente genießen willst, solltest du dir bald Stents einsetzen lassen. Und du solltest deine Ernährung umstellen: mehr Obst und Gemüse, wenig Fleisch, weniger Bier. Was du verspürt hattest, mein Freund, war ein kleiner Angina-Pectoris-Anfall. Ich schreibe dir eine Überweisung in die Herzklinik zur weiteren Untersuchung."

„Muss das wirklich so schnell sein? Ich bin gerade an diesem Fall mit dem Giftmörder dran. Vielleicht haben wir ihn bald."

„Was nützt es dir, wenn du den Mörder hast und dann draufgehst?" Brennan brummte etwas, als er sich wieder anzog.

„Hier, ich gebe dir noch ein Fläschchen Nitroglyzerin-Spray für den Notfall mit – immer bei Beklemmungsgefühlen in der Brust inhalieren. Sollten die Beschwerden nicht in wenigen Minuten verschwinden, musst du sofort eine Klinik aufsuchen. Aber lieber früher als später in die Klinik."

„Wird schon gehen", meinte Brennan beim Hinausgehen, verabschiedete sich und fuhr weiter nach Sevenoaks.

Während Inspector Foster bereits Gespräche mit den Einsatzleitungen führte, war ihr Chef an diesem späteren Vormittag mit zwei Polizisten in Zivil, Sergeant Geoffrey White und Constable Vivian Green, in der Gärtnerei in der netten kleinen Stadt südlich von London verabredet. Ihm gefiel dieser schön angelegte Ort.

„Einen richtig netten Garten könnte ich mir auch vorstellen, wenn ich in Rente bin", meinte er zu seinen beiden Kollegen.

„Guten Morgen. Suchen Sie bestimmte Pflanzen?" Carol hatte die zwei Herren und die Dame gesehen und war auf sie zugegangen.

„Sind Sie Ms Carol Glean?", fragte Brennan. Die drei Polizisten zeigten ihre Ausweise.

„Chief Inspector Brennan und meine Kollegen von der hiesigen Polizei. Können wir mit Ihnen kurz ins Haus gehen?"

„Ich weiß, warum Sie kommen. Ich wurde schon am letzten Freitag angerufen", erklärte sie, während sie voraus ins Wohnhaus ging. „Ich kann das alles gar nicht glauben, dass so ein Verrückter nach Jahrhunderten herumläuft und Nachfahren der alten Familie umbringt. Und dann noch auf so eine hässliche Art und Weise. Ich musste lange darüber nachdenken. So richtig geht mir das nicht in den Kopf. Das macht Angst."

„Wir verstehen das auch noch nicht so richtig. Aber die Fakten sprechen für sich. Sie hatten ja Polizeischutz über das Wochenende, nicht wahr?"

„Ja, es waren zwei Polizisten in meinem Haus, vielleicht haben sich auch draußen welche aufgehalten. Die Gärtnerei habe ich nicht verlassen."

Brennan erzählte ihr ausführlich von dem Serienmörder, und dass offensichtlich Nachkommen, hauptsächlich junge Frauen, aus der Familie der Gleans ermordet wurden.

„Dass Ihre Cousine Jackie vor wenigen Tagen umgebracht worden ist, haben die Kollegen Ihnen erzählt?"

„Ja, das haben sie." Carol zeigte sich immer noch geschockt. Sie konnte die Geschichte kaum glauben.

„Ich habe diese Familiengeschichte nie gehört", versicherte sie und drückte sich in ihren Sessel. Sie hatte Angst. Jackie und andere Frauen waren tot, und sie stand auf der Liste des Mörders.

„Es gibt acht weitere Frauen aus Ihrer Verwandtschaft, die auf dieser Liste stehen. Sie alle werden von uns beobachtet. Ihr Name steht ganz oben. Deshalb werden wir hier weitere Maßnahmen ergreifen. Wir sind nicht nur hier, um Sie zu warnen, sondern auch, um Sie zu beschützen und den Täter dingfest zu machen. Wir wissen nicht, wann er zuschlägt. Wir haben eine Vermutung, wie er aussieht. Unser Plan ist, ihm hier eine Falle zu stellen." Brennan berichtete kurz über die Besonderheit im Gang des Mannes, der ihm aufgefallen war, meinte aber auch, dass dies eine bewusste Irreführung gewesen sein könnte.

„Wir wollen ihn hier in einen Hinterhalt locken. Ich möchte, dass die beiden Kollegen zu Ihrem Schutz hier sind. Lassen Sie sie im Garten arbeiten. Sie sollen immer in Ihrer Nähe bleiben. Zusätzlich kommt heute Sergeant Samantha O´Brian. Sie soll unauffällig in Ihrer Nähe bleiben und Sie im Auge behalten. Sie wird noch heute Ihre Rolle übernehmen. Sie, Ms Glean, werden bitte verreisen. Wir haben keine Ahnung, wann der Mörder wieder zuschlagen wird, und wir können kein Risiko eingehen."

„Wo soll ich denn hin?"

„Wir bringen Sie an einen sicheren Ort, bis das Ganze vorbei ist."

„Und was soll ich machen?", fragte Jim, der inzwischen hinzugekommen war.

„Sie gehen noch heute Nachmittag gut sichtbar auf eine Reise. Packen Sie einen großen Koffer und tragen sie ihn in Ms Gleans Auto, sodass man es von der Straße aus sehen kann. Dann fahren sie in die Richtung, die wir Ihnen nennen, und gelangen so zum Unterschlupf Ihrer Freundin", erklärte einer der Polizisten in Zivil.

„Samantha wird entsprechend ausgerüstet. Sie hat zwar nicht die gleiche, aber eine ähnliche Statur wie Sie. Ich fahre jetzt in die Polizeistation und anschließend ins Hotel. Sie können mich jederzeit erreichen. Heute Nachmittag werden wir alles arrangieren." Brennan verließ die Gärtnerei. Niemand wusste, wann der Mörder zuschlagen würde; er war immer vorbereitet und hatte seine Opfer gut ausgespäht. Kurze Zeit später kam Samantha hinzu. Sie bekam, wie auch die Polizisten, Gartenkleidung, und alle machten sich an die Arbeit. Die Gärtnerin ließ sie Unkraut zupfen, gießen und Pflanzen setzen, während sie unauffällig die Umgebung ins Visier nahmen.

Brennan war unruhig. Er war mit den Beamten in der Polizeistation sämtliche Vorbereitungen durchgegangen. Was ihnen fehlte, war ein genauer Grundriss der Gärtnerei, den der verantwortliche Sergeant schnell besorgen wollte.

„Wir müssen darauf gefasst sein, dass der Täter bald zuschlägt. Das kann noch heute oder erst in den nächsten Tagen sein." Mit diesen Worten packte Brennan seine Aktentasche und ließ sich ins Hotel fahren.

Er saß jetzt mit einer Tasse Kaffee im Hotelrestaurant und schaute zum Fenster hinaus. Foster war noch nicht von ihrer Besprechung mit der Verkehrspolizei zurück. Sein Handy lag vor ihm auf dem kleinen Tisch und blieb dunkel. Da fiel ihm ein, dass er auf seiner Fahrt durch die Stadt heute Morgen ein kleines Buchgeschäft in der High Street gesehen hatte. Er setzte sich voller Freude über seinen Einfall in seinen Wagen und fuhr in die Innenstadt.

Schnell hatte er die Abteilung für die von ihm gesuchten Bücher gefunden. Er begann zu schmökern, legte das eine oder andere Buch heraus. Das war etwas, das völlig untypisch für ihn war: Draußen wartete vielleicht schon ein Killer und er, Chief Inspector Steve Brennan, suchte nach Büchern über Flüsse, an denen man gut angeln konnte! Ein Buch zog ihn besonders in seinen Bann. Er setzte sich auf einen Stuhl in der Nähe des Fensters und blätterte. Eine Dame bat darum, sie vorbeizulassen, Brennan erhob sich und sein Blick fiel kurz auf die Straße. Da sah er ihn! Einen Mann, der einen ähnlichen Gang hatte, wie der vor dem Kino in Guildford. Aber der vor dem Kino hinkte etwas, dieser hier nicht. Ansonsten stimmte alles. Brennan nahm sein Handy, sprach mit Foster und verständigte die Kollegen, dass der Mörder wahrscheinlich in der Stadt war. Währenddessen lief

Brennan zum Ausgang und versuchte, dem Unbekannten zu folgen. Doch er war verschwunden.

Brennan fuhr ins Hotel zurück. Foster und er machten sich Gedanken über die Person, die er gesehen hatte. War das dieselbe wie die vor dem Kino?

Turner hatte sich am Morgen nach dem Mord an Jacky Glean noch einmal auf den Weg zum Kino in Guildford gemacht, war aber schon nach wenigen Minuten umgekehrt, weg von den Polizeiabsperrungen. Hatte er wirklich gehofft, dass die Tote noch nicht gefunden worden war und er den USB-Stick im Kino suchen könnte? Schon die große Menschenmenge davor ließ ihn zweifeln.

Hatten sie ihn gesehen? Dieser ältere Herr neben dem Laptop hatte ihn lange angesehen. Turner besann sich schnell auf den speziellen Gang, den er sich extra antrainiert hatte. Falls ihn einer der Polizisten gesehen hatte, so sollte er sich diese Auffälligkeit merken. Nachdem er sicher war, dass niemand ihm folgte, war er zurück ins Hotel gefahren, hatte seine Sachen gepackt und unter dem Namen Mike Adams bei der nächsten Autovermietung einen Toyota geliehen. Er fuhr in den Ort Sevenoaks und checkte im Donnington Manor Hotel ein. Gestern war er noch durch das nette kleine Städtchen geschlendert, doch nun hatte die Polizei den Stick und damit die Aufstellung der Namen. Kurz fragte er sich, ob er nicht einen Namen der Aufstellung überspringen und in eine andere Stadt fahren sollte, statt hier weiterzumachen? Er entschied sich für die Gärtnerin hier in Sevenoaks. War es auch die Herausforderung, die ihn zu diesem Schritt bewog? Die Herausforderung, die Polizei zu überlisten?

Er hatte sich während der letzten Tage immer wieder auf der Website von Carol Gleans Gärtnerei umgesehen. Er ging davon aus, dass die Mitarbeiter um achtzehn Uhr nach Hause gehen würden. Er müsste noch herausfinden, ob sie alleine dort wohnte. Die Umgebung war ihm schon ziemlich vertraut. Turner öffnete die Homepage der Gärtnerei und erkannte sofort, dass Carol Glean neue Mitarbeiter hatte. Jetzt wollte er sich die Situation vor Ort einmal ansehen.

Er stellte noch einmal sicher, dass seine Perücke richtig saß und er die Schuhe mit den hohen Innensohlen trug, die ihn größer erscheinen ließen; er verließ gegen Mittag das Hotel und fuhr direkt zur Gärtnerei. Dort parkte er, stieg aus, ging langsam über das Gelände, beobachtete die Arbeiten und unauffällig auch das Haus. Die beiden Constables, die sich als Gärtner ausgaben, hatten den Kunden bemerkt, ihm aber keine besondere Aufmerksamkeit geschenkt.

„Guten Tag. Sie suchen Blumen für Ihren Garten?" Eine der Angestellten sprach Turner an. Es war abgemacht, dass sich Carol im Hintergrund aufhielt. Der Mörder sollte nicht so genau wissen, wie sie aussah.

„Ja, und zwar Sommerblumen. Ich möchte mich aber auch über Büsche für meinen Garten informieren."

„Suchen Sie da etwas Besonderes?"

„Ja, die sind für einen schattigen Platz gedacht. Ich möchte mich aber noch ein bisschen umsehen."

„Natürlich. Melden Sie sich, wenn Sie Hilfe benötigen."
Turner streifte herum, schaute hier und dort, entschied sich für einen kleinen Blumenstrauß und verließ die Gärtnerei. Diese Carol Glean hatte er nicht zu Gesicht bekommen. Er machte sich zurück auf den Weg zum Auto.

Chief Inspector Brennan fuhr am Nachmittag alleine zur Gärtnerei. Das Risiko, dass er und Foster zusammen vom Täter gesehen werden könnten, war zu groß. Vor Ort hatten die beiden anwesenden Constables sichergestellt, dass niemand in der Umgebung war, als Brennan auf das Gelände der Gärtnerei einbog. Sie mussten allerdings davon ausgehen, dass die Gärtnerei beobachtet wurde. Der Täter hatte sich bislang als raffiniert gezeigt, wenn es um Beobachtungen oder Entführungen ging. Samantha war mit Mikrofon und Waffe ausgerüstet. Nun stattete Carol sie noch mit allem aus, was sie wie eine Gärtnerin aussehen ließ.

Brennan kaufte ein paar Blumen, während Carol Glean in sein Auto huschte.

„Alles in Ordnung?", fragte Brennan unauffällig einen der Constables.

„Bislang schon. Gestern war ein komischer Vogel hier, der überall herumgeschnüffelt hatte. Er entsprach aber überhaupt nicht Ihrer Beschreibung."

„Wie sah er aus?"

„Nicht wie auf dem Bild. Größer, und er hatte viel mehr Haare."

„Ich habe heute Vormittag einen Mann in der Stadt gesehen, der dem in Guildford ähnlichsah. Könnten nicht alle drei ein und dieselbe Person gewesen sein? Der Typ, den ich gesehen habe, war etwas kleiner und hatte kurze Haare. Es gibt Perücken, Schuhe mit höheren Absätzen. Bitte vergessen Sie das nicht."

Der Polizist wurde unsicher. „Hm ja, vielleicht handelt es sich um die gesuchte Person. Aber sicher bin ich mir nicht."

„Merken. Dranbleiben", gab Brennan als Anordnung und setzte sich in seinen Wagen. Er verließ den Parkplatz der Gärtnerei und fuhr ein paar Meilen weiter zu einem verabredeten Treffpunkt. Carol Glean stieg um in ein Fahrzeug, das sie Richtung Südküste brachte, zum vorbereiteten Versteck.

Während des gesamten Tages hatte sich Constable Samantha O´Brian bei jeder Gelegenheit Carol Glean angeschaut und sich ein Bild von ihr machen können: Ihre Bewegungen, ihre Mimik, die Art, wie sie mit den Pflanzen umging, alles versuchte sie sich einzuprägen und nachzumachen. Kurz vor achtzehn Uhr waren noch weitere Requisiten für die Aktion mit einem LKW gebracht worden. *Frische Blumen*, hatte er als Aufschrift.

Bevor sie an diesem Abend einschlief, ließ sie sich noch einmal alles durch den Kopf gehen. Sie war aufgeregt und auch etwas ängstlich, hatte aber die Gewissheit, dass sie unter dem Schutz ihrer Kollegen stehen würde.

Die Falle schnappt zu

Turner nahm am folgenden Tag seine Beobachtungen erst gegen Mittag auf. Er verließ das Hotel, die Schuhe mit den dicken Innensohlen und die Perücke in einer Tasche, fuhr zu einer Fahrradvermietung, veränderte sein Aussehen an einem ruhigen Ort und fuhr zur Gärtnerei. Er nahm einen Feldweg, der hinter der Gärtnerei vorbeiführte, und versteckte sein Rad hinter einem Gebüsch. Er fand den zweiten Busch, den er in Google Maps gesehen hatte, stellte sicher, dass niemand in der Nähe war, ließ sich dort nieder und begann seine Beobachtungen mit dem Fernglas. Vier Personen konnte er in der Gärtnerei entdecken, alle an ihrer grünen Kleidung zu erkennen. Die Frau, die Carol sein könnte, sah er selten. Ab und zu kamen Kunden, erledigten ihre Garteneinkäufe und gingen wieder. Turner konzentrierte sich auf das Wohnhaus und die Gewächshäuser. Eines davon wurde von den Angestellten immer wieder betreten. Turner sah eine Möglichkeit, dort einzusteigen, und von dort aus käme er auch gut in die anderen. Mehr und mehr formte sich sein Plan. Warum nicht gleich morgen früh die Sache angehen? Er wollte seinen Auftrag schnell durchziehen – morgen.

Seine Beobachtungen wurden am späten Nachmittag unterbrochen. Ein Mann mit Hund machte einen Spaziergang und kam in seine Richtung. Turner musste davon ausgehen, dass der Hund ihn riechen würde, also packte er seine Sachen zusammen, setzte sich aufs Fahrrad, drehte eine kurze Runde, auch am Eingang der Gärtnerei vorbei, und stellte zu seiner Zufriedenheit fest, dass es keine Auffälligkeiten gab. Er fuhr zurück in die

Stadt, gab das Fahrrad ab und fuhr anschließend mit seinem Wagen ins Hotel. Er benötigte etwa eine Stunde, um einen genauen Plan für den kommenden Morgen auszuarbeiten, schaltete dann den Fernseher ein und sah sich noch einen Film an. Schließlich löschte er voller Vorfreude auf den nächsten Tag das Licht und schlief mit Gedanken an Margareth schnell ein.

In der Polizeistation hatte sich Chief Inspector Brennan noch einmal einen genauen Plan von der Gärtnerei geben lassen. Foster und einige Constables sowie der leitende Sergeant der Station hatten sich mit ihm um diesen Plan versammelt. Brennan wollte nicht nur ein Risiko für Samantha O´Brian ausschließen, sondern auch für den Fall vorbereitet sein, dass dem Täter die Flucht gelingen sollte, mit oder ohne Geisel. Sie konnten allerdings nicht das Risiko eingehen, dass zu viele Streifenwagen unterwegs waren, das könnte den Täter warnen.

„Jetzt müssen wir nur noch warten und hoffen, dass der Täter hier auftaucht." Mit diesen Worten packte Brennan seine Aktentasche. „Wir sind dann wieder im Hotel. Kann uns jemand dorthin bringen?"

„Sir, das sind nur etwa 500 Meter."

„Bitte erinnern Sie sich daran, dass der Täter uns wahrscheinlich kennt. Wir sollten hier nicht auffallen, sonst wäre die ganze Aktion womöglich umsonst."

„Constable Wright, fahren Sie bitte die Kommissare ins Hotel zurück, und nehmen Sie einen unauffälligen Weg", ordnete Sergeant Hughes an.

„Ich wäre noch gerne in die Stadt gegangen", seufzte Foster.

„Ich auch. Das muss jetzt aber warten. Gestern habe ich jemanden gesehen, der der Täter sein könnte."

„Sie haben davon erzählt."

„Sir. Wir sind am Seiteneingang vom Hotel."

Brennan und Foster stiegen aus.

„Noch einen Tee zusammen?" Sie hatte die Frage gestellt, obwohl sie wusste, dass Tee nichts für ihren Chef war.

„Einverstanden", meinte er zu ihrer Verblüffung.

„Ich hatte das nur als Scherz gemeint."

„Wollen Sie oder wollen Sie nicht?"

„Doch, gerne. Ich dachte nur, Sie trinken keinen Tee."

Sie fanden eine Sitzgelegenheit in einer versteckten Ecke des Hotels.

„Mein Arzt meint, ich solle weniger Kaffee trinken."

„Und auf den hören Sie tatsächlich?"

Brennan ging auf diese Bemerkung nicht ein. Er vermied es immer, auf solche Fragen zu antworten.

„Ich habe gestern in der Buchhandlung ein interessantes Buch über das Angeln entdeckt. Falls der Täter es zuließe, könnte ich mich heute Abend noch etwas hinein vertiefen."

„Das sollte doch kein Problem sein", erklärte Foster. „Das kann doch jemand vom Hotel für Sie besorgen."

Brennan war dieser Idee nicht abgeneigt und bat den Concierge, das Buch für ihn zu kaufen. In der Zwischenzeit saßen die beiden Inspectoren noch länger zusammen. Steve Brennan erzählte tatsächlich einmal etwas aus seinem Leben, war aber froh, als der Hotelangestellte mit dem Buch zurückkam. Jetzt konnte er sich endlich auf sein Zimmer zurückziehen.

Sergeant Samantha O´Brian hatte wieder sehr gut geschlafen. Sie hatte ihren Kollegen vertraut, die Wache gehalten hatten. Obwohl es nicht ihrer Gewohnheit entsprach, hatte sie bis beinahe Mitternacht die Nachttischlampe brennen lassen und gelesen, so wie Carol Glean es auch getan hätte. Sie war, wie auch am Vortag, um sechs Uhr am Morgen aufgestanden, hatte sich nach Vorgabe eine bestimmte Zeit lang im Bad aufgehalten und dann in der Küche gefrühstückt. Um sieben Uhr fünfzehn ging sie in das Gewächshaus. Niemand sonst war zu der Zeit in der Gärtnerei zu sehen. Die Detectives hatten sich gut versteckt. Niemand wusste, wann der Täter zuschlagen würde, an diesem oder an einem anderen Tag, jeder musste damit rechnen, dass es heute geschehen könnte. Die als Angestellte getarnten Polizisten würden erst gegen neun Uhr kommen. Samantha beschäftigte sich mit den neuen Pflanzen und goss die eine oder andere, hatte von Carol auch einige kleine Aufgaben bekommen. Sie war sehr aufgeregt und konnte es nicht vermeiden, wiederholt in alle Richtungen zu schielen. Ein Kollege befand sich jetzt im Wohnhaus und beobachtete die Umgebung, der andere versteckte sich im Geräteschuppen und hatte von dort aus auch das Gewächshaus im Blick.

Turner sah seinen Plan aufgehen. Der frühe Morgen war die günstigste Zeit: Wenige Personen waren auf den Straßen, die Gärtnerin noch alleine. Von Polizei war weit und breit nichts zu sehen. Schon um fünf Uhr war er gekommen, war sämtliche Straßen in der Nachbarschaft abgefahren, hatte seinen Wagen in einer Nebenstraße abgestellt und war den Weg bis hinter die

Gärtnerei gelaufen. Knebel, Fesseln und das Fläschchen mit dem Gift befanden sich in seinem Rucksack. Alles war günstig für ihn. Er versteckte sich hinter einer Baumgruppe an der Rückseite des Gewächshauses. Kurz nach sieben Uhr sah er den Umriss der Gärtnerin im Gewächshaus, schlich sich an den Zaun und kletterte vorsichtig darüber. Er versicherte sich, dass sich sein Opfer auf der vorderen Seite des Gewächshauses befand, öffnete leise die Hintertür und huschte hinein. Zwischen Seitenwand und höheren Pflanzen bewegte er sich langsam auf sein Opfer zu. Dabei duckte er sich so gut es ging nahe am Boden. Nur noch etwa drei Meter, er wollte sie von hinten überfallen. Samantha drehte sich unverhofft um und sah seinen Schatten. Turner kam blitzschnell hervor und warf sie zu Boden. Sie hatte keine Chance, ihre Waffe zu ziehen.

Sergeant Bernie Stafford hörte die Geräusche in seinem Ohrhörer. Er zog seine Waffe und stürzte in das Gewächshaus. Turner hatte inzwischen Samantha mit einer Hand zu Boden gedrückt, als er den Sergeant in das Gewächshaus rennen sah. Er hatte jetzt die Wahl, wegzulaufen oder zu versuchen, seinen Auftrag zu erfüllen. Er entschied sich für das Zweite, hatte schon das Fläschchen geöffnet und wollte Samantha das Öl in den Mund gießen. Sie erkannte die Gefahr, schüttelte heftig den Kopf, und es gelang ihr, ihn erst einmal abzuwehren. Sie versuchte jetzt, sich zu befreien, ihre Beine gegen seinen Körper zu drücken. Turner wendete seine ganze Kraft auf, um sie am Boden zu halten - mit dem Giftfläschchen in der linken Hand. Die Rechte musste jetzt ihre Arme loslassen und ihren Kopf fixieren.

Turner versuchte ein zweites Mal, das Gift in ihren Mund zu geben. Doch inzwischen war ihr Kollege zur Stelle und hielt Turner seine Waffe an den Kopf. Turner ergab sich.

Brennan war gerade aufgestanden, als der Anruf kam, auf den er schon so lange gewartet hatte: „Chief Inspector, wir haben den Täter. Sergeant Samantha O'Brian ist wohlauf. Keine Verletzten oder Toten." Brennan atmete auf. Er griff zum Handy und rief Foster an.

„Wir haben ihn. Er ist in die Falle gegangen."

„Glückwunsch, Chef."

Brennan duschte schnell, zog sich an, machte eine kleine Stippvisite beim Frühstücksbuffet, schnappte sich ein Croissant und lief zum Wagen, in dem Foster schon auf ihn wartete.

„Ich bin gespannt auf den Vogel", war sein einziger Kommentar auf dem Weg zur Gärtnerei. Er konnte die Begegnung mit dem Giftmörder kaum erwarten.

Jetzt stand er Turner gegenüber. „Winston Turner alias Mike Adams. Ich nehme Sie wegen mehrfachen Mordes und wegen versuchten Mordes fest. Warum haben Sie die Frauen und den Mann ermordet?"

„Ich habe sie nicht ermordet. Sie wollten alle sterben."

„Das wird Ihnen bestimmt jemand glauben. Jetzt ist Schluss damit. Ich verhafte Sie, weil Sie drei Menschen vergiftet haben. Und Sie wollten noch mehr töten."

„Sie werden alle sterben", gab Turner von sich, als er in das Polizeiauto geschoben wurde.

„Jetzt haben Sie einen großen Fisch gefangen", war Fosters Kommentar.

Obwohl Brennan gerne sofort mit dem Verhör begonnen hätte, wollte er diesen glücklichen und erfolgreichen Tag langsamer weiterlaufen lassen - er dachte an die Worte seines Arztes. Mit einem Gefühl des Triumphes fuhr er mit Foster in Richtung Birmingham. An einer Raststätte machten sie Halt und gönnten sich ein zweites Frühstück. Sein Handy klingelte.

„Herzlichen Glückwunsch, Steve. Großartig gemacht. Und keine Verletzten. Heute Nachmittag haben wir Pressetermin. Sie sind doch sicherlich dabei?"

„Danke, Ron. Es war auch das Verdienst meiner Kollegin. Aber muss das sein?"

„Wollen Sie Ihren Erfolg nicht auskosten?"

„Sie wissen doch, so richtig ist das nicht meine Sache. Und die Reporter nerven mich."

„Also, ich setze auf Sie. sechzehn Uhr bei uns im Presseraum."

„Ich habe es mir fast gedacht", murrte Brennan. „Der will doch nur sich selbst mit seiner tollen Truppe präsentieren. Sein größter Triumph wäre ein Orden." Mit der Bemerkung: „Diese Pressekonferenz hat mir gerade noch gefehlt", kippte er den restlichen Kaffee runter, dann setzten sie sich ins Auto und fuhren erst einmal nach Hause.

Was ist die Wahrheit – Verhörtag 1

Jetzt schließen sie auf. Winston Turner kannte dieses Geräusch, seit er hier in Birmingham in der Untersuchungszelle des Gefängnisses ihrer Majestät (HMP) saß. Er bewegte sich nicht, auch nicht, als der wachhabende Beamte Constable Baker die Tür öffnete und in die Zelle trat. Er lag bewegungslos auf seinem Zellenbett und blickte zur Decke. Jetzt holen sie mich zu diesem Inspector.

„Turner, kommen Sie!" Der Beamte baute sich etwa einen Meter vor ihm auf. Weiter weg hätte er auch nicht stehen können, denn die Zelle war nicht viel breiter.

„Los, machen Sie schon. Der Inspector hat nicht ewig Zeit."

„Wenn er keine Zeit hat, soll er wieder gehen", murmelte Turner. „Ich komme hier sowieso nicht mehr raus."

Constable Baker machte eine ungeduldige Bewegung. Turner schob erst das eine Bein, dann das andere von seinem Bett. Anschließend erhob er sich vollständig und stand vor dem Beamten.

„Los jetzt, voran." Der Beamte schob ihn durch die Zellentür und hinaus auf den Gang. Vier Türen weiter saß Inspector Brennan unruhig auf seinem Stuhl und wartete auf Turner. Er hatte ihn am Tag zuvor schon einmal kurz befragt, aber nichts aus ihm herausbekommen. Eine merkwürdige Person, war seine erste Schlussfolgerung. Kein normaler Mörder. Ab heute würde er ihn richtig verhören wollen.

Endlich hörte er, wie die Tür geöffnet wurde. Der Beamte schob Turner ins Verhörzimmer, verschloss die Tür und stellte sich breitbeinig davor. Bei seiner Körpergröße und -fülle käme kein Gefangener an ihm vorbei.

„Setzen Sie sich, Turner." Brennan gegenüber saß ein etwa 1,75 Meter großer Mann, sehr weiße Haut, rundes Gesicht, scharfkantige, etwas nach unten gebogene Nase, graublaue Augen mit ernstem Blick. Seine Hände waren recht groß, typisch für einen Fischer. Sein Oberkörper war leicht nach vorne gebeugt. Brennan begann sein Verhör.

„Wollen Sie mir heute etwas zu den Morden erzählen, die Sie verübt haben?" Brennan sah Turner ins Gesicht. Er bemerkte keinerlei Regung, wie am Tag der Festnahme.

„Wollen Sie weiterhin schweigen? Die Indizien sind erdrückend. Mehrere Zeugen haben Sie an den Tatorten erkannt. Und zusätzlich haben wir noch die Unterlagen aus dem Haus Ihrer Eltern in Port Isaac. Warum haben Sie diese Frauen umgebracht?"

Turner bewegte erst seine Augen, dann seine Gesichtszüge und schließlich seine Lippen: „Ich habe niemanden umgebracht."

Es war wie eine Erlösung, dass Turner sich überhaupt geäußert hatte. Brennan holte als Zeichen seiner Erleichterung tief Luft.

„Na endlich. Sie können ja reden." Er legte eine Pause ein, blickte zum Fenster hinaus und stellte fest, dass tatsächlich immer noch die Sonne schien. Es war also wahr. Turner hatte sein Schweigen gebrochen. Da wird hoffentlich bald noch mehr kommen, versprach er sich.

„Wollen Sie mir erzählen, dass die Frauen sich alle selber vergiftet haben? Und das Zeichen haben sie sich auch alle selber in die Stirn geritzt?"

„Ich habe sie nicht umgebracht", wiederholte Turner.

„Das haben Sie uns schon wiederholt gesagt. Aber Sie müssen schon etwas Glaubhaftes erzählen. So kommen wir nicht voran. Aber gut, wie Sie wollen. Dann zieht sich das hier länger hin. Vielleicht monatelang." Brennan glaubte, ein kurzes Grinsen in Turners Gesicht gesehen zu haben. Turner war alles egal. Für ihn zählte nur sein Auftrag.

„In den Unterlagen im Haus Ihrer Eltern haben wir abstruse Geschichten gefunden, dass man sich zwischen Ihrer Familie und einer Familie Glean oder auch Glenn immer wieder umbrachte. Und das seit Jahrhunderten. Aber offensichtlich hatte das seit der Abwanderung Ihrer Familie nach Süden aufgehört. Die Gleans und ihre Nachkommen lebten irgendwo in der Mitte von England und die Familie Dunn erst in Edinburgh und später in Cornwall. Bis Sie kamen und das Morden erneut begann. Warum?!" Brennan hatte sich jetzt in Turners Fall hineingesteigert. Sein Gesicht zeigte Erregung. Das war kein typischer Mörder, wie er ihn aus Hunderten von Verhören kannte. Brennan lockerte seine Krawatte, öffnete seinen obersten Kragenknopf, blickte Turner sehr ernst an und forderte mit erhobener Stimme:

„Jetzt reden Sie endlich! Die Geschichte ist zu Ende. Sie werden nie wieder da draußen herumlaufen. Ihre Lage kann sich nur verbessern, wenn Sie mit uns zusammenarbeiten. Und: Ihre Arbeit war auf keinen Fall perfekt. Wer lässt denn schon seine

Sachen am Tatort liegen? Und wie viele unschuldige Frauen wollten Sie eigentlich noch umbringen?"

In Turners Gehirn begann sich alles zu drehen. Was sollte denn das? Der bluffte doch nur. Die Polizei würde erkennen, dass die Menschen schuldig waren und selber sterben wollten. Brennan verspürte einen kleinen Sieg, als er ganz kurz in ein ängstliches Gesicht sah.

„Also, was ist. Spielen wir jetzt wieder das Schweigen-Spiel?"

„Ich habe niemanden umgebracht." Turner wagte, diese Äußerung zu wiederholen. Damit hatte er bewusst nichts Neues gesagt.

„Wie sind Sie eigentlich an das Gift gekommen? Sind Sie durch Wald und Flur gezogen und haben Bilsenkraut gesammelt, getrocknet und damit einen Tee gekocht? Oder haben Sie das Zeug im Internet gekauft? – Und schließlich die Geschichte mit dem Zeichen auf der Stirn der Getöteten. Stand das auch in den Unterlagen Ihrer Großmutter?"

Turner schwieg und richtete seinen Blick weiterhin auf Brennan. Er verzog aber keine Mine dabei.

„Jetzt glotzen Sie mich doch nicht die ganze Zeit so an!" Brennan wurde sauer. Das Gespräch mit seinem Chef vom gestrigen Nachmittag fiel ihm wieder ein. Wenn ich nicht bald etwas aus ihm herausbekäme, würde es Ärger mit ihm und mit der Presse geben. Denn die Presse hatte sich sofort auf den Fall gestürzt. Endlich hatten sie etwas zu berichten, nachdem immer nur von den Morden gesprochen, aber keine Details bekannt gegeben worden waren.

Brennan versuchte es nun mit einer anderen Methode.

„Turner, Sie haben Ihre Morde stümperhaft ausgeführt. Ihre Großmutter hat Ihnen schon als kleinem Jungen erzählt, wie die Frauen früher umgebracht worden waren. Damals konnte kein Nachweis für die Vergiftungen erbracht werden. Da ist sauber gearbeitet worden. Bei Ihnen hingegen hat man jede Menge Giftrückstände gefunden. Und dann haben Sie auch noch den USB-Stick im Kino liegen lassen. Sie sind ein Stümper! Wissen Sie, ich lasse Sie jetzt wieder allein. Vielleicht komme ich morgen vorbei. Dann können Sie mir erzählen, warum Sie so schlecht gearbeitet haben." Und an den Beamten gewandt: „Bringen Sie Turner zurück in seine Zelle!"

Die Tür wurde wieder hinter ihm geschlossen. Er war jetzt wieder in der Zelle.

„Ich, ein Stümper!", murmelte er vor sich hin. „Ich habe alles hervorragend geplant und ausgeführt. Man hat früher sicher nicht so genau nachgeschaut, wenn man eine Leiche gefunden hat. Heute, mit den modernen Untersuchungsmethoden, finden sie alles. Immer wieder habe ich das in Krimis gelesen und im Fernsehen gesehen."

Die Tür öffnete sich und ein Tablett mit Essen wurde hineingetragen. „Heute gibt es etwas Besonderes, damit Sie am Montag reden", meinte der Constable mit einem Grinsen. „Vielleicht kommt Chief Inspector Brennan sogar mit einem Kollegen vorbei. Das wird lustig, sage ich Ihnen." Ohne sich erneut umzudrehen, verließ er die Zelle.

Zurück im Büro traf Brennan auf Foster, die gerade aus der Forensischen Abteilung zurückkam.

„Hi Steve. Kincaid hat noch weitere Einzelheiten zu den Toten im Wald und im Kofferraum, zum Gebiss, zu früheren Operationen, zur Kleidung und so weiter, es ist aber nichts, was uns im Moment weiterhilft. Wir wissen, wer die Tote war und dass sie keine Verbindung zu ihrem Mörder hatte. Wenn es Ihnen nichts ausmacht, gehe ich heute früher heim."

„Gehen Sie nur und räumen mal richtig auf."

„Wie meinen Sie das? Bei mir ist immer gut aufgeräumt."

„In Ihrem Leben."

„Ja, da werde ich Entscheidungen treffen müssen. Da haben Sie recht. Und was machen Sie?"

„Ich gehe auch mal früher. Bei mir wartet in der Tat noch ein Abwasch von mehreren Tagen." Brennan setzte sich an seinen Schreibtisch. Sollte er mit dem Bericht anfangen? Nein, entschied er. Zuerst will ich diesen Turner und seine Geschichte kennenlernen. Er schob den Laptop von sich, klappte ihn zu und fuhr nach Hause.

Die Sonne schien durch die Fenster und zeigte ihm ein leichtes Durcheinander in den Räumen. Er begann halbherzig, das eine oder andere in die Hand zu nehmen und an seinen Platz zu stellen. Als er sein neues Buch über das Angeln in der Hand hatte, entschloss er sich, ein Bier aus dem Kühlschrank zu holen und sich in das Buch zu vertiefen. Das andere würde warten können.

Gut gelaunt fuhr Foster am Freitagnachmittag nach Hause. Der Giftmörder war gefasst, weitere Opfer hatten verhindert werden können, nur der Mord an Frank Glenn warf noch Fragen auf. Sie freute sich auf das Wochenende und schloss ihre Wohnungstür auf. Mit Paul würde sie sich auch in den nächsten Tagen nicht treffen, er war ihr schon beinahe egal. Sie wechselte ihre Kleidung, nahm ihre Jacke und Einkaufstasche und fuhr zum nächsten Supermarkt. Der Kühlschrank war leer, sie plante, am Samstag und Sonntag endlich einmal wieder zu kochen, auch wenn es nur für sie selbst war.

Ihr Handy klingelte. Erst fürchtete sie, dass ihr Chef irgendeine unschöne Nachricht zum Wochenende für sie hatte, es war aber ihre Freundin Mathilda. Sie und Mathilda und eine weitere Freundin, Abigail, waren in Aberdeen des Öfteren zusammen ausgegangen, und die beiden Freundinnen aus Aberdeen fragten, ob sie über das Wochenende nach Birmingham kommen dürften.

„Es gibt so viel zu erzählen", meinte Mathilda. „Wie ich gehört habe, habt ihr den Giftmörder eingesperrt!" Mathilda und Abigail waren Polizistinnen, genau wie Roberta.

„Ich fände es toll, wenn ihr kämt. Hier gibt es auch eine Reihe von guten Discos. Uns wird bestimmt nicht langweilig. Wann kommt ihr?"

„Wir sind morgen Mittag bei dir. Wir melden uns."

Foster freute sich. Sie schaltete das Radio an, tanzte zur Musik und vergaß beinahe, die eingekauften Dinge zu verstauen.

Foster in Bedrängnis

Die Freude bei allen dreien war riesengroß. Die Autofahrt von Aberdeen war ohne Problem verlaufen. Nach einer Pause in Fosters Wohnung – eine Flasche Champagner hatte Foster zur Feier des Tages geöffnet – schlenderten die Freundinnen in die Stadt. Natürlich waren die letzten Kriminalfälle das Gesprächsthema, aber auch Robertas Trennung von Paul.

„Hast du schon einen neuen Freund?", fragten die Freundinnen im Chor.

„Wie denn das, wenn wir dauernd auf Hochtouren den Giftmörder gesucht haben?"

Der Abend sollte der Höhepunkt ihres Treffens werden. Sie ließen sich zum "Snobs" fahren, einer der bekannten Diskotheken in Birmingham. Foster war schon länger nicht mehr an solch einem Ort gewesen. In Aberdeen waren sie alle paar Wochen unterwegs, manchmal auch mit Männern. Ihre Gespräche wurden bald durch die laute Musik unterbrochen und sie zogen auf die Tanzfläche. Foster fühlte sich frei. Ihr Fall war gelöst und sie hatte die schnelle Trennung von Paul gut verdaut. Ja, sie würde sich scheiden lassen, hatte sie beschlossen. Einen Mann mit einer solchen Einstellung zu Partnerschaft brauchte sie nicht an ihrer Seite.

Während sie tanzte und in ihre Gedanken versunken war, hatte sie gar nicht gemerkt, dass ein junger Mann sie antanzte. Erst nachdem er sie leicht angestoßen hatte, blickte sie ihn an. Er sah gut aus, aber im Moment hatte sie kein Interesse. Nach ein paar Minuten verließ sie die Tanzfläche und ihre Freundinnen folgten ihr.

„Bist du auch angemacht worden?", fragte Abigail.

„Offenbar alle von uns. Wir sind halt ziemlich attraktiv", witzelte Mathilda und bestellte sich noch einen Gin Tonic. „Ihr auch noch einen?"

„Für alle", bekräftigte Foster und bestätigte das dem Barkeeper gegenüber. Sie nahmen ihre Gläser und fanden einen Tisch in einer etwas ruhigeren Ecke. Die Freundinnen amüsierten sich über die eine oder andere Geschichte. Foster erzählte viel von ihrem neuen Chef und wie sie dem unbekannten Giftmörder hinterhergejagt waren.

„Du, Roberta", unterbrach Mathilda sie. „Kennen wir nicht die zwei Typen da drüben an der Bar? Die sind doch von den Hell Waves!"

„Du solltest die wirklich kennen", kommentierte Abigail.

„Natürlich. War lang genug bei ihnen. Habe aber seitdem viel gelernt."

„Wie meinst du das?"

„Ich mache nichts mehr alleine. Zu gefährlich."

„Die haben uns erkannt. Hoffentlich kommen die nicht hierher."

„Warum sollten sie. Die wissen, dass wir Polizistinnen sind", meinte Foster.

„Jetzt sind sie weg. Es wurde ihnen wohl zu ungemütlich", meinte Mathilda und alle mussten lachen. Sie amüsierten sich zwei weitere Stunden, ließen sich danach noch ins Billlesley fahren und fielen um drei Uhr morgens todmüde ins Bett.

Nach einem ausgiebigen Frühstück, bei dem jede der Freundinnen mit Aspirin versorgt wurde, fuhren die beiden Besucherinnen wieder nach Hause. Foster räumte auf und beschloss, bei diesem schönen Wetter den Nachmittag im Queens Park zu verbringen. Mit Decke und Buch machte sie es sich auf dem Rasen gemütlich.

Um fünf Uhr kam sie guter Stimmung zurück. Sie parkte den Wagen in der Tiefgarage und war gerade dabei, einige Sachen aus dem Kofferraum zu nehmen, als ihr jemand eine Pistole an die Schläfe hielt.

„So, Verräterin. Jetzt werden wir eine kleine Spazierfahrt machen." Sie erkannte die Stimme von Roger. Sie erinnerte sich, ihn und Mick am Abend zuvor in der Diskothek gesehen zu haben, wusste aber auch, was dieser Spruch bedeutete.

„Roger, was soll das? Was willst du von mir?"

„Wir haben heute Abend Versammlung. Und du wirst unser Ehrengast sein. Unsere Partydroge heißt diesmal Bilsenkraut. Schon mal davon gehört? Du wirst uns zeigen, wie das wirkt."

Woher kennen die das Zeug, überlegte sie fieberhaft. Hat die Gruppe etwas mit den Giftmorden zu tun?

„Du weißt, was Polizisten mit Leuten machen, die einen Polizisten töten oder krankenhausreif schlagen?"

„Ich bekomme richtig Angst." Roger lachte.

Foster hoffte, ihn in ein längeres Gespräch verwickeln zu können, und betete, dass ein Nachbar zu seinem Auto gehen würde. Sie sah nirgendwo das Motorrad von Roger stehen. War er mit einem Auto gekommen?

„So jetzt, Schluss. Wir gehen."

„Wohin?"
„Zum Aufzug."
Foster hatte ihre Pistole nicht dabei. Sie musste eine andere Taktik anwenden. Mit einem Schwung ihrer Arme drückte sie Rogers Arm nach oben und rammte dann ihr Knie zwischen seine Beine. Er krümmte sich vor Schmerzen, der Moment reichte aber nicht, ihm die Pistole zu entreißen. Schnell hatte er sich wieder aufgerichtet. Foster sprang um ihn herum und versuchte, ihm den Arm umzudrehen. Roger war schneller, hätte schießen können, tat es aber nicht. In diesem Moment kam ein Wagen in die Garage. Sie rannte sofort dorthin. Roger steckte seine Waffe ein und eilte zum Treppenhaus. Foster nahm ihr Telefon und rief Brennan an. Draußen hörte sie ein Motorrad wegfahren. Schnell lief sie nach draußen und erkannte Roger. Er war wohl alleine gekommen. Wo waren die anderen?

Foster ging in ihre Wohnung und erholte sich erst einmal von dem Schreck. Was wäre passiert, wenn der Nachbar nicht im richtigen Moment in die Garage gefahren wäre? Wie hätte Roger sie zwingen wollen, mit ihm zu dieser Party zu fahren? Mit dem Motorrad wäre das nicht möglich gewesen. Also nur, wenn noch mindestens zwei aus der Bande in einem Auto gewartet hätten. Mit diesen Fragen war sie beschäftigt, als zwanzig Minuten später Brennan eintraf.
„Danke, Steve, dass Sie gekommen sind. Der wollte mich kidnappen! Und die wollten mich dann vergiften."

Sie erzählte die ganze Geschichte. Brennan leitete sofort eine Fahndung ein. Dass der Rocker das Bilsenkraut erwähnt hatte, machte ihn ebenfalls stutzig.

„Gehen Sie am Montag dieser Geschichte nach. – Haben diese Männer irgendwelche verwandtschaftlichen Beziehungen zu den Donns oder Gleans?", fragte er nach einer Pause, in der er seine Kollegin beobachtet hatte. Sie saß stumm und bewegungslos in einem Sessel. „Schockwirkung", war sein Kommentar. „Geht es Ihnen einigermaßen? Kann ich Sie alleine lassen?"

„Geht schon. Komme klar."

Brennan hatte sich verabschiedet. Fosters Gedanken kreisten um die Geschichte mit den Rockern. Du bist auch selber schuld, sagte sie sich. Warum habe ich die Geschichte damals in Aberdeen auch selber in die Hand genommen? Langsam bekam sie sich wieder unter Kontrolle, holte ihre restlichen Sachen aus dem Auto und begann, in ihrem Wohnzimmer ein paar kleinere Möbelstücke an einen neuen Platz zu rücken. Sie musste irgendetwas tun. Sie wusste, was es hieß, ein Rockerverräter zu sein. Sie war zu weit gegangen. Aber die Aussage über das Bilsenkraut beschäftigte sie immer mehr.

Nachts wachte sie mehrmals auf, von jedem Geräusch. Der Schock saß tief. Diese alte Geschichte war noch nicht beendet. Sie konnte nicht wieder richtig einschlafen. Um drei Uhr morgens erreichte sie die Nachricht, dass Roger zusammen mit einem weiteren Mitglied der Gruppe festgenommen worden war. Sie war froh, dass sie am Morgen ins Büro gehen konnte. Noch am Vormittag rief ein Kollege aus Aberdeen an und berichtete, dass die Suche nach den anderen aus der Gruppe laufe.

Verhörtag 2

Auch Turner hatte in den letzten beiden Nächten unruhig geschlafen. Erst war die Decke zu warm, dann war ihm wieder kalt. Aber immer wieder musste er an die Worte des Chief Inspectors denken. Nicht wegen des zweiten Mannes, der ihn mit verhören sollte, sondern dass er, Winston Turner, angeblich stümperhaft gearbeitet haben sollte. Das ganze Wochenende über ging ihm dieser Gedanke nicht aus dem Kopf.

Er hörte Schritte draußen. Es war erst sieben Uhr morgens. Die Zellentür wurde aufgeschlossen.

„Sie haben Besuch. Der Inspector ist heute früh dran."

„Ich hatte noch nicht einmal mein Frühstück", beschwerte sich Turner.

„Das kriegen Sie hinterher. Wenn Sie schnell reden, wird's umso früher. Gehen wir!"

„Guten Morgen, Turner. Schlafen Sie hier im Gefängnis gut? Ich frage mich immer, wie man als Mörder noch gut schlafen kann. Und Sie haben mindestens sieben Menschen auf dem Gewissen." Brennan hatte bewusst übertrieben. Er und seine Kollegen gingen von drei Vergifteten aus. Der Chief Inspector richtete sein Aufnahmegerät und sah dann in seine Notizen:

„Warum haben Sie Frank Glenn in Laxford nicht einfach erschossen, sondern mussten ihn vergiften? Das bezeichne ich auch als stümperhaft. So kamen wir ganz schnell auf Sie, Turner."

„Ich habe die Frauen nicht umgebracht", entgegnete der.

„Aha, das ist schon einmal etwas anderes. Bislang hieß es: Ich habe niemanden umgebracht. Also die Frauen in Canterbury und Guildford und den Mann in Scourie haben Sie getötet. Das wollen Sie mir sagen, richtig?"

„Ich habe niemanden umgebracht", kam es zum wiederholten Mal aus Turners Mund.

„Wer hat eigentlich angefangen mit Giftmorden? Vor über 600 Jahren? Das war doch Ihre Familie, oder nicht? Ging das nicht so: Vor circa 650 Jahren weigerte sich Aleen Glean, Gilmore Donn zu heiraten, obwohl es die Familien beschlossen hatten. Aleen lief weg und wurde dann ermordet, vergiftet. Die Leute erzählten, dass das der Bruder von Gilmore war. Die Gleans schworen Rache und begannen über Generationen alle jungen Mädchen aus der Familie Donn zu vergiften. Viele wurden umgebracht. – All das geht aus den Unterlagen Ihrer Großmutter Margareth und Frank Glenns hervor. Und Sie machten da weiter."

„Sie mussten sterben."

Brennan war erstaunt. Turner sagte tatsächlich einmal etwas Neues.

„In der Folge haben Ihre Vorfahren sich gerächt und ein Mädchen aus der anderen Familie vergiftet. Und immer auf die gleiche Art und Weise: mit Bilsenkraut. Außerdem zum Zeichen der ewigen Rache auch noch die Zeichen in die Stirn geritzt. Ist das nicht so? Haben die Gleans das eigentlich genauso gemacht?

In den Unterlagen Ihrer Großmutter konnten wir Hinweise finden, sie aber nicht nachprüfen. Haben die Mörder der Donns ihren Opfern auch ein Zeichen auf die Stirn geritzt?"

„Das weiß ich nicht."

„Und ob Sie das wissen. Aus dem Archiv von Frank Glenn geht hervor, dass es, zumindest bis 1811, Morde gab. Weil das Auffinden möglicher Opfer schwieriger wurde, nachdem sie weggezogen waren, war nun erst einmal Ruhe. Vielleicht war es auch einfach so, dass jemand vernünftig wurde – bis Sie auf die Idee kamen, die Sache weiterzuführen. Sie wollten nicht nur das, sondern auch noch die Anzahl der Morde, die über zwei Jahrhunderte nicht umgesetzt wurden, nachholen. Wenn ich richtig zähle und vier Generationen pro Jahrhundert annehme, wollten Sie jetzt ungefähr zwanzig Frauen aus der Familie Glean vergiften."

Turner schwieg. Ausdruckslos suchten seine Augen das Fenster. Nichts an ihm bewegte sich.

„Sie hatten noch mehr mögliche Opfer auf Ihrer Liste. Woher hatten Sie denn so viel Gift?"

„Die Frauen habe ich nicht umgebracht. Sie haben das Gift selber eingenommen."

Brennan musste diese Aussage erst einmal verarbeiten.

„Wollen Sie damit sagen, dass Sie die Frauen gefragt haben, ob sie das Gift freiwillig einnehmen wollen?" Brennan hatte seine Frage bewusst auf diese Art gestellt. So ließ sich Turner vielleicht aus seinem Schneckenhaus locken. Dieses Mal reagierte er aber nicht.

„Nein! Sie haben die Frauen in einen Hinterhalt gelockt, sie gefesselt und anschließend gezwungen, das Gift zu trinken."
„Sie haben es freiwillig getrunken. Sie hatten Durst."
„Sie haben ihnen etwas zu trinken angeboten und so das Gift verabreicht? Das ist doch wohl richtig. Nicht Wasser, nicht Saft, nicht Coca-Cola, sondern das Gift?"
„Sie fühlten sich hinterher richtig gut."
Brennan war erst einmal perplex ob dieser Aussage.
„Sie geben also zu, dass Sie den Getöteten das Gift gegeben haben?"
„Sie haben es gerne getrunken. Es schmeckte ihnen gut."
„Was war denn in dem Getränk? Wollen Sie uns das einmal erzählen?"
„Saft und Honig. Viel Honig. Es schmeckte richtig süß."
„Oder in Coca-Cola. Und das Gift", wollte Brennan noch einmal bestätigt haben.
„Was für ein Gift?" Turner sah dem Inspector ins Gesicht. Nach Turners Mimik zu urteilen, konnte der Chief Inspector den Eindruck bekommen, dass Turner wirklich nicht wusste, worüber er redete. Ob der mich für dumm verkauft?, fragte sich Brennan.
„Sie erklärten gerade, dass es den Leuten richtig gut ging, nachdem sie das getrunken hatten. Warum ging es ihnen gut? Können Sie das einmal beschreiben?"
„Nun, sie begannen zu lächeln, manche verdrehten nach einiger Zeit die Augen, sie begannen zu lachen und sich zu schütteln und irgendwann schliefen sie ein ..."

„… und irgendwann waren sie dann tot", ergänzte der Inspector.

Turner stierte jetzt wieder selbstvergessen vor sich hin.

„Mr Turner", wollte Brennan ihn wieder in die Gegenwart zurückholen.

„Ja? Haben Sie mich etwas gefragt?"

„Ich habe die ganze Zeit gefragt. Zum Beispiel, wie Sie das Gift in das Getränk gemixt hatten. Woher hatten Sie es?"

„Ich habe sie nicht getötet. Sie haben es gerne getrunken."

„Okay. Wir machen für heute Schluss. Sie können bis morgen über meine Fragen nachdenken." Brennan packte seine Sachen zusammen, nahm seinen Mantel und ging aus dem Verhörzimmer.

„Turner, jetzt geht es zurück in die Zelle", ordnete Constable Baker an.

Brennan fuhr ins Kommissariat zurück. Auf dem Weg vom Parkplatz zum Eingang kam ihm sein Chef, Chief Superintendent Ron Gallagher, entgegen.

„Inzwischen einen Erfolg beim Verhör von Turner?"

„Der wird schon noch reden."

„Redet er gar nicht?"

„Meistens dummes Zeug. Wahrscheinlich psychisch gestört", meinte Brennan und hoffte, dass sein Chef ihn bald in Ruhe lassen würde.

„Haben Sie schon gehört, dieser Jeremy Corbyn ist jetzt neuer Vorsitzender von Labor."

„Uns bleibt auch nichts erspart", grantelte Brennan und verabschiedete sich. Im Büro traf er Foster an, die mit Unterlagen aus der Forensischen Abteilung beschäftigt war.

„Guten Morgen. Gibt es neue Erkenntnisse in unseren Fällen? Und gibt es etwas Neues zu den Rockern?"

„Also die Untersuchungen von Kincaid bringen nichts wirklich Neues, es geht nur um Details. Zu den Rockern: Zwei konnten letzte Nacht bei Minworth von der Polizei festgenommen werden. Die Kollegen haben mir eine SMS geschickt, und ein Sergeant Kelly rief vor einer Stunde an. Sie bringen die Männer heute ins Untersuchungsgefängnis nach Birmingham. Aus Aberdeen habe ich nichts gehört."

„Dann werde ich in Aberdeen anrufen. Vielleicht haben sich die anderen Hell Waves erst einmal verkrochen. Sobald die zwei hier sind, fahre ich noch einmal ins Gefängnis."

„Da fahre ich mit."

„Sie bleiben schön hier. Sie sind das Opfer. Ich will mir diesen Roger erst einmal alleine vorknöpfen."

Foster schaute sauertöpfisch. Sie wäre gerne beim Verhör dabei. Wollte sie ihnen ihre Autorität als Polizistin zeigen?

Brennan nahm sich erneut die Untersuchungsergebnisse der Opfer vor und hörte sich wiederholt die Aussagen von Turner an. Wie die Opfer umgebracht wurden, war klar. Nur Turner gab das noch nicht zu. Viel weiter war Brennan beim Verhör noch nicht gekommen.

Um vierzehn Uhr kam der Anruf aus dem Untersuchungsgefängnis. Die beiden Rocker waren nun anwesend, wie der Leiter es formulierte. Der Chief Inspector setzte sich sogleich in sein Auto.

„Hallo, Chief Inspector. Sie werden so langsam Dauergast bei uns", scherzte der diensthabende Beamte. Brennan ging nicht weiter darauf ein.

„Wo finde ich die Abteilung für Rocker?", war seine Art der Antwort.

„Nehmen wir heute Nachmittag das gleiche Zimmer wie immer. Den Weg kennen Sie."

„Na, da haben wir ja den starken Mann, Roger McFarlane." Brennan hatte ohne Gruß das Verhörzimmer betreten. Er legte seinen Mantel über eine freie Stuhllehne und setzte sich. „Was führt die Hell Waves dazu, sich mit Bilsenkraut zu beschäftigen?

„Damit haben wir nichts zu tun."

„Moment mal. Sie haben meiner Kollegin gedroht, ihr auf eurer Party Bilsenkraut zu geben. Woher habt ihr das Zeug?"

„Ich kenne das doch nicht einmal."

„Sie machen aber Partys damit. Für Samstagabend haben Sie meine Kollegin dazu eingeladen. Auf eine sehr unfreundliche Art."

„Ich kenne das Zeug doch gar nicht."

„Soll ich diesen Unfug glauben? Sie haben ihr damit gedroht. Noch einmal, woher haben Sie das Kraut?"

„Die anderen haben darüber geredet."

„Also Klartext: Ich muss davon ausgehen, dass Ihr Verein gemeinsame Sache mit den Giftmördern macht."

„Damit haben wir wirklich nichts zu tun."

„Also jetzt passen Sie mal gut auf: Mit Ihrer Bemerkung über die Giftmörder und Bilsenkraut und mit der versuchten Entführung und Androhung von Gewalt stehen Sie und Ihre Kumpels bei uns ganz oben auf der Liste der Verdächtigen, beim Mord von mindestens drei Menschen beteiligt gewesen zu sein. Mit Ihren Vorstrafen schickt jeder Richter Sie lebenslang ins Kittchen." Brennan glaubte zwar nicht, dass einer von den Hell Waves etwas damit zu tun hatte. Aber woher hatten sie die Information?

„Wir haben damit nichts zu tun. Glauben Sie mir doch!"

„Dann erzählen Sie mir, woher Sie die Information über das Bilsenkraut und den Giftmörder haben."

„Das kann ich nicht."

„Aha. Jemand hat es Ihnen erzählt. Also wer?"

Roger blieb stumm.

„Okay. Dann kommen wir zum zweiten Punkt. Warum wollten Sie Inspector Foster entführen und auf Ihrer Party misshandeln?"

Roger schwieg weiter.

„Nun gut. Ich lasse mir von Ihnen nicht meine wertvolle Zeit stehlen. Da wir Massenmörder suchen und die Hell Waves möglicherweise dazugehören, kann ich Sie schön lange in Untersuchungshaft halten. Und zwar in Einzelhaft."

„Die Foster …"

„„Inspector Foster, meinten Sie?"

„Inspector Foster hat in Aberdeen unsere Gruppe auffliegen lassen. Auf die fieseste Art und Weise: Sie schmuggelte sich rein und bandelte mit Dick an …"

„... und als die Hell Waves im Begriff waren, einen Überfall durchzuführen, hat sie sich geoutet und wollte ihre Gruppe festnehmen. Das ging gegen ihren Stolz, richtig."
„Mit Rockern macht man so etwas nicht."
„Junger Mann, dieses ‚man' sind wir, die Polizei! Haben Sie das verstanden? Egal, wie die Geschichte mit dem Giftmörder ausgeht, Ihre Gruppe bekommt jetzt erst einmal ein paar Zimmer bei uns. Und für die versuchte Entführung bekommen Sie auf alle Fälle ein paar Jahre. Hoffentlich rosten ihre tollen Maschinen nicht, bis Sie wieder rauskommen. – Falls Sie doch noch irgendetwas zu den Giftmorden erzählen möchten, ich bin immer in der Nähe", er nahm seinen Mantel und ging zur Tür.
„Lassen Sie sich von diesen Burschen nicht einschüchtern, Officer. Sollte etwas vorfallen, sofort melden." Brennan fuhr ins Kommissariat zurück.
„Na, hat der Roger etwas gesagt?" Foster stand unruhig neben ihrem Chef.
„Sie haben ihren Stolz gekränkt. Deshalb sind sie so hässlich zu Ihnen. Die werden aber auf jeden Fall ein paar Jahre wegen versuchter Entführung sitzen. Ich denke allerdings nicht, dass sie etwas mit den Giftmorden zu tun haben. Die Frage ist vielmehr, woher haben sie diese detaillierte Information?"
„Einer, der bei der Polizei redet?"
„Daran habe ich auch schon gedacht. Wir können uns aber nicht um alles kümmern. Wir lassen die jetzt erst einmal sitzen, alles im Zusammenhang mit den Giftmorden."

Verhörtag 3

Der Chief Inspector kam an diesem Tag spät zum Verhör. Er war nicht alleine, Foster begleitete ihn. Er zog seinen Mantel aus, nahm mehrere Seiten Papier aus seiner Aktentasche und legte sie auf den Tisch des Verhörraumes, desgleichen sein Aufnahmegerät. Seine Kollegin setzte sich neben ihn. Sie mussten auf Turner warten. Die Tür ging auf. Turner betrat vor dem wachhabenden Polizisten den Raum und machte, wie immer, ein unbeteiligtes Gesicht.

„Ah. Guten Morgen, Mr Turner. Wie geht es Ihnen heute? Dies ist Inspector Foster. Sie ist in meinem Team."

Turner nahm Platz, er nahm immer den Stuhl, der am weitesten vom Chief Inspector entfernt war, wenn er sich nach ihm setzte, obwohl er die Auswahl zwischen zwei weiteren gehabt hätte. Und dann blickte er, wie an jedem Tag, stur geradeaus und schwieg.

„Ich habe hier Ihr Geständnis vorbereitet. Sie können sich es gerne jetzt oder später in Ihrer Zelle durchlesen. Es steht das darin, was Sie mir bislang erzählt haben." Er blickte erwartungsvoll zu Turner. Der veränderte keine Miene und blickte weiterhin zum Fenster.

„Sie werden darin lesen, dass Sie das Gift aus dem Bilsenkraut in das Getränk gemischt haben. Sie wollten mir heute erzählen, woher Sie das Gift hatten."

„Ich habe sie nicht getötet. Sie wollten sterben, weil sie ihre Schuld bekannten."

Brennan hatte viel erwartet, aber nicht so eine Antwort. Langsam dämmerte ihm, dass Turner ein Fall für den Kriminal-Psychiater war.

„Haben diese Menschen Ihnen zugestimmt, dass sie eine gewisse Schuld an den Morden vor ein paar Jahrhunderten hatten?"

„Ja." Die Antwort kam schnell.

„Haben Sie die Leute gefragt? Oder haben Sie es ihnen eingeredet, als sie unter Drogen standen?"

„Wir haben uns unterhalten."

„Bevor oder nachdem Sie ihnen das Getränk gegeben haben?", unterbrach Brennan.

„Wir haben uns schon die ganze Zeit unterhalten."

„Über Ihre Familiengeschichte?"

„Sie kannten die überhaupt nicht und einige wollten sie auch nicht hören."

„Warum wollten sie die nicht hören?", fragte Foster.

Turner schwieg wieder. Es herrschte eine angespannte Ruhe im Raum. Gelegentlich hörte man vom Gang Gesprächsfetzen oder ein hupendes Auto vor dem Fenster. Brennan wartete.

Nach ungefähr zwei Minuten sagte er: „Meine Kollegin hat Sie gefragt, warum die Opfer ihre Familiengeschichte nicht hören wollten? Hatten Sie sie gefesselt? Die wollten doch wieder frei sein?"

„Wenn ich sie nicht gefesselt hätte, hätten sie mir überhaupt nicht zugehört."

Brennan überlegte: Wenn es Turner schon gelungen war, seine Opfer zu fesseln, hätte er ihnen das Gift auch mit einer Spritze verabreichen können. Oder sie einfach erschießen.

„Sie wollten, dass die Opfer so sterben wie früher? Richtig?"
„Sie haben meine Vorfahren genauso umgebracht."
„Das hatte Ihnen Ihre Großmutter erzählt", ergänzte Foster.
„Also, woher hatten Sie das Bilsenkraut?", wollte Brennan wissen. Trotz intensiven Suchens hatte die Polizei in Turners Wohnung nichts gefunden.
„Hatten Sie es aus dem Internet?"
Turner schwieg weiter. Der Stapel Papier, den der Inspector offenbar etwas zu zuversichtlich zum Verhör mitgebracht hatte, lag weiterhin unberührt auf dem Tisch. Brennan hätte sich gefreut, wenn er ein bisschen weitergekommen wäre. Turner war zwar heute ein wenig gesprächiger, etwas grundlegend Neues sagte er aber nicht. Das Verhör drehte sich im Kreis. Brennan kam nicht weiter. Für ihn war klar, dass das Urteil „Lebenslang" lauten würde. Und zusätzlich würde Turner auch noch in Sicherheitsverwahrung kommen. Der Inspector hatte aber den Ehrgeiz, die Einzelheiten aus Turner herauszubekommen. Zudem wartete draußen die Presse. Ihm war in der Zwischenzeit klar, dass Turner psychisch krank war. Brennan musste mit einem Psychiater sprechen. Dennoch wollte er weitermachen.

„Ich lasse Ihnen die Seiten mit Ihren Aussagen bis morgen hier. Nehmen Sie sich Zeit und lesen Sie sie in Ruhe durch. Sie dürfen sie natürlich auch korrigieren und ergänzen." Brennan holte seine Aktentasche, schloss sie. Beide Inspectoren nahmen ihre Mäntel über einen Arm und verließen das Verhörzimmer.

„Turner, ich führe Sie jetzt zurück in Ihre Zelle." Der Beamte nahm den Stapel Papier an sich, geleitete Turner in seine Zelle und legte ihm die Unterlagen auf den kleinen Tisch.

„Hört sich für mich sehr konfus an", meinte Foster.

„In der Tat. Aber es steckt etwas dahinter. Dieser Turner lebt offenbar in einer anderen Welt. Ich versuche, das zu verstehen. Es wird einen Sinn geben."

Foster sagte nichts darauf. Dies war ihr erster Besuch bei Turner gewesen.

Verhörtag 4

„Guten Morgen, Mr Turner." Chief Inspector Brennan betrat das Verhörzimmer. Foster begleitete ihn heute wieder. Turner saß schon auf seinem Stuhl – teilnahmslos wie jedes Mal. Der Stapel Papier lag wieder auf dem Tisch, angeordnet, als ob er nie bewegt worden wäre. Brennan nahm sein Aufnahmegerät aus der Aktentasche und schaltete es ein.

„Haben Sie das durchgelesen?"

Das hatte Turner nicht, er schwieg. Foster nahm den Stapel, stellte fest, dass die Blätter weder Knicke noch irgendwelche Abdrücke hatten. Als Zeichen für Brennan schüttelte sie kurz den Kopf.

„Okay. Hätte mich auch gewundert, wenn Sie plötzlich kooperationsbereit geworden wären. Man gibt ja auch nicht so einfach mehrere Morde zu. – Heute werde ich Sie ein paar andere Sachen fragen. Siebenundzwanzig Jahre bevor Sie mit diesen Morden begonnen haben, wurde schon einmal eine Frau umgebracht, Claire Glenn, wahrscheinlich auf die gleiche Art und Weise. Auf jeden Fall hatte sie auch dieses Zeichen auf der Stirn.

Sie können das nicht gemacht haben, denn damals waren Sie erst zwölf Jahre alt. Wer war das?"

Turner hob kurz seinen Kopf und sah Brennan an. Ein kurzes Lächeln huschte über sein Gesicht.

„Sie wissen also, wer das war?"

„Er war ein guter Rächer."

„Wer. Ihr Vater? Oder Ihr Onkel, der wenige Jahre später starb? Wie hieß er gleich? Ach ja, Gerald Dunn."

„Onkel Gerald war ein guter Mensch."

„Und Onkel Gerald hat Claire Glenn in der Nähe von Birmingham ermordet. Hat er sich die Methode überlegt – Entführen, Fesseln und Vergiften? Er hat sich immerhin noch die Mühe gemacht, die Leiche im Wald zu vergraben."

„Ja, Onkel Gerald hätte alle gerächt."

„Wollen Sie damit sagen, dass Onkel Gerald schon eine Liste von möglichen Opfern besessen hat?" Brennan überlegte. Das konnten aber nicht die Frauen sein, die jetzt ermordet wurden. Die waren zu jener Zeit noch gar nicht geboren. Gerald Dunn lebte eine Generation früher. Aber warum hatte er aufgehört?

„Falls Ihr Onkel Gerald der Mörder von Claire Glenn war, so war er zu der Zeit 56 Jahre alt, und es geschah ungefähr 1988. Sie waren in dem Jahr erst drei Jahre alt, haben wahrscheinlich gar nichts davon mitbekommen. Er ist vier Jahre später gestorben. Warum hat Ihr Onkel nach einem Mord aufgehört?"

Turner schwieg.

„War Ihr Onkel krank?"

Turner legte wieder eine seiner längeren Pausen ein. Brennan ging davon aus, dass dieser Onkel mit den Giftmorden angefangen hatte. Er musste aber einsehen, dass er mit dem Verhör wieder einmal nicht weiterkam.

„Ich möchte Ihnen gerne eine Frage stellen." Foster schaute fragend zu ihrem Chef, der kurz nickte. „Laut unseren Unterlagen waren Sie schon öfter unterwegs, wohl um Frank Glenn zu treffen oder um Ihre Opfer auszuspähen. Sie haben zwar teilweise einen falschen Namen angegeben, aber peinlich genau sämtliche Fahrkarten und Verträge mit Autovermietungen gesammelt. So vom 5. Juli bis zum 14. August 2014 und vom 3. Februar bis zum 2. März 2015. Ist das richtig?"

Turner blickte teilnahmslos über den Tisch, der in der Mitte des Verhörzimmers stand.

„Erinnern Sie sich daran?", hakte Brennan noch einmal nach.

Foster erklärte ihre Frage noch einmal: „Oder ist das nicht richtig? Sie haben auf Ihren Reisen Ihre Opfer ausgespäht. Sie haben die Nachkommen der Familie Glean gesucht und gefunden. Sie haben auch entdeckt, dass sich die Namen über die Jahrhunderte hinweg verändert haben und manche aus der Nachkommenschaft nun Glenn hießen. Da haben Sie viel gearbeitet."

„Sie fühlten sich schuldig." Turner zeigte keinerlei Regung in seinem Gesicht. Nur seine Lippen hatten sich bewegt.

„Das haben Sie mir gestern erzählt. Wir wollen uns jetzt darüber unterhalten, wie Sie die Nachkommen gefunden hatten", bekräftigte Brennan noch einmal.

„Großmutter hatte Kontakt mit Frank Glenn."

„In Scourie", unterbrach Brennan.

„Ja."
„Den haben Sie mindestens einmal besucht. Was haben Sie ihm erzählt?"
„Wir haben uns über die Vergangenheit unterhalten."
„Also über die Morde in der Vergangenheit", unterbrach Brennan nochmals. Turner stockte und blickte wieder teilnahmslos auf den Tisch. Brennan wurde sich in diesem Moment bewusst, dass er Turner ausreden lassen sollte, wenn er schon mal redete. Der Inspector wartete.
„Entschuldigen Sie. Ich habe Sie unterbrochen. Sie sagten, dass Sie mit Frank Glenn über die Familien geredet hätten." Brennan erinnere sich daran, dass sie bei ihrem Gespräch mit Frank Glenn und aus den Unterlagen der Polizei in Edinburgh erfahren hatten, dass Glenn Familienhistorie betrieben hatte. Aus dem Briefwechsel seiner Großmutter mit Glenn kannte Turner dessen Adresse.
„Wir saßen oft zusammen. Frank hat die Familiengeschichten aufgeschrieben."
„Kannte er auch die heutigen Nachkommen?"
„Ja, einige."
„Von beiden Familien, den Glenns und den Donns?"
„Er hatte sie in einem Archiv."
„Und hat er Ihnen die Namen und Adressen gegeben?"
„Ich habe ihn nicht getötet."
Brennan überlegte kurz.
„Frank wollte sterben?", legte er Turner in den Mund.
„Ja."

„Vorher haben Sie ihn niedergeschlagen, also bevor Sie ihm diesen Trank gegeben haben, richtig? Er bekam ihn, weil er Ihnen die Namen und Adressen der Frauen nicht geben wollte."

„Frank konnte sich nicht an die Details erinnern."

„Als wir Sie festnahmen, hatten Sie die Namen und Adressen bei sich. Wir konnten nachweisen, dass sie aus der Hand von Frank Glenn stammten. Vielleicht ahnte er Ihre Absicht und weigerte sich deshalb, Ihnen die Unterlagen zu geben. Sie schlugen ihn nieder, und dann fanden Sie das, was Sie suchten, in einem seiner Ordner. Und dann vergifteten Sie ihn."

„Frank freute sich richtig, dass ich daran interessiert war."

„Klar. Das Gift wirkt erst einmal wie eine Droge", warf der Inspector ein. „Nun hatten Sie alles, was Sie brauchten: die fehlenden Namen und Adressen Ihrer Opfer. Jetzt mussten Sie herausfinden, wie Sie sie überfallen konnten. So sehr viel Zeit hatten Sie nicht. Denn Sie mussten davon ausgehen, dass die Polizei Ihnen auf die Schliche kommen würde. Wie haben Sie Ihre, sagen wir mal, Treffen mit den Opfern geplant?"

Turner schwieg und die Zeit verging. Brennan würde heute Nachmittag seinem Chef Rapport leisten müssen. Und ihm saß die Presse im Nacken. Die wollten eine Story.

Brennan, du wirst dich nicht hetzen lassen, dachte er. Foster sah aber an seiner Mimik, dass er langsam ungeduldig wurde.

„Mr Turner, wie haben Sie das alles geplant? Haben Sie das nur vor Ort gemacht oder auch mithilfe des Internets? Sie waren doch sicherlich gut ausgestattet. Sonst hätten Sie nicht so, ich möchte es in Ihrem Sinne sagen, nicht so erfolgreich sein können."

Turner blickte sie an.

„Ja, ich war erfolgreich." Und mit Blick zu Brennan: „Es war keine stümperhafte Arbeit!"

Brennan blickte erst ein wenig erstaunt zu Foster, meinte aber dann: „Na gut. Wenn Sie heute nicht mehr reden wollen, dann machen wir morgen weiter", stand auf, nahm seinen Mantel und verließ das Verhörzimmer. Seine Kollegin folgte ihm.

Ein Dossier

Steve Brennan schaute an diesem späten Nachmittag noch einmal im Büro vorbei. Auf seinem Schreibtisch fand er einen Ordner, den ihm die Kollegen aus Cornwall geschickt hatten, viele Seiten über Winston Turner. Brennan begann zu lesen und vergaß dabei, seinen Mantel auszuziehen. Er vertiefte sich mehr und mehr in diese Unterlagen. Das Dossier war eine Zusammenfassung dessen, was die Polizei in Port Isaac herausbekommen hatte, sowie ein psychiatrisches Gutachten, das vor Jahren erstellt worden war.

Winston Turner wuchs behütet in dem Fischerort Port Isaac in Cornwall auf. Sein Vater fuhr mit dem Boot aufs Meer, seine Mutter sorgte für den Verkauf des Fangs. Winston hatte einen Bruder und eine Schwester, zehn beziehungsweise zwölf Jahre älter als er. Auch seine Großmutter Margareth lebte bei ihnen, sie starb, als er vierzehn Jahre alt war. Sein Onkel Gerald hatte sein Haus gleich nebenan.

Winston konnte sich nur undeutlich an ihn erinnern. Er war noch sehr klein, als Gerald manchmal bei seiner Großmutter hereinschaute, die beiden auf der Ofenbank saßen und ganz leise miteinander redeten. Der kleine Enkel verstand nichts und Onkel Gerald ging auch bald wieder weg, erinnerte sich Winston später in der Psychiatrie.

Das Haus der Familie Turner war nicht groß. Es war vor circa 200 Jahren von seinem Urgroßvater gebaut worden, der mit seiner Familie aus dem Norden hierher in den Süden gezogen war. Die Kinder teilten sich ein Zimmer im oberen Stockwerk, die Eltern hatten ein kleines Schlafzimmer, das sich, wie Wohnzimmer und Küche, im Erdgeschoss befand. Winston hörte oft, dass das Leben oben im Norden in Schottland nicht gut gewesen sei. Hier hätten sie es besser und „uns geht es doch ganz gut", hätten die Eltern immer bekräftigt. Die Familie hatte nicht viel Geld. Den Eltern blieb wenig Zeit, sich um die Kinder zu kümmern. Dafür war die Großmutter da. Sie lebte in einem Zimmer im oberen Stockwerk des Hauses, das größer war als die anderen im Haus. Dort bewahrte sie ihre vielen Bücher auf, dort lagerte sie alte Unterlagen und dort erzählte sie ihm und seinen Geschwistern die alten Geschichten. Mutter und Vater mussten den ganzen Tag über arbeiten.

Winston hatte nicht viele Freunde. Er saß oft zu Hause und las, beteiligte sich nicht an Streichen und saß ängstlich auf seinem Stuhl oder in einer Ecke, wenn die anderen ihn mit sichtlicher Freude verspotteten, ihn schubsten oder nass spritzten. Auch sein Freund Kyle Thomas war ein Außenseiter, der sich nicht an irgendwelchen Streichen beteiligte. So streiften die beiden oft an der Küste entlang. Auch dafür wurden sie immer wieder hochgenommen. „Ihr Feiglinge, ihr traut euch nichts", riefen ihnen die anderen nach.

Entweder alleine oder mit seinem Freund Kyle erkundete Winston die kleine Stadt und die Umgebung. Griffen die anderen ihn wieder einmal an, so wurde er wütend, traute sich aber nicht, aufzustehen und sich zu wehren. Wut stieg in ihm auf und der Vorsatz, sich an ihnen zu rächen. Ich werde einmal etwas Großes tun. Die werden sich noch wundern, ging ihm ständig im Kopf herum, erzählte er dem Psychiater.

Er ließ seine Wut an einer Schülerin aus. Elsa gehörte wie er zu den Schwächeren. Unter dem Vorwand, ihr etwas zeigen zu wollen, lockte er sie in eine alte verlassene Hütte zwischen den Felsen, sperrte sie ein und verschwand. Erst Tage später wurde das halb verhungerte und verdurstete Mädchen gefunden. Er hätte sie immer wieder mit einem Messer und mit Gift bedroht, erzählte sie. Die Polizei übergab Winston einem Psychiater, der ihn in seine Anstalt aufnahm. Die zwei nun folgenden Monate waren für ihn eine äußerst schlimme Zeit. Er fühlte sich gedemütigt, gleichgesetzt mit den „Schwachsinnigen", wie er sie nannte. Aus dem verstockten Jungen wurde ein Bub, der nicht mehr mit Fremden sprach. Die Schüler in Port Isaac mieden ihn jetzt. Keiner sprach mehr mit ihm, keiner schikanierte ihn mehr. Winston ging von nun an auf eine Sonderschule.

Für Mutter Alice fühlte sich das alles wie eine schwere Niederlage an. Das Geschäft mit den Fischen lief nicht mehr so gut – es kamen weniger Kunden. Auf der Straße wurde sie nicht mehr gegrüßt. Erst nach Monaten normalisierte sich das Verhältnis zu Nachbarn und Kunden wieder. Alice setzte alles daran, dass die Geschichte vergessen wurde. Aber die Menschen vergaßen nicht und deuteten mitunter auf den Jungen, wenn er durch die Straßen der kleinen Stadt lief, berichtete Alice Turner.

Großmutter Margareth wurde zur wichtigsten Bezugsperson für den jungen Winston und versuchte, ihrem Enkel zu helfen. Sie wurde die meiste Zeit in ihrem Kräutergarten gesehen. Einen Teil der Ernte trocknete sie im Sommer und würzte damit das Essen im Winter. Manche Kräuter bewahrte sie auf.

„Was machst du mit denen?", fragte der Enkel.

Und die Großmutter antwortete: „Die benutze ich zum Beispiel, wenn ich krank bin."

In der Familie erzählte man sich Geschichten aus alten Zeiten, konnte Brennan weiterlesen. Winstons Vorfahren hatten sich mit den Gleans bis aufs Blut gestritten. Alice Turner berichtete, dass sie diese Geschichte in ihrer Küche hörte und darüber verärgert war, denn sie hatte darum gebeten, dass ihre Mutter Margareth ihrem Sohn diese grausamen Geschichten nicht erzählte. Sie selber hatte sich geweigert, daran zu glauben.

„Und auch wenn es wahr sein sollte, so sind die alten Zeiten vorbei. Wir sollten das vergessen", hatte sie ihrer Mutter erklärt.

Der kleine Winston glaubte sie allerdings und fragte seine Großmutter wiederholt, was denn passieren würde, wenn jemand von den Gleans wieder mit dem Streiten anfinge.

„Ich beschütze euch", hatte Margareth darauf geantwortet.

„Und wenn du einmal tot bist?"

„Dann wirst du die Familie beschützen", hatte sie ihm geantwortet, berichtete Alice Turner.

Brennan wurde nun einiges klarer. Es war draußen schon dunkel geworden. Er zog seinen Mantel nicht mehr aus, steckte den Ordner in seine Aktentasche und fuhr nach Hause.

Heimliche Tänze

Brennan fand noch eine Pizza im Tiefkühlschrank, öffnete eine Flasche Bier und vertiefte sich erneut in das Dossier.

In ihrer Aussage gab Winstons Mutter Alice zu Protokoll, dass sie sich manchmal daran erinnerte, wie sie früher, als sie noch klein war, einmal im Jahr während der Mittsommernacht ihre Mutter gesehen hatte, wie die sich mit einem kleinen Sack und einer Decke auf den Weg zu den Klippen machte.

„Wo gehst du hin, Mama?", fragte sie.

„Ich schaue mir heute Nacht das Meer an", erwiderte ihre Mutter.

„Darf ich mitkommen?", fragte Alice.

„Nein. Geh schön ins Bett. Ich komme später wieder."

Als Alice älter war, folgte sie ihrer Mutter heimlich. Sie sah, wie sie aus einem nahen Wäldchen Holz holte, es aufschichtete und anzündete, als es dunkel geworden war. Margareth entblößte ihren Oberkörper, rieb sich mit einer Salbe ein und trank aus einem kleinen Fläschchen. Dann begann sie zu tanzen, immer wilder und unkontrollierter. Alice hatte Angst, dass sie die Klippen hinunterstürzen könnte. Aber irgendwann wurden ihre Bewegungen langsamer, sie setzte sich und lag dann neben dem Feuer. Es wurde immer später. Im Schein der kleiner gewordenen Flammen rührte sich Margareth nicht. Alice hatte Angst um ihre Mutter und wagte sich noch weiter an sie heran. Doch da begann ihre Mutter sich zu bewegen, und Alice schlich zurück ins Haus. Es war inzwischen schon ein Uhr morgens. Erst mehr als zwei Stunden später hörte Alice ihre Mutter zurückkommen.

Sie lauschte an der Treppe und hörte ihren Vater sagen: „Du hast es dieses Mal aber ganz schön lange dort oben ausgehalten."

Alice hatte nicht verstanden, was ihre Mutter dort trieb. Erst Jahre später, als Alice von Gruppen hörte, die die Sonnenwende festlich begingen, sprach sie ihre Mutter darauf an.

„Ich möchte in dieser Nacht aber alleine sein", gab diese ihr zur Antwort. Nie sprach sie mit ihr über die alten Geschichten.

Einmal hörte sie, wie ihre Mutter zu ihrem Cousin sagte: „Ich habe Alice nie erzählt, dass sie in Gefahr war, als sie langsam erwachsen wurde. „Aber ich werde alles tun, um sie vor den Gleans zu beschützen." Alice war damals nicht klar, was ihre Mutter damit meinte. Sie kümmerte sich auch nicht mehr darum. Mehrmals sah sie, wie Margareth einen Brief an Frank Glenn schrieb. Offenbar hatte sie schon seit vielen Jahren Kontakt mit ihm. Alice wusste aber nicht, was sich die beiden schrieben. Sie hatte die Briefe nie lesen können.

Nach Margareths Tod fing Winston wieder mit diesen alten Geschichten an. Alice versuchte, ihn davon abzubringen:

„Das sind doch alte Geschichten. Wir wissen gar nicht, ob sie wahr sind", meinten sie und Vater Ben. Winston fand die

Geschichten spannend. Einmal beobachtete sie, wie er in Großmutters ehemaliges Zimmer ging und ihre Sachen durchstöberte. Alice hatte nicht den Eindruck, dass er etwas Bestimmtes suchte.

„Vielleicht war es der Geist von Margareth, der ihn in seinen Bann zog", versuchte Alice eine Erklärung.

„Was suchst du hier, Winston?", fragte sie, wenn sie ihn wieder einmal in Großmutters Zimmer fand.

„Der Kleine spinnt doch. Der glaubt an diese Mördergeschichten", meinten die älteren Geschwister, wenn das zur Sprache kam, und ließen ihn alleine.

„Wir werden das Zimmer ausräumen", erklärte der Vater. „Dann hat die Geschichte ein für alle Mal ein Ende."

Brennan sah auf. Er verstand die Hintergründe jetzt mehr und mehr. Er wollte das Dossier beiseitelegen und am nächsten Tag weiterlesen. Doch nach den ersten Sätzen des nächsten Abschnitts wurde seine Neugierde neu angefacht und er vertiefte sich wieder in den Bericht.

Margareth Dunn

Großmutter Margareth und ihr Cousin Gerald Dunn lebten immer schon in Port Isaac. Im Bericht dazu konnte Brennan weiterlesen: Ihre Vorfahren waren vor circa 200 Jahren aus Fanagmore in Schottland geflohen, nachdem ein Familienzwist mit den Gleans in einen ständigen Kreis von Morden führte und nicht enden wollte. Für ein paar Jahrzehnte ließen sich die Vorfahren in Edinburgh nieder. Später glaubten sie sich an der Küste von Cornwall sicher. Hier hatten sie ihr Auskommen als Fischer, hatten ein kleines Haus und genügend Geld für ein einfaches, aber zufriedenes Leben. Trotzdem störte auch hier die Familienhistorie: das gegenseitige Morden aus Rache. Über mehrere Generationen hatten die Familien diese Geschichte ruhen lassen, trotzdem wurden die alten Familienbücher wieder herausgeholt und sorgten für Unruhe.

Aus früheren Polizeiunterlagen war bekannt, dass Margareth Dunn schon in jungen Jahren von diesen Geschichten gehört hatte, an Hexen und Zauberer und Schamanen glaubte und sich einer Gruppe von Gleichgesinnten anschloss. Bald wurde sie deren Leiterin, organisierte während der Sommermonate, immer zur Sonnwende, ein Fest, das sie mit alten Hexentraditionen verband. Als Höhepunkt der Nacht versetzten sich die Beteiligten mit unterschiedlichen Kräutern in Trance, unter anderem mit Bilsenkraut. Margareth Dunn wusste nicht nur um die berauschende Wirkung dieser Pflanze, sondern auch um ihr todbringendes Potenzial, wie sie nach dem Tod von Diane Glenn aussagte. Sie war in der Zwischenzeit über die Region hinaus bekannt. Nach dem Tod von Diane Glenn, einer Beteiligten dieser Zeremonien, verbot der Richter diese Feiern, und die Polizei wachte darüber. Die Polizei ging von einer Überdosis des Rauschmittels aus, die Diane Glenn selber genommen hatte. Ob aus Absicht oder Unwissenheit, war nicht bekannt.

Diese Großmutter Margareth war der Schlüssel zu der ganzen Geschichte, war Brennan jetzt klar. Aber die Detailarbeit hatte ihr Enkel gemacht – bis zur Umsetzung, bis zum Morden.

Es war beinahe Mitternacht. Der Chief Inspector konnte den Morgen kaum abwarten, um die Unterlagen Foster vorzulegen. Zu seiner eigenen Überraschung schlief er die restlichen Stunden der Nacht, ohne aufzuwachen bis sieben Uhr. Er hatte keinen Wecker gestellt, denn er wachte normalerweise gegen sechs Uhr dreißig von selbst auf.

Verhörtag 5

Chief Inspector Brennan fühlte sich richtig ausgeschlafen. Nach dem obligatorischen Kaffee setzte er sich in seinen Wagen und fuhr ins Kommissariat. Mit einem „wunderschönen guten Morgen" betrat er das Büro, was die Kollegen zu einem gewissen Erstaunen veranlasste. Etwas verzögert erwiderten sie den Gruß. Foster war noch nicht da, und so legte er, erst einmal kommentarlos, die Unterlagen auf ihren Schreibtisch. Dann nahm er sich seine Notizen zum Fall vor.

Eine halbe Stunde später traf Foster ein, die sofort mit den Unterlagen und dem Satz konfrontiert wurde: „Lesen Sie das bitte in Ruhe durch. Sobald Sie fertig sind, fahren wir ins Gefängnis."

„Das ist ja starker Tobak", war ihr Kommentar, als sie am frühen Nachmittag in Brennans Auto saßen und zum Verhör fuhren.

„Wir wissen jetzt vieles über die Hintergründe, aber nichts über die Mordpläne", meinte Brennan, als sie an einer roten Ampel halten mussten.

„Der Junge hatte Minderwertigkeitskomplexe und die Großmutter missbrauchte ihn für ihre Mordpläne."

„Das könnte der Fall sein", pflichtete ihr Brennan bei. „Diese Margareth ist wahrscheinlich der Schlüssel zu diesen Morden. Und ich habe das dunkle Gefühl, wir sind noch nicht am Ende."

„Wie meinen Sie das, Steve?"

„Irgendetwas passiert noch."

Sie hatten immer noch kein Geständnis von Turner. Sämtliche Indizien sprachen gegen ihn. Es gab Zeugen, die ihn zur Zeit der Morde an den Tatorten gesehen hatten. Für die Inspectoren ergab sich daraus ein eindeutiger Zusammenhang. Außer indirekten Bemerkungen hatte Turner bislang jedoch nichts zugegeben. Aber selbst daraus setzte sich für Brennan und Foster langsam ein Bild zusammen.

Als sie am Gefängnis ankamen, begann es heftig zu regnen. Brennan kramte seinen Regenschirm aus dem Kofferraum und beide liefen schnell zum Eingang. Foster bedankte sich mit einem Lächeln für den Regenschutz und machte noch einen Abstecher in die Verwaltung.

„Guten Tag, Mr Turner." Chief Inspector Brennan stellte seinen Regenschirm neben die Tür, legte seinen nassen Trenchcoat über den freien Stuhl und kramte das Aufnahmegerät aus der Aktentasche.

„Ist Inspector Foster heute nicht dabei?"

„Sie wird gleich kommen. Wieso fragen Sie?"

Turner gab keine Antwort.

„Haben Sie noch einmal darüber nachgedacht, wie Sie an die Opfer herangekommen sind und sie fesseln konnten?"

Turner bewegte seinen Kopf und sah den Inspector an. Brennan meinte, einen neuen Ausdruck in Turners Gesicht zu erkennen. Er schöpfte Hoffnung. Vielleicht hat er es sich überlegt und will endlich reden – richtig reden?

„Es war immer mein Freund George dabei", begann Turner mit leuchtender Miene zu erzählen. „George und ich haben immer alles zusammen gemacht."

„Jetzt mal stopp. Wer ist George? Dieser Name taucht jetzt zum ersten Mal auf."

In diesem Moment klopfte es an der Tür und Inspector Foster wurde vom Beamten hereingelassen. Turner blickte nur kurz in ihre Richtung. Foster setzte sich neben Brennan:

„Entschuldigung, dass ich Sie unterbrochen habe."

„George Dale. Er stammt von der Familie der Gleans ab", fuhr Turner mit seiner Erklärung fort.

„Das waren die, vor denen Ihre Familie geflohen ist?", unterbrach ihn der Inspector.

„Und später verstreuten sich die Nachkommen überall auf der Insel."

Brennan hob ruckartig seinen Kopf und fixierte Turner. Er war erst einmal sprachlos. Er hatte nicht erwartet, dass Turner mit solch einem Detail aufwartete. Er stieß einen tiefen, langen Seufzer aus, ließ sich diese Sätze noch einmal langsam durch den Kopf gehen. Das bedeutet, schloss er, dass ein Angehöriger der Opferfamilie mit dem Täter gemeinsame Sache macht? Falls das stimmte, war George noch auf freiem Fuß und machte weiter und brachte Menschen um! Kein Zeuge hatte von einer zweiten Person berichtet! Die beiden Inspectoren sahen sich sprachlos an. Foster war sich in diesem Moment nicht sicher, ob sie die Situation richtig erfasst hatte. Redete Turner von einer zweiten Person?

Ungläubig fragte Brennan: „Und der ist bei Ihren Morden dabei gewesen?"

„Wir haben niemand getötet. Die Frauen wollten das."

„Ja, das haben wir schon mehrfach gehört. Erzählen Sie mir doch bitte, wie Sie Ihren Freund George zum ersten Mal getroffen gaben."

„Ich sagte schon, über meine Großmutter hatten wir Kontakt. Durch sie hatte ich seine Adresse und schrieb ihm. Er fand das toll und so trafen wir uns zum ersten Mal."

„Was fand er toll?"

„Dass ich ihm geschrieben habe."

„Wann war das und wo?"

„Das war im Juli 2009, bei ihm zu Hause in Liverpool."

„Wie ist denn sein vollständiger Name?"

„George Dale."

„Und da haben Sie über Ihre Mordpläne gesprochen."

„George wollte auch, dass diese Geschichte endlich aus der Welt geschafft wird."

„Hatte er auch diese Rachegelüste oder mussten Sie ihn davon überzeugen?"

„Natürlich wollte auch er, dass unsere Familien endlich quitt sind. Es liegt eine große Schuld auf den beiden Familien und die Frauen wollten ihre Schuld endlich los sein."

„Haben die ihnen das gesagt?"
„Natürlich! Als wir mit ihnen zusammen waren."
„Als Sie sie gefangen und geknebelt hatten!"
Plötzlich unterbrach Turner seinen ungewohnten Redeschwall und blickte wieder geradeaus, abwesend, wie es schien, aber wahrscheinlich in sich gekehrt. Brennan konnte kaum fassen, was er eben erfahren hatte. Er verspürte den Drang, jetzt nach draußen zu gehen und mit Foster darüber zu sprechen. Aber er fühlte, dass er diese Situation jetzt nutzen musste, solange Turner bereit war zu reden. Nach etwa fünf Minuten fragte er nach.

„Also war dieser George von Anfang an dabei, um bei Ihren Plänen mitzumachen?"

„Natürlich!"

„Hatte George ebenso eine Liste von möglichen Opfern? Also Angehörigen aus Ihrer Familie?", fragte Foster.

Turner blieb wieder stumm. Ein am Fenster vorbeifliegender Vogel erregte seine Aufmerksamkeit.

„Mr Turner. Möchten Sie nicht unsere Fragen beantworten?"
Turner blieb stumm.

„Gut. Dann sehen wir uns morgen wieder. Wir haben viel Arbeit mit dem, was Sie uns erzählt haben." Brennan war unruhig. Diese Aussage musste dringend überprüft werden. Er stand auf, packte seine Sachen und verließ zusammen mit Foster den Verhörraum.

„Wie konnten Sie so etwas geahnt haben, Steve?"
„Mal langsam. Wir haben keine Beweise, dass Turner uns nicht an der Nase herumführt."

„Aber etwas muss doch dran sein."
„Warum?", fragte Brennan und schaute sie von der Seite an.
„Weil es so plausibel klang."
„Genau deshalb müssen wir genau hinhören, was er sagt."

Wer ist George Dale?

Steve Brennan fuhr schneller als gewohnt zum Kommissariat zurück. Unterwegs versuchte er, noch einige Kollegen zu erreichen.

„Hoffentlich sind die nicht schon im Wochenende", knurrte er in das Telefon, von dem nur ein Freizeichen zurückkam.

„Roberta, was ist mit Ihnen? Wir haben noch zu arbeiten, wie Sie gehört haben."

„Ich würde gerne bald meine Sachen zusammenpacken. Ich könnte ein paar Recherchen von zu Hause aus machen."

„Wir müssen sofort einiges organisieren", Brennan bog auf den beinahe leeren Parkplatz des Kommissariats ein. Sie erreichten das Büro und sahen, dass die meisten schon im Wochenende waren.

„Nine-to-five", stellte er grollend fest, während sie zu Fosters Schreibtisch gingen.

„Viele Kollegen haben eine Menge Überstunden", wagte sie gegenzuhalten.

Brennan warf ihr einen strengen Blick zu. Dann kam er zur Sache: „Also: Turner war wahrscheinlich nicht alleine. Er erwähnte heute einen George Dale als Freund und Helfer. Mit ihm will er sämtliche Verbrechen geplant und durchgeführt haben.

Mehr rückt er allerdings im Moment nicht heraus. Wir müssen schnellstens herausfinden, ob es diese Person gibt."

Fosters Laune verschlechterte sich. Sie sah ja ein, wie wichtig es war, diese Person schnell zu finden. „George Dale plant möglicherweise den nächsten Mord."

„Sie haben die Lage erkannt. Wir müssen etwas tun. Und zwar sofort."

„Ich habe verstanden. Mein Abendessen bei Freunden kann ich wohl auch vergessen." Foster war zwar einerseits verärgert, andererseits reizte sie die Herausforderung, den unsichtbaren Helfer von Turner zu finden.

„Okay. Machen wir Folgendes. Wir diskutieren jetzt eine Strategie und dann gehen Sie nach Hause."

„Danke, Steve. Fangen wir an."

Sie zogen wieder in den Besprechungsraum. Die Poster mit ihren Aufzeichnungen hingen immer noch da. Ihre Strategie für die Suche nach einem George Dale war bald klar: Suche im Register von Liverpool sowie Befragungen im Umfeld von Turners Wohnort Port Isaac und in Scouri. Denn wenn dieser George sein Freund war, musste er auch einmal dort aufgetaucht sein.

„Wissen Sie was, Steve? Falls es diesen Menschen gibt, dann könnte George Dale auch ein Deckname sein. Turner reiste ebenso unter einem anderen Namen: Mike Adams."

„Das denke ich auch. Trotzdem werde ich mich jetzt an den Schreibtisch setzen und diese Person suchen. Vielleicht können die Kollegen in Liverpool helfen, falls sie noch im Büro sind.

Außerdem die Polizei in Port Isaac. Denn er müsste ja auch dort aufgetaucht sein."

Foster nahm ihre Tasche und verließ mit einem leisen „Ich geh dann mal. Ein schönes Wochenende" das Büro. Brennan reagierte nicht, was sie auch nicht erwartet hatte. Er hatte sie mit einem schlechten Gewissen ins Wochenende entlassen, gewollt oder nicht gewollt. Brennan war schon in seine Recherche versunken und sah und hörte nichts mehr.

Ich muss dringend die Kollegen in Liverpool anrufen, fiel ihm plötzlich ein. Er nahm den Hörer ab und freute sich, dort noch einen Kollegen zu erreichen. Da die Polizei in Liverpool mit dem Fall vertraut war, bedurfte es keiner großen Erklärungen. Der Kollege versprach, George Dale schnell im genannten Umfeld zu suchen. Die Beamten, die für Port Isaac zuständig waren, konnten ihm aber nicht versprechen, den Eltern von Winston Turner noch vor Montag ein paar Fragen zu stellen.

In der Zwischenzeit war es im Gebäude dunkel geworden. Lediglich das Licht im Großraumbüro brannte noch, der Chief Inspector war mit der Suche nach George Dale beschäftigt. Er fand zwar Personen gleichen Namens, bei diesen konnte es sich aber aus verschiedenen Gründen nicht um die gesuchte Person handeln. Seine Suche blieb erfolglos. Ein Rückruf aus Liverpool ergab dasselbe. George Dale war ein Phantom. Um zweiundzwanzig Uhr schaltete Brennan das Licht aus und fuhr nach Hause. Er machte eine Flasche Bier auf, merkte, wie müde er war, und legte sich bald ins Bett. Doch trotz seiner Müdigkeit konnte er nicht einschlafen. Immer wieder drehten sich die Gedanken um diese zweite mysteriöse Person. Entweder sie ist eine

Phantomgestalt aus dem Kopf von Turner oder sie existiert und stellt damit eine große Gefahr dar. Dann liefe noch ein Giftmörder frei herum. Und diese Möglichkeit ließ ihn nicht einschlafen. Wie konnte er aus Turner die Wahrheit herausbekommen?

Brennan hatte nicht viele Stunden geschlafen. Schon früh am Samstagmorgen war er wieder an seinem PC und suchte die Informationen nach Morden während der letzten 24 Stunden ab.

Zum Glück nichts. Er machte sich jetzt erst einmal einen starken Kaffee. Das Wetter war schön und er beschloss, in der Stadt herumzulaufen, etwas einzukaufen und sich, soweit es ging, einen entspannten Tag zu machen. Aber Turner und seine Äußerung gingen ihm nicht aus dem Kopf. Morgen, am Sonntag, würde er seine Tochter Miriam hier in Birmingham treffen. Sie war von einer Freundin zur Geburtstagsfeier eingeladen, und eigentlich hatte er keinen Kopf, ihr die Idee eines Auslandsstudiums in Australien auszureden. Er würde aber sämtliche Überredungskünste anwenden, sie von diesen Plänen abzubringen.

Brennan spazierte geradewegs auf ein Straßencafé zu, als sein Diensttelefon klingelte.

„Büro in Liverpool hier. Zu Ihrer Anfrage George Dale, diese Person ist bei uns nicht gemeldet." Er bestellte sich einen Tee. Diesen Turner werde ich härter rannehmen. Er muss endlich reden, sagte er sich. Er genoss die warme Septembersonne, beobachtete die Menschen um sich herum und war dann schnell wieder bei seinem Fall. Länger als eine Stunde hatte er es nicht ausgehalten, erledigte noch ein paar kleine Einkäufe für den Sonntag und setzte sich zu Hause wieder an seinen Laptop. Seine

Suche kreiste in den nächsten zwei Stunden um George Dale, Vergiftungen mit Bilsenkraut und dieses geheimnisvolle Zeichen auf der Stirn der Ermordeten. Er kannte dessen Bedeutung inzwischen, aber das Internet schwieg sich darüber aus.

Später schaute Brennan die Abend-News, bis ihm einfiel, dass er auch die Mappe über die Hell Waves am Freitagabend eingesteckt hatte. Er stand auf, wühlte in seiner Aktentasche und holte sie heraus. Es war eine Zusammenfassung der Anzeigen und Verurteilungen, die ihm die Polizei in Aberdeen geschickt hatte. Er ging sie schnell durch und hielt plötzlich inne. Brennan erinnerte sich an einen der Namen: Kyle Thomas. Er blätterte zurück auf die Seite der Namen und Adressen der Gruppe. Kyle Thomas, geboren in Port Isaac. Wo noch mal hatte er diesen Namen schon einmal gelesen? Dann fiel es ihm ein: im Dossier über Turner! Er hatte es Foster gegeben. Vielleicht hatte sie es mit nach Hause genommen.

„Roberta, hier Steve. Sind Sie zu Hause?"

„Ja, was gibt es?"

„Haben Sie das Turner-Dossier mit nach Hause genommen und vielleicht zur Hand?"

„Ja, liegt bei mir auf dem Tisch."

„Sehr gut. Können Sie bitte die Adresse von dem früheren Freund von Winston Turner raussuchen, Kyle Thomas?"

„Einen Moment. ... In der New Road 21 wohnen seine Eltern, auch heute noch. Er selbst wohnt jetzt in Aberdeen. Den habe ich auch in der Rocker-Clique kennengelernt."

Brennan schluckte, dann erzählte er ihr, was in den Unterlagen über die Hell Waves und Kyle Thomas stand. „Hat der irgendwann einmal etwas über Turner erzählt?"

„Nicht in meiner Gegenwart. – Das ist aber einmal eine Karriere. Von einem schüchternen Buben zu einem Rocker."

„Und der andere von einem verschüchterten Kind zu einem Serienkiller. Finden Sie heraus, mit wem dieser Kyle heute noch Kontakt in Port Isaac hat."

Verhörtag 6

Mit den Worten „Guten Tag, Mr Turner. Ich hoffe, es ist Ihnen am Wochenende in Ihrer Zelle nicht langweilig geworden" betrat Chief Inspector Brennan mit ernstem Gesicht den Raum und richtete wie an jedem Verhörtag sein Aufnahmegerät. Foster würde fünf Minuten später kommen.

„Ich habe mich aufgrund Ihrer Angaben noch am letzten Freitag auf die Suche nach George Dale gemacht und mich auch noch heute Morgen damit beschäftigt. Ihren George Dale gibt es nicht, Mr Turner! Und in keiner der Unterlagen findet sich eine Angabe über eine zweite Person. Also, was soll diese Geschichte!"

„Er war immer dabei", murmelte Turner, verzog dabei, wie so oft, keine Mine.

„Warum erzählen Sie uns diese Geschichte, dieses Märchen! Was beabsichtigen Sie damit?"

„Das ist nicht sein richtiger Name. Er heißt Michael."

„Aha. Ich sage es noch einmal: Sie waren immer alleine."

„Michael hat sich gut versteckt, sehr gut versteckt. Er hat mir bei allem geholfen."

Inspector Brennan atmete tief ein und dann aus. Foster war gerade hereingekommen und hatte den letzten Satz gehört.

„Michael wer? Ist das wieder so ein Fantasiename? Sie erzählen uns ständig neue Geschichten. Also, Mr Turner: Hat dieser Michael alias George auch einen Nachnamen?"

„Michael Glenn."

„Oh. Ein Nachname wie aus der Reihe der Getöteten", bemerkte Brennan. „Interessant." Sollte er sich eine weitere Fantasie-Geschichte erzählen lassen? Doch vielleicht kam das ein oder andere dabei heraus. Turner lebt wohl in einer anderen Welt. Das wussten sie bereits. Niemand in seiner Familie hatte diese Entwicklung bemerkt. Die Großmutter konnte er nicht mehr fragen. Ihm kam langsam der Gedanke, dass sie ihrem Enkel Winston nicht nur die Familiengeschichte erzählen, sondern ihn tatsächlich dazu bringen wollte, diese Morde aus Rache zu begehen! Auch sie war krank gewesen. Foster schrieb etwas auf einen Zettel und schob ihn Brennan hin. *Soll ich schon einmal nach dieser Person suchen?*

Der Chief Inspector hatte die Frage richtig verstanden, meinte aber: „Machen Sie das später. Ich brauche Sie noch hier."

„Ich möchte Sie noch einmal zum Verhältnis zu Ihrer Großmutter befragen." Turner hob abrupt seinen Kopf und starrte Brennan an.

„Sie wusste gar nichts!", schossen die Worte aus seinem Mund. Für Brennan kam das zu schnell.

„Wovon wusste sie gar nichts?"

„Von meinen Reisen, und dass ich die Frauen der Familie Glean treffen wollte."

„Das glaube ich Ihnen, denn Ihre Großmutter lebte zu diesem Zeitpunkt schon zehn Jahre nicht mehr."

„Großmutter lebt! Sie ist immer bei mir. Sie ist auch jetzt hier, hier in diesem Raum."

„Wenn sie hier in diesem Raum ist, weiß sie auch über Ihre Reisen Bescheid und dass Sie sich mit den Frauen getroffen haben und dass es weder einen George Dale noch einen Michael Glenn gibt."

Turners Gesicht verzog sich plötzlich. Sein Körper spannte sich an. „Nein, nein, Großmutter. Ich habe dir versprochen, das nicht zu tun."

Brennan wurde unsicher. War Turner schizophren und hatte gerade einen Anfall oder spielte er das nur, wie vieles andere?

„Wollte Ihre Großmutter nicht, dass Sie die Frauen suchen?"

„Ich sagte ihr, dass mehr Frauen von den Gleans als von den Donns umgebracht wurden. Sie lachte nur und meinte, das ist lange her. Über so etwas solle ich nicht nachdenken."

„Woher wussten Sie, dass mehr Frauen von den Gleans als von den Donns umgebracht wurden?"

„Sie hat das einmal selber erzählt."

„Hatte sie Unterlagen dazu?"

Turner schwieg.

„Mr Turner", warf Foster eine Frage ein. „Sie kannten sämtliche Unterlagen von Ihrer Großmutter. Waren dort die Morde verzeichnet?"

Turner antwortete auch auf diese Frage nicht.

„Mr Turner. Inspector Foster hat Sie etwas gefragt."
„Ich weiß es nicht."
„Also noch einmal zurück zu Ihrer Bemerkung über die unterschiedliche Anzahl der Toten. Hat das ihre Großmutter einfach nur so erzählt oder stand das irgendwo?"
Turner schwieg.
„Na gut. Vielleicht fällt Ihnen das später wieder ein." Foster lehnte sich zurück.

Brennan hakte noch einmal bei den Familiennamen nach: „Obwohl ihre Großmutter sämtliche Namen kannte, suchten Sie trotzdem die Namen von den Nachkommen der Gleans oder Glenns an anderer Stelle. Wozu?"

„Damit ich sie finde."

„Aber warum wollten Sie die finden? Ihre Großmutter hatte Ihnen doch klargemacht, dass das alles vorbei sei, richtig?"

Turner schwieg wieder. Oder dachte er nur nach? Es war, wie so oft, nicht zu erkennen.

„Woher wussten Sie, dass mehr Frauen von den Gleans als von den Dunns umgebracht worden waren?", bohrte Brennan noch einmal nach. „Sie fanden Unterlagen von Ihrer Großmutter?"

Turner schwieg. Langsam entspannte sein Körper sich wieder.

„Sie, Mr Turner, Sie hatten die Idee, die alte Rache wieder aufleben zu lassen. Sie steigerten sich in diesen Wahn, dass alte Verbrechen immer noch zu rächen seien. Das ist doch richtig?"

Turner schwieg weiter. Langsam begannen sich seine Lippen zu bewegen, erst lautlos und schließlich doch verständlich: „Die Getöteten sollen endlich ihre Ruhe finden."

„… indem andere Unschuldige umgebracht werden?"

„Sie waren schuldig und wussten das. Deshalb wollten sie auch sterben."

„Das haben wir schon zum wiederholten Mal gehört. Das glaube ich Ihnen aber nicht. Sie haben die Opfer gefoltert!"

„Nein, das haben wir nicht. Sie hatten Durst. Und waren dann glücklich."

Foster hatte die ganze Zeit still auf ihrem Stuhl gesessen. Sie war von allem sehr überrascht und versuchte das, was sie gehört hatte, zu ordnen.

Der Chief Inspector legte eine Pause ein. Er stand von seinem Stuhl auf und lief langsam zum Fenster. Weiße Wolken flogen den blauen Himmel entlang.

„Soll ich Mr Turner zurück in seine Zelle bringen?", unterbrach der Beamte die Stille.

„Nein, lassen Sie ihn hier. Ich muss nur etwas nachdenken." Brennan wollte abschalten und sich an den vorbeiziehenden Wolken erfreuen. „Sie können sich aber gerne einen Kaffee holen, wenn Sie möchten. Roberta, möchten Sie auch einen Kaffee?", fragte er.

Foster nickte. Turner rührte sich nicht.

„Gehen Sie ruhig. Wir bleiben hier", erklärte Brennan.

„Ich klopfe, wenn ich zurück bin. Bin gleich wieder da", sagte der Beamte und schloss die Tür von außen zu.

„Vielen Dank, dass Sie mir auch einen mitgebracht haben."
Brennan nahm einen Schluck, bevor er mit dem Verhör weitermachte. „Mr Turner, zwei wichtige Fragen haben Sie mir immer noch nicht beantwortet: Erstens, wie kamen Sie an das Gift, und zweitens, wie haben Sie die Opfer gefunden und sich so zielsicher an sie heranmachen können. Also zu Frage eins. Dem Gift."

Turner schwieg.

„Oder sollte ich besser fragen: Wie hat George das Gift beschafft?"

„Sandy kennt sich gut mit Pflanzen aus."

„Wer zum Teufel ist jetzt Sandy?" Brennan hatte eine andere Antwort erwartet. Die Nennung eines weiteren Namens machte ihn wütend, allerdings hätte er es auch erwarten können.

„Also, wer ist Sandy?"

„Eine Freundin von mir. Großmutter hatte einen großen Garten hinter dem Haus. Als sie starb, kam Sandy immer wieder und pflanzte und erntete dort."

„Was hat sie gepflanzt und geerntet? Bilsenkraut?"

„Das weiß ich nicht. Aber Sandy liebt Pflanzen."

„Na, was für Pflanzen hat sie denn gezüchtet?"

„Alles, was im Garten so wächst."

„Und Sie haben ihr dabei geholfen?"

„Manchmal. Sie wollte es aber nicht."

„Wo kam denn Sandy her? Ich höre diesen Namen zum ersten Mal."

„Sie ist meine Freundin. Schon lange."

„Und ihr vollständiger Name?"

„Sandy Richmond."

Brennan atmete tief durch – er musste die Existenz dieser Sandy bestätigen oder nicht.

„Machen wir für heute Schluss." Er packte seine Sachen und verließ mit Foster den Raum.

„Mr Turner, wir gehen in Ihre Zelle zurück." Der Beamte begleitete Turner zurück in seinen Gefängnisraum.

„Roberta, haben Sie schon einmal überlegt, ob Michael Glenn wirklich existiert und dann auch mit auf Reisen war? Wir ziehen alles noch einmal durch, wie bei der Suche nach dem Namen George Dale. Falls er Turner bei seinen Morden unterstützt hat, muss er ja ebenfalls irgendwo übernachtet haben, sich Autos geliehen oder Zugtickets online gekauft haben. Sämtliche Orte zwischen Schottland und Cornwall sind zu überprüfen. Nehmen Sie sich zwei Kollegen und beginnen Sie zu suchen. Und die Kollegen in Liverpool und in Cornwall sollen sich ebenfalls noch einmal umschauen."

Sie waren gerade aus dem Gefängnis zurückgekommen. Brennan stand immer noch im Trenchcoat neben dem Schreibtisch seiner Kollegin.

„Ich habe schon angefangen. Noch etwas?", fragte sie.

Er bewegte nachdenklich seinen Kopf. „Nein, Roberta. Ich hoffe, wir haben Glück. Ich glaube, er wird weich. Legen Sie los. Ich werde mich gleich um diese Sandy kümmern. Hoffentlich nicht bloß wieder ein Phantom."

Turner lag auf dem Bett in der Zelle des Untersuchungsgefängnisses. Nach dem heutigen Verhör stiegen immer wieder Erinnerungen an seine Jugendzeit und die Großmutter Margareth hoch. Gelangweilt und mit seinen Träumereien im Kopf hatte der Sohn seiner Mutter geholfen, Fische abzupacken, in die Räucherei zu bringen. Oft lungerte er dort nur herum.

„Eh Winston! Schlaf nicht ein! Mach, dass du deine Arbeit machst!", zischte ihn sein älterer Bruder Chris an, wenn er wieder einmal herumstand.

„Lass ihn doch", verteidigte ihn die Mutter dann.

„Wird ja eh nichts aus ihm", kam dann von Chris.

Wenn er zu Hause nicht helfen musste, vertiefte er sich in Geschichten. Ein gruseliges Buch, erzählte er auf die Frage, was er denn gerade las. Und Großmutter Margareth versorgte ihn gerne mit neuen Geschichten. Sah seine Mutter diese Bücher, so war sie aufgebracht und meinte, er solle sich was anderes in der Bücherei holen. Er musste sie immer wieder vor ihr verstecken.

Und irgendwann hatte Großmutter begonnen, Geschichten aus fernen Tagen zu erzählen. Dann las sie Geschichten von alten Mythen Schottlands vor oder sie erzählte.

„Es wird berichtet", begann sie, „dass unsere Vorfahren aus Schottland kamen, von irgendwo an der Nordküste bei Fanagmore am Loch Laxford. Sie hatten Schafe und ein kleines Fischerboot. Das Haus war nicht groß. In der Nähe lebte die Familie Glean.

„Kann man das Haus heute noch sehen?", wollte der kleine Winston wissen.

„Nein. Aber es gibt noch ein paar Mauerreste", erklärte die Großmutter.

„Da möchte ich mal hin", meinte er.

„Es war sicherlich schön dort. Aber vor einigen hundert Jahren zog die Familie weg. Sie waren immer wieder bedroht worden und junge Frauen aus unserer Familie verschwanden."

Der kleine Winston wurde ganz aufgeregt, als die Großmutter diese Geschichte erzählte.

„Alles begann, als Aleen Glean 1457 mit dem Gift des Bilsenkrautes ermordet wurde und qualvoll starb. Sie hatte sich geweigert, Gilmore Donn zu heiraten. Der Mörder soll der Bruder von Gilmore gewesen sein, der, wie erzählt wurde, geistig behindert war, aber von unserer Familie geschützt wurde. Der Vater Henry Glean schwor Rache, allzeit Rache. So begannen die Gleans, junge Frauen aus unserer Familie zu vergiften. Unsere Familie floh erst nach Edinburgh und einige Jahre später noch weiter nach Süden hierher, um der Rache zu entgehen."

„Hat sich unsere Familie dafür nicht gerächt?" Der kleine Winston war sehr aufgebracht.

„Doch, sicherlich. Aber Genaues weiß ich auch nicht." Großmutter Margareth lenkte bei diesem Punkt auf ein anderes Thema.

Nach ihrem Tod fand er, was er suchte. Niemals hatte sie ihm erzählt, dass sie Familienunterlagen hinter der Holzverkleidung versteckt hatte. Durch Zufall fand er sie: Er vermutete, etwas auf der Rückseite eines Bildes zu finden, das über dem Kopfende von Großmutters Bett hing. Er hatte so etwas am Abend zuvor in einem Kriminalfilm im Fernsehen gesehen. Als er das Bild abnahm, kam dahinter eine kleine Tür zum Vorschein. Sie war verschlossen, doch er erinnerte sich an einen Schlüssel, den er in der Schreibtischschublade gesehen hatte. Er passte und es öffnete sich ein kleiner Schrank, der in die Wand eingebaut war.

Er fand alte Familienbücher, die er nur schwer entziffern konnte. Des Weiteren eine Art Notizbuch, von einem Eric Dunn zwischen 1683 und 1724 geschrieben, und Unterlagen zum Verkauf des Hofes bei Fanagmore und einen Bericht über die Flucht bei Nacht und Nebel nach Edinburgh. Und er fand Großmutters Auflistung der getöteten Frauen, die bis in das Jahr 1623 zurückreichte. Sie schrieb auch, dass es aus der Zeit davor nichts Schriftliches, sondern nur mündlich Überliefertes gab. Winston lernte, die alte Schrift zu lesen. Als er alles gelesen hatte, fühlte er einen inneren Auftrag. Den Auftrag, die Morde zu rächen.

Und dann begriff er, dass schon vor Jahren Großmutters Cousin Gerald die Familie gerächt hatte. Margareth hatte in ihr Tagebuch geschrieben: „Er hat seine Arbeit gut gemacht. Aber er ist schon gebrechlich und diese Aufgabe hat ihn viel Kraft gekostet. Meine Tochter Alice ist für diese Aufgabe nicht geeignet. Sie ist weder empfänglich für Zeremonien noch für die alten Geschichten. Mein Enkel Winston wird mein Nachfolger. Ich kümmere mich um seine Erziehung."

Eine Entführung

Michael Glenn hastete zum Hotel zurück. Warum hatte er erst jetzt in der Zeitung gelesen, dass die Polizei Winston festgenommen hatte? Für ihn auffallend war, dass es weder eine dicke Überschrift noch einen langen Artikel gab. Was steckt dahinter?, fragte er sich. Während er auf den Bus wartete, hatte er einen Gedanken, der ihn nicht mehr losließ. „Unser Auftrag ist, die Morde zu rächen, koste es, was es wolle. Für den Fall, dass die Polizei versuchen sollte, uns einen Strich durch die Rechnung zu machen, haben wir abgesprochen, uns gegenseitig mit der Tochter von Brennan freizupressen." Jetzt war dieser Moment gekommen. Sein Freund war festgenommen worden. Es war eine gute Vorsehung, dass er den Chief Inspector und seine Tochter schon in den letzten Tagen beobachtet hatte. Die Tochter lebte in Liverpool. Auch dort war die Situation für eine Entführung günstig.

Beinahe hätte er seinen Bus nicht kommen sehen. Er stieg ein und fuhr zu seinem Hotel. Für das Vorhaben hier in Newbury hatte er sich neun Tage Zeit gelassen. Zeit genug, um eine Entführung zu planen und durchzuführen. Am nächsten Tag fuhr er mit dem Zug erneut nach Liverpool.

Michael Glenn alias George Dale holte den Leihwagen bei Avis ab und fuhr in die kleine Nebenstraße im Wohngebiet von Judy Brennan. Er hatte beobachtet, dass sie auf ihrem Heimweg von der Bushaltestelle diese Straße ging. Hohe Hecken schirmten die Sicht auf die Grundstücke ab. Im Rückspiegel sah Glenn Judy kommen. Kurz bevor sie seinen Wagen erreichte, öffnete er die Tür, stieg aus und ließ zwei Pakete direkt vor Judys Füße auf den Bürgersteig fallen.

„So ein Mist", ließ er verlauten. „Kannst du mir kurz helfen?"

Judy beugte sich vor und hob eines der Pakete auf; in diesem Moment trat Glenn von hinten an sie heran und hielt ihr einen mit Chloroform getränkten Lappen vor das Gesicht. Das betäubte Mädchen schob er schnell in den Kofferraum, fesselte ihre Hände und Füße, fand ihr Handy, schaltete es aus und drückte ihr einen Knebel in den Mund, dann schloss er die Heckklappe. Die Pakete schob er auf den Rücksitz, dann fuhr er den Wagen bis nach Minley in Südengland, wo er und Winston eine kleine Hütte für solche außerplanmäßigen Fälle gemietet hatten.

Bevor Glenn die 229 Meilen bis zum Versteck in Minley fuhr, warf er noch einen vorgefertigten Brief an das Kommissariat in Birmingham in einen Briefkasten. Dann nahm der den schnellsten Weg über die Autobahn nach Südengland. Judy war inzwischen aufgewacht und fand sich geknebelt und gefesselt im Kofferraum. Sie spürte die schnelle Fahrt des Wagens. Sie hatte Angst, große Angst.

Glenn fuhr ohne Halt bis zur Hütte und öffnete den Kofferraum. Er trug das Mädchen in die Hütte, fesselte sie an einen Stuhl und nahm den Knebel fort. Judy, voller Angst, aber auch voller Wut, versuchte sich, von den Fesseln zu befreien. Sie riss hin und her, bis sie endlich aufgab. Ihre Hand- und Fußgelenke schmerzten. „Was wollen Sie von mir? Ich habe Ihnen doch gar nichts getan!"

„Sie nicht, aber Ihr Vater, Chief Inspector Brennan. Er hat meinen Freund gefangen genommen."

„Und Sie wollen mich gegen Ihren Freund austauschen?"

„Genau. Dein Vater sollte auf dich hören. Sonst bekommt er eine tote Tochter zurück. Wie werden die nächsten Tage hier zusammen verbringen. Ich hoffe, dein Vater ist vernünftig."

Sein Handy klingelte – er sah aufs Display. Was wollte seine Ex denn schon wieder?

„Ja, was gibt es? Ich bin hier in wichtigen Untersuchungen."

„Judy ist nicht nach Hause gekommen. Ich habe überall herumgefragt. Sie geht auch nicht an ihr Handy. Das ist abgeschaltet. Was können wir tun?"

„Vielleicht ist sie sonst wo unterwegs."

„Sie erzählt mir immer, wo sie hingeht. Was können wir machen?"

„Falls sie bis heute Abend nicht zu Hause ist, gib eine Vermisstenanzeige bei der Polizei in Liverpool auf", meinte er lapidar und hoffte damit, dass Gespräch schnell beenden zu können.

„Das hat doch hoffentlich nichts mit deinem Fall zu tun?"

„Das glaube ich nicht. Ich melde mich." Doch Brennan dachte in diesem Moment dasselbe. Hatte nicht Turner erklärt, er hätte Hilfe von einem Freund George gehabt? Er wurde nervös.

Bloß jetzt die Nerven behalten, sagte er sich. „Judy wird wieder zu Hause auftauchen."

Brennan nahm sich die Verhörprotokolle noch einmal vor. Er las sie genau, war skeptisch und hörte sich auch die Aufnahmen noch einmal an. Immer wieder musste er an seine Tochter denken. Nichts deutete in Turners Worten darauf hin, dass der unbekannte George als Entführer handeln könnte. Aber sicher konnte man natürlich nicht sein. Es wurde langsam Abend. Er wollte nicht länger warten und rief Clara an. Nein, sie hatte von Judy nichts gehört. Sie hatte inzwischen bei der Polizei angerufen und auch sämtliche Anwohner nach Judy gefragt. Keiner hatte sie gesehen. Eine alte Dame meinte sich zu erinnern, dass zu der Zeit, in der Judy normalerweise nach Hause kam, ein Mann mit einem silberfarbenen Wagen in ihrer Straße stand, der bald verschwunden war. An das Aussehen des Mannes konnte sie sich aber nicht erinnern.

Brennan machte sich auf den Heimweg. Ein flaues Gefühl machte sich in seiner Magengegend breit. Ein leichter Druck auf der Brust erinnerte ihn daran, dass er sich einen Termin in der Herzklinik geben lassen sollte. Dr Halfpenny hatte ihm aber für den Notfall dieses Spray gegeben. Er fühlte das Fläschchen in seiner Manteltasche.

Verhörtag 7

Steve Brennan hatte sehr schlecht geschlafen. Mehrmals bekam er eine WhatsApp-Nachricht von Clara mit der Mitteilung, dass es nichts Neues von Judy gab. Er stand um sechs Uhr auf, duschte und fuhr ins Kommissariat.

„Trinke nicht so viel Kaffee", hatte ihm sein Arzt geraten. Brennan fühlte nach dem Fläschchen in der Tasche und ging zum Kaffeeautomaten. Das Zeug war für den Ernstfall, hatte der Doktor erklärt. Und der war noch nicht eingetreten. Er stand am Fenster und trank seinen Kaffee. Draußen prasselte der Regen, die Menschen hasteten auf den Gehwegen, Autos spritzten Wasserfontänen. Es war jetzt kurz nach acht Uhr.

„Steve. Ein Brief für Sie. Er kam heute Morgen mit der ersten Post."

Brennan drehte sich um und nahm den Brief entgegen. Kein Absender, stellte er fest. Schnell hatte er ihn geöffnet, schnell hatte er den Inhalt erfasst:

Sie können Ihre Tochter gegen Winston Turner austauschen.
Kein Ort, keine Zeit. Er las die Worte ein weiteres Mal. Er brauchte Zeit, bis ihm die Bedeutung richtig klar wurde: Seine Tochter Judy wurde entführt, um diesen Mörder freizupressen! Er rief Clara an und erklärte die Lage: „Es ist jetzt tatsächlich mein Fall."

Brennan verständigte seinen Vorgesetzten, Chief Superintendent Ron Gallagher, und rief anschließend eine Besprechung im Kommissariat ein. Brennan fasste den ganzen Fall kurz zusammen und berichtete, dass der Entführer Turner gegen seine Tochter freipressen wollte.

„Ich müsste Sie eigentlich von diesem Fall abziehen", gab Gallagher zu bedenken. „Ich habe aber niemanden, der Sie hier ersetzen könnte. Falls Sie sich nicht in der Lage sehen sollten, hier weiter zu arbeiten, so ist das verständlich. Dann muss ich jemanden suchen."

Foster rutschte unruhig auf ihrem Stuhl hin und her. Sie sah schon eine Möglichkeit, diesen Fall zu übernehmen.

„Steve. Falls es ein Problem für Sie ist ..." Weiter kam sie nicht.

„Das ist es ganz und gar nicht", gab er in scharfem Ton zurück. „Es ist nicht der erste Fall, der mich persönlich betrifft."

„Ich meinte ja nur, dass ich Ihnen helfen kann."

„Das tun Sie bereits."

„Dann lassen Sie uns anfangen, die Fakten zusammenzustellen", legte Chief Superintendent Gallagher fest und blickte zu Brennan.

„Roberta, was gibt es zu Michael Glenn alias George Dale?"

„Habe bis heute Morgen noch nichts erhalten."

„Machen Sie Druck. Dann: Eine Nachbarin aus Judys Straße will jemanden zur Tatzeit gesehen haben. Die Kollegen in Liverpool sollen nach einer Beschreibung fragen. Außerdem nach dem Typ des Wagens. Ich werde als Nächstes ins Gefängnis fahren und diesem Turner auf den Zahn fühlen. Da gibt es noch einiges, was er uns verschweigt."

„Brennan. Bitte seien Sie vorsichtig", meinte Gallagher und schaute ihm mit ernster Miene ins Gesicht.

„Ich weiß. Es geht nur um meine Tochter", äußerste er mit einer gewissen Ironie.

„Soll ich Sie begleiten, Steve?"

„Ich denke, Roberta, Sie haben hier Ihre Aufgaben." Brennan stand auf und verließ den Raum.

„Roberta. Bitte passen Sie auf ihn auf. Sollte es Probleme geben, so geben Sie mir bitte sofort Bescheid." Gallagher schaute Brennan besorgt nach. Sollte er ihm nicht besser jemanden an die Seite stellen?

Brennan nahm seine Unterlagen, ging ins Besprechungszimmer, schloss die Tür, hängte ein Schild „Nicht stören" an das Türfenster, und vertiefte sich in seine Notizen. Dann schaute er wieder länger die aufgehängten Charts an. Jeder, der ihn sah, verstand, dass er sich Gedanken zu dem Fall machte – alleine.

Der Chief Inspector fuhr erst am Nachmittag zum Verhör. Die Recherchen zu Michael Glenn alias George Dale hatten noch immer nicht zu einem konkreten Ergebnis geführt. Hier und da ergab sich ein Hinweis. Foster leitete die Suche vom Büro aus. Brennan hatte ein wenig zur Person „Sandy" herausgefunden.

Als er den Gang des Gefängnisses zum Verhörzimmer entlangging, kam ihm eine Frau entgegen, die offensichtlich einen Gefangenen besucht hatte. Er klopfte an die Tür und wurde von den Worten des Wachmannes begrüßt: „Der Turner hat heute schon den zweiten Besucher."

Brennan stutzte und fragte: „Von wem?"

„Von seiner Mutter."

Brennan ging nicht weiter darauf ein. Er hatte wichtigere Dinge im Kopf. Turner saß noch auf seinem Stuhl, als der Inspector aufgebracht sagte:

„Haben Sie von Anfang an geplant, meine Tochter zu entführen? Wo ist sie? War das Ihr Freund Michael Glenn mit Zweitnamen George Dale?" Brennan klang sehr erregt.

Turner hob den Kopf. Ein leichtes Lächeln glitt über sein Gesicht. Brennan kannte diese Mimik inzwischen. Er hatte recht. Die Entführung hatten die beiden Freunde offensichtlich geplant.

„Also. Wo ist meine Tochter? Wenn der etwas passiert, dann passiert Ihnen auch etwas. Ich habe nur noch eineinhalb Jahre zu arbeiten. Falls ich rausgeworfen werde, ist mir das egal! Also. Wohin ist sie entführt worden?"

„Ich weiß es nicht. Michael hat dafür ein Versteck gefunden."

„Und er hat Ihnen nicht erzählt, wo das ist? Das soll ich Ihnen glauben?" Brennan merkte, wie die Wut über diesen Turner und den Entführer schnell stärker wurde. Noch konnte er sie im Zaum halten.

„Ja."

„Sie haben die Entführung geplant, so wie Sie all diese Morde akribisch geplant haben. Was beabsichtigt Michael mit dieser Entführung?", versuchte Brennan Turner aus der Reserve zu locken. Turner schwieg. Brennan änderte die Taktik.

„Officer, können Sie mir bitte einen Kaffee holen?"

Der Beamte schloss die Tür von außen.

„Jetzt pass mal auf, Bürschchen!" Brennan versuchte, seine Beherrschung zu behalten. „Was will Ihr Freund Michael mit dieser Entführung erreichen? Turner, Sie sagen es mir jetzt oder ich schlage aus Versehen zu." Brennan zog sein Jackett aus, krempelte den rechten Arm seines Hemdes hoch, sah Turner in die Augen und kam ihm immer näher. Turner begann zu zittern.

„Michael will, dass ich freikomme."

„Aha. Also war das geplant. Von Anfang an. Und wo ist das Versteck?"

„Ich weiß es nicht."

„Sag mir, wo das Versteck ist!" Brennan hatte sich jetzt nicht mehr unter Kontrolle. Er gab dem Stuhl, auf dem Turner saß, einen solchen Tritt, dass beide umfielen.

„Ich weiß es wirklich nicht!" Turner zitterte und flehte: „Das können Sie nicht machen. Ich habe Rechte!"

„Solche Rechte, wie Ihre Opfer: leben zu dürfen!"

Brennan wollte gerade zu einem erneuten Tritt ausholen, als die Tür aufging und Foster mit dem Beamten hineinkam.

„Steve, hören Sie auf!"

Der Beamte sah zum Fenster hinaus.

„Können wir uns kurz draußen unterhalten?" Sie zog Brennan in den Gang.

„Ich habe Gallagher versprochen, auf Sie aufzupassen. Ich berichte ihm nicht, was ich gesehen habe ..."

„Er hat gestanden, dass die Entführung geplant war. Angeblich hat er keine Ahnung, wo dieser Michael meine Tochter versteckt hält."

„Steve, wir alle arbeiten mit Hochdruck. Wir werden bestimmt bald einen Durchbruch haben."

„Okay. Gehen wir wieder rein." Brennan sammelte sich und öffnete die Tür. Beide setzten sich wieder an den Tisch, an dem Turner bewegungslos auf seinem Stuhl saß. Der Beamte nahm wieder seinen Platz neben der Tür ein. Brennan atmete tief durch und setzte das Verhör fort. Nur schwer konnte er das Zittern seiner Hände unterdrücken.

„Ich glaube Ihnen die Geschichte mit der Entführung so wenig wie die mit Sandy Richmond. Auch da haben Sie mir einen Bären aufgebunden. Eine Sandy Richmond gibt es weit und breit nicht in Ihrer Umgebung. Ihre Eltern haben sie noch nie gesehen und auch keinen Menschen, der nach dem Tod Ihrer Großmutter den Garten weiterpflegte." Er stand auf und kam mit seinem Gesicht nahe an das von Turner heran: „Gleich nach dem Tod der alten Frau wurde der Garten in einen Rasenplatz umgewandelt. Lediglich am Rande stehen ein paar Rosen oder andere Blumen. Sonst nichts!"

Der Chief Inspector ging zu dem Stuhl, den er jeden Tag für sich in Anspruch nahm, und setzte sich langsam, nicht ohne Turner aus den Augen zu lassen. Er ließ Turner Zeit zum Überlegen. Er versuchte, sich in Bezug auf seine Tochter erst einmal zurückzuhalten und sich auf die Punkte zu konzentrieren, die mit den Morden zu tun hatten. Foster stellte erst einmal keine Fragen.

„Sandy brachte mir getrocknete Pflanzen."

„Die sollten Sie später in die Getränke der Opfer mixen."

Turner schwieg.

„Ist das so, Mr Turner?"

Turner schwieg weiter, für Brennan kein positives Zeichen, aber zumindest eine Hoffnung dafür, dass in Turners Kopf wohl doch etwas passierte.

„Wo kam Sandy her", legte er mit bewusst strengem Unterton nach.

Keine Antwort.

„Wo kam Sandy her!", dieses Mal sehr laut.

„Sie war da."

„Was heißt das, sie war da? Stand sie plötzlich da oder kannten Sie sie schon länger?"

„Wir kannten uns schon sehr lange. In der Schule saßen wir nebeneinander. Später zogen ihre Eltern weg. Wir blieben aber in Kontakt und sahen uns einige Male in den Ferien. In einem Sommer durfte ich sie besuchen und wir fuhren mit ihren Eltern nach Wales. Sandy kannte sich sehr gut mit Pflanzen aus. Ab und zu kochte sie uns einen Tee und wir hatten dann einen richtigen Rausch."

„Wie hieß das Zeug, von dem Sie einen Rausch bekamen?"

„Das weiß ich nicht mehr."

„Haben Sie mit Sandy über Ihre späteren Pläne gesprochen, die alten Morde an Ihrer Familie zu rächen?"

„Daran kann ich mich nicht mehr erinnern."

„Sie planten schon bei Ihrer Großmutter, die Morde zu rächen, hatten auch von Anfang an einen Plan, wie Sie das machen wollten, dachten über viele Jahre an nichts anderes mehr, konsumierten mit Ihrer Freundin Sandy berauschende Pflanzen, von denen einige auch tödlich sind – und wollen mir heute erzählen, dass Sie sich nicht mehr daran erinnern, darüber mit ihr gesprochen zu haben?"

Wieder verfiel Turner in diese Stimmung geistiger Abwesenheit und sprach nicht mehr. Wiederholte Aufforderungen durch Brennan halfen nichts. Hatte er ihn durch seine aggressive Art erschreckt oder dachte sich Turner eine neue Geschichte aus? Brennan wusste es nicht. Natürlich müsste die Ortspolizei noch einmal bei Turners Eltern nachfragen, ob es eine Sandy oder ähnliche Person gab, mit der ihr Sohn unterwegs gewesen war. Brennan ging eher davon aus, dass auch diese Person nur eine Erfindung war. Lebte sie vielleicht in seinem Geist, so wie die anderen Personen auch? War Turner nur sehr einsam? Und wusste er tatsächlich nicht, wohin sein Freund Judy entführt hatte? Brennan hatte keine Anhaltspunkte bekommen während des Verhörs. Mit diesen Fragen verließen sie das Gefängnis.

Ohne Spur

Schweigend fuhren die beiden Inspectoren zum Kommissariat zurück. Ohne eine Zwischenfrage zu stellen, hörte Brennan sich an, was die Kollegen zu berichten hatten.

„Unterm Strich wissen wir in Birmingham beinahe gar nichts über diesen Michael Glenn", beendete Constable Miller seine Zusammenfassung. Brennan verspürte plötzlich eine große Müdigkeit. Aber er konnte nicht nach Hause gehen und sich ins Bett legen. Aus dem Fall von Giftmorden war sein Fall geworden.

„Sir, gerade kommt eine neue Information aus Liverpool. Um die besagte Uhrzeit hat eine ältere Dame einen silberfarbenen Vauxhall in der Straße stehen sehen. Nur kurz wäre ein Mann ausgestiegen, hätte in die Richtung geschaut, aus der Ihre Tochter kam, und war dann wieder eingestiegen. Die Nummer hat sie nicht gesehen. Sie hat dann ihr Fenster wieder geschlossen und kann nicht sagen, was danach passierte. Sie sah den Wagen auch nicht wegfahren. Der Mann hatte eine helle Jacke und vielleicht Jeans an. Er war ungefähr 1 m 80 groß. Er hatte dunkle Haare. Das wäre es."

„Danke, Miller. Die Kollegen in Liverpool sollen bitte alle Autovermietungen abfragen, ob ein Michael Glenn oder George Dale einen silberfarbenen Vauxhall gemietet hat. Oder noch besser: landesweit. Sämtliche Autovermietungen. Das können auch Sie tun, Miller. Dafür brauchen wir die Kollegen in Liverpool nicht. Die sollen weiter nach Spuren suchen. Sonst noch was?" Er blickte in die Runde.

„Okay. Dann weiter mit der Arbeit."

Brennan stand auf und lief ins Großraumbüro zurück.

„Steve, Sie sehen sehr müde aus. Wollen Sie nicht nach Hause gehen und einmal richtig ausschlafen?" Foster stand neben ihm. „Wir brauchen Sie, aber gesund."

„Danke, Roberta. Ich fahre jetzt heim. Sie geben mir aber sofort Bescheid, wenn etwas passiert, abgemacht? Und keine Alleingänge!"

„Einverstanden. Soll ich Sie nach Hause bringen?"

„Nein danke. Geht schon."

Er erhob sich und merkte, dass er schwitzte.

„Bloß jetzt keinen Herzinfarkt", murmelte er vor sich hin, als er zu seinem Wagen lief. „Ach, ich habe Roberta noch gar nicht die Beschreibung von dem Menschen gegeben, der mir in Liverpool und auch in Birmingham vor meinem Haus aufgefallen ist." Er wählte ihre Nummer und gab ihr die Daten durch. Zu Hause rief er kurz Carla an, erzählte ihr auch von seinem Zustand und legte sich ins Bett. Es war ihm klar, dass er, trotz der Entführung seiner Tochter, auf sich Rücksicht nehmen musste. Mit einer Schlaftablette erzwang er sich die nötige Ruhe.

Chief Superintendent Gallagher kam durch die Tür und ging direkt zu Foster. „Wie lief es beim Verhör?"

„Na ja. Steve war schon sehr aufgebracht, er beherrschte sich aber. Dieser Turner hat uns noch lange nicht alles erzählt. Er ist wie ein Pudding. Jedes Mal, wenn wir hineinstoßen, kommen irgendwelche Geschichten. Wir glauben, dass er in diesen Geschichten lebt. Vielleicht sind diese Rache-Morde auch nur so zu verstehen."

„Denken Sie, dass Steve das durchhält? Emotional und körperlich?"

„Wieso körperlich? Er ist zwar schon beinahe 64, aber sonst fit. Oder nicht?"

„Nicht ganz. Passen Sie bitte gut auf ihn auf. Ich kann mich nicht dazu durchringen, ihm den Fall wegzunehmen."

„Sie meinen aus gesundheitlichen Gründen?"

„Behalten Sie das bitte für sich. Und schauen Sie, dass Sie den Überblick über sämtliche Informationen behalten." Gallagher drehte sich um und verließ das Büro. Foster stand etwas verwirrt an ihrem Schreibtisch. Was durfte sie nun tun und was nicht? Sie wäre aber in jedem Fall bereit, falls Brennan ausfallen sollte.

Glenn kam gegen Abend von seiner Erkundungstour aus Newbury zurück. Normalerweise hätte er irgendwo in der Nähe übernachtet. Jetzt aber, wo er seine Geisel Judy Brennan in dem kleinen Haus in Minley eingeschlossen hatte, musste er sich auch um sie kümmern und sichergehen, dass sie noch da war. Er hielt den Wagen in einiger Entfernung an, sah sich um und erst als er sicher war, dass sich niemand in der Nähe aufhielt, steuerte er ihn dorthin. Er versicherte sich durch Rufen und schloss auf. Zur Sicherheit hatte er seine Pistole gezogen. Judy befand sich weiterhin im zweiten Zimmer und lag auf dem Bett. Sie hatte in seiner Abwesenheit etwas gegessen und getrunken. Reste einer kalten Pizza standen herum.

„Kann ich mal an die frische Luft? Muss ich hier immer bei geschlossenen Fenstern herumsitzen?"

„Geht nicht", meinte Glenn kurz.

„Ich haue schon nicht ab. Sie können mir ja Handschellen anlegen."

„Hier hast du was zu essen und zu trinken. Dein Vater hat noch nicht geantwortet."

„Der kommt bestimmt und nimmt Sie fest."

Glenn ging nicht darauf ein. Er schloss Judy wieder in ihr Zimmer ein und setzte sich vor seinen Laptop. Er schaute sich zum wiederholten Male an, was er über Edward Dunn herausgefunden hatte und ergänzte es mit weiteren Informationen. Sein Plan stand jetzt fest: Morgen würde er seinen Auftrag durchführen. Bevor er einschlief, ging er noch einmal alles durch.

Verhörtag 8

Chief Inspector Brennan ging am nächsten Tag mit einem neuen Gefühl der Hoffnung in das Verhör. Endlich einmal hatte er gut geschlafen. Die Schlaftablette bereitete ihm zwar einen kleinen Hangover, aber nach einer Tasse Kaffee fühlte er sich besser. Immerhin konnte er auf über zehn Stunden Schlaf zurückschauen. Zuversichtlich kam er um zehn Uhr dreißig im Büro an. Die Kollegen waren froh, ihn in besserer Verfassung zu sehen. Foster war noch unterwegs. Die Polizei in Cornwall hatte gute Arbeit geleistet und neue Informationen zur Verfügung stellen können.

Sandy entpuppte sich als Bernadette, mit der Winston Turner in den Ferien gewesen war und die sich mit Pflanzen auskannte. Bernadette arbeitete inzwischen als Biologielehrerin an einer Schule in Coventry. Sie erinnerte sich noch gut an ihren Jugendfreund und dass sie miteinander berauschende Pflanzen geraucht hatten. Außerdem wusste sie Bescheid über das Bilsenkraut und dessen Giftwirkung. Sie konnte sich allerdings nicht mehr daran erinnern, dass Turner und sie darüber gesprochen hatten. Über die Morde in seiner Familie hatten sie angeblich nie geredet.

Und dann hatte die Polizei in Port Isaac herausgefunden, dass sich Kyle Thomas regelmäßig alle vier Wochen mit Freunden im Golden Lion traf.

„Dort sitzt vielleicht eine Person, die etwas ausplaudert. Bitte finden Sie heraus, wer die anderen Leute sind", bat Brennan Foster.

Michael Glenn war weiterhin ein Rätsel. Bei keinem der Hotels, in denen sich Winston Turner oder Mike Adams eingemietet hatte, war eine Person dieses Namens oder ein George Dale bekannt. Turner hatte die Leihwagen immer nur auf einen seiner Namen gemietet.

Brennan atmete einmal tief durch und platzte dann in das Verhörzimmer. Er hatte beinahe schon damit gerechnet, dass die meisten Namen von Turner erfunden waren. Er hasste es, an der Nase herumgeführt zu werden. Seine Stimmung war nicht die beste, als er sich an den Tisch setzte. Sein „Guten Tag, Mr Turner" war beinahe nicht zu vernehmen.

Noch bevor er sich auf seinen Stuhl niedergelassen hatte, begann er: „Warum haben Sie uns den Namen von Bernadette Evans verschwiegen? Das meiste, was Sie uns über Sandy erzählt haben, haben Sie mit ihr erlebt. Warum erzählen Sie uns immer nur Halbwahrheiten und erfundene Geschichten?"

Turner schwieg. Brennan versuchte es wieder auf die strenge Art und näherte sich dem Gesicht Turners, sehr nahe.

„Also, ich höre. Wie geht die Geschichte jetzt weiter? Oder gibt es eine neue?"

Turners Lippen begannen zu zittern. „Wer ist Bernadette? Ich kenne keine Bernadette. Es gibt nur Sandy."

„Vielleicht in Ihrem Kopf. Es gibt keine Sandy, mit der Sie in Ihrer Jugend unterwegs waren!"

„Doch", stammelte Turner. „Ich war mit ihr unterwegs. Immer."

„Und von ihr haben Sie auch die Kenntnis über die Pflanzen und das Gift, richtig?"

„Sie kannte die Pflanzen in- und auswendig."

Brennan kam eine Idee: „Sie meinen ein Buch von Sandy über Pflanzen?" Er würde nachher recherchieren.

„Ich hatte es immer dabei, wenn ich unterwegs war."

Brennan war erleichtert. Endlich hatte er einen Anhaltspunkt.

„War das ein Buch von Ihrer Großmutter? Hatte sie es Ihnen gegeben?"

„Großmutter hat immer schöne Geschichten vorgelesen."

„Ich will jetzt nicht wissen, welche Geschichten Ihre Großmutter Ihnen aus Kinderbüchern vorgelesen hat, sondern ob Sie das Buch, das Sandy geschrieben hat, von ihr bekommen haben."

„Großmutter hat daraus vorgelesen."

„Aus dem Buch von Sandy?"

„Ja. Tolle Sachen."

„Welche zum Beispiel?"

„Wie Hexen früher ihre Feste feierten."

Ah! Jetzt war er ein Stück weiter. Endlich! Das Buch würde die Polizei noch finden müssen. Oder sie mussten in Antiquariaten suchen.

„Sie kennen sich also mit Drogen und im Besonderen mit Bilsenkraut aus", hielt Brennan Turner vor. Doch dieser hüllte sich wieder einmal in Schweigen.

„Na, dann machen wir mit Michael Glenn alias George Dale weiter. Sie behaupten, Sie hätten alles mit ihm zusammen geplant und auch ausgeführt. Er war also dabei. Ist das richtig?"

„George hat mir immer geholfen."

„Etwas genauer, bitte. Bei was hatte er Ihnen geholfen?"

„Bei allem."

„Vielleicht hat er Ihnen bei den Vorbereitungen geholfen, er war aber weder bei den Treffen mit Frank Glenn noch bei den Entführungen der Frauen dabei. Zumindest in zwei Fällen haben Zeugen nur Sie gesehen und keine weitere Person. Also, wobei hat er geholfen. Bitte Klartext."

Turner schwieg. Brennan wollte es vermeiden, wurde jetzt aber doch laut: „Ich will jetzt hören, wobei Ihnen dieser Michael Glenn geholfen hat!"

Turner wurde unruhig. Das hatte Brennan beabsichtigt.

„Und außerdem noch, wo er wohnt, wo er jetzt ist! Wo hält er meine Tochter versteckt!"

„Wir waren zusammen bei Frank."

„... als Sie ihn umbrachten?"

„Michael war zum ersten Mal mit dabei."

„Keiner der Nachbarn hat gesehen, dass eine weitere Person ins Haus kam."

„George hat sich versteckt und gewartet, bis ich kam."

„Wo?"

„In einer Hütte auf der anderen Seite des Gartenzaunes."

„Okay. Das werden wir überprüfen. So, und jetzt will ich wissen, wohin Michael meine Tochter entführt hat! Wo hält er sie gefangen!"

„Er hat das alleine geplant."

„Sie haben verschiedene Verstecke angemietet, in diversen Hotels und Hütten, richtig?"

„Ja."

„Also welche! Namen, Orte! Welche Hütten!"

„Ich kenne die nicht. Das hat alles Michael gemacht."

„Sie haben aber die Morde zusammen organisiert. Also auch die Orte ausgekundschaftet, wo die Menschen lebten. Sie hatten einen Plan. Heute ist der 25. Juni. Was stand für heute auf dem Plan?"

Turner schaute zum Fenster hinaus. Brennan meinte, ein kurzes Lächeln in seinem Gesicht gesehen zu haben. Eine düstere Vorahnung überkam ihn. Er wollte zurück ins Büro. Er hoffte auf Neuigkeiten.

„Wir sehen uns morgen wieder", erklärte er, nahm Mantel und Tasche nebst Aufnahmegerät und trat hinaus in den Gang. Im Büro hörte er sich die Vernehmung noch einmal an. Dann verglich er sie mit den Aussagen von den Tagen zuvor. Ganz langsam, aber immer präziser formte sich bei ihm die Erkenntnis, dass diese Morde nicht das Ende waren. Warum sollte Turners Freund Michael alias George da draußen herumlaufen und nur bei den Planungen dabei gewesen sein? Die Liste war länger, das wusste Brennan, seitdem der USB-Stick gefunden worden war. Wo würde Glenn als Erstes zuschlagen?

Ein neuer Giftmord

Michael Glenn las in der Zeitung manches über ihre Taten. Stolz kam in ihm auf, dass darüber berichtet wurde. Aber jedes Mal war von Winston die Rede, nie von ihm. Warum wurde nie über ihn geschrieben? Und keine Zeile über die Entführung von Brennans Tochter. Die Polizei wollte das wohl nicht an die Öffentlichkeit bringen.

Genau für diesen Fall hatten Turner und er vorgesorgt und sämtliche weiteren Aktionen abgesprochen. Erst, wenn Winston seine Liste abgearbeitet oder von der Polizei festgenommen werden sollte, würde Glenn mit seiner Arbeit beginnen. Auch er stammte von einer der beiden Familien ab, die sich seit Jahrhunderten gegenseitig umbrachten. Seine Mutter hatte nach der Scheidung von Walter Wegner ihren alten Namen Christine Glenn wieder angenommen und hatte auch gewollt, dass ihr Sohn den Namen Glenn trug. Glenn hatte versucht, von seiner Mutter mehr über die Geschichte ihrer Familie zu erfahren. Sie hatte ihm kaum etwas erzählt. Wusste sie es nicht?

Glenn hatte sich schon vor der notwendig gewordenen Entführung mehrere Tage unauffällig in einer Ferienwohnung in der Nähe von Newbury unter dem Namen George Dale aufgehalten. Jetzt aber hatte er die Geisel in Minley versteckt, und um die musste er sich kümmern. Jeden Abend fuhr er eine Stunde zurück zu der Hütte.

Er hatte sich genügend Zeit gelassen, sein potenzielles Opfer Edward Dunn ausfindig zu machen, zu überwachen und in den

Sozialen Medien nach seinen Aktivitäten und Gewohnheiten zu suchen. Immer wieder dachte er dabei an die Worte seines Freundes Winston, dass nur sie gemeinsam den alten Zwist beenden könnten.

„Nur so gelingt es uns, die Rache zu begraben", hatte Winston bei ihrem letzten Treffen in Guildford bestätigt. Und das war genau das, was auch Michael wollte.

Nun musste etwas passiert sein, dass Winston der Polizei in die Falle gegangen war. Er hatte noch gesehen, wie er vor dem Kino die Polizeiarbeit beobachtet hatte und dann davonlief. Sie hatten vereinbart, sich nur an bestimmten Orten zu treffen, keine Anrufe, keine E-Mails, nichts. Nichts sollte sie verraten. Nach gründlicher Überlegung hatten sie sich für ihre Verstecke entschieden. Für ihre zweiten Ausweise hatten sie viel Geld gezahlt.

Noch einmal war er in der Hütte in Minley sämtliche Angaben durchgegangen, vergewisserte sich, dass Edward Dunn heute Abend nach wie vor zur Party mit Freunden ins Bootshaus kommen würde, was er letzte Woche auf YouTube angekündigt hatte. Er vergewisserte sich, dass seine Gefangene Judy genügend zu essen hatte und nicht fliehen konnte. Dann schloss er ohne ein Wort zu ihr den Raum ab und fuhr nach Newbury. Er stellte den Wagen in einem Industriegebiet ab und fuhr mit dem Bus zu Edward Dunns Wohnung. Mit seiner rotbraunen Collegetasche sah er wie ein Angestellter aus, der nach Hause fuhr. Der kleine blaue Corsa seines Opfers stand wie immer auf seinem Parkplatz, neben einigen Büschen, hinter denen sich Glenn leicht verstecken konnte. Er musste nicht lange warten, bis

Edward Dunn aus der Haustür kam und zu seinem Wagen lief. Er schloss ihn auf und setzte sich hinein, Glenn vergewisserte sich, dass niemand in der Nähe war, schoss hinter dem Gebüsch hervor, öffnete die Beifahrertür, bevor Edward Dunn den Motor starten konnte, setzte sich blitzschnell auf den Beifahrersitz und drückte dem überraschten Edward Dunn ein Tuch mit Chloroform auf das Gesicht. Glenn stieg aus, beobachtete noch einmal kurz die Umgebung und zog den bewegungslosen Mann auf den Beifahrersitz, knebelte ihn und band seine Hände und Füße zusammen. Er schloss die Beifahrertür, ging schnell auf die andere Seite, startete das Auto und fuhr los. Geschickt hatte er eine Strecke herausgesucht, auf der keine Ampeln ihn zum Halten zwingen würden und sein gefesseltes Opfer nicht entdeckt werden könnte. Die beginnende Dunkelheit war ihm eine weitere Hilfe. Sein Ziel war eine verlassene Fabrik außerhalb der Stadt. Er erwartete niemanden zu dieser Zeit in dieser Gegend. Da Edward weder besonders groß noch ausgesprochen muskulös war, musste Glenn mit keiner großen Gegenwehr rechnen. Er schleppte sein Opfer auf eine Bank in einer alten Fabrikhalle.

Turner und Glenn hatten ihre Vorgehensweise immer wieder durchgesprochen: das Opfer ablenken und dazu bringen, etwas zu trinken bekommen zu wollen. Doch Edward Dunn weigerte sich, ließ sich nicht durch Familiengeschichten ablenken, er wollte, dass die Fesseln abgenommen würden. So musste Glenn ihm den Mund gewaltsam öffnen und das giftige Öl hineinbefördern, nicht alles verschwand in seinem Rachen. Edward Dunn ahnte, dass es sich um ein Betäubungsmittel oder um ein Gift handelte, versuchte die Flüssigkeit auszuspucken; Glenn drückte seinen Kopf nach hinten, öffnete wiederholt gewaltsam den Mund seines Opfers und tropfte weiteres Öl hinein. Ungeschickt goss er mit einem Glas Saft nach, in dem das Öl ebenso enthalten war. Einiges floss daneben. Aber es reichte für die „Erlösung", wie Glenn und Turner es nannten. Mit der Zeit wurde der junge Mann erst ruhig, dann wollte er sich bewegen, dann entspannte er sich, schlief ein und war bald endgültig ruhig. Glenn konnte damit beginnen, ihm das Zeichen in die Stirn zu ritzen. Turner hatte ihm mehrmals gezeigt, wie das ging. Er solle es mit viel Kraft machen. Viel Blut lief über das Messer und seine Hand.

Die Nacht war schon fortgeschritten, als Glenn die Leiche des Mannes schulterte und zum Ausgang des alten Fabrikgebäudes trug. Eine alte Grube, gefüllt mit Wasser, war sein Ziel. Hier wollte er sich der Leiche entledigen. Größere Steinbrocken lagen genug herum. Glenn beabsichtigte gerade, den Körper mit dem ersten Brocken zu beschweren, als jemand mit einer Stablampe näherkam, begleitet von einem Hund. Glenn schob die Leiche schnell ins Wasser und verschwand in der Dunkelheit. Später reinigte er seine Schuhe und wusch sich das Blut in einer größeren Pfütze von den Händen. Sein Ziel war eine etwa vier Kilometer entfernte Bahn-Station.

Der Schäferhund des Wachmannes war schon von Weitem auf das Geschehen aufmerksam geworden. Es stand der Wind aus der Richtung und ein spezieller Geruch hatte seine Aufmerksamkeit erregt. Sie fanden die Leiche, halb im Wasser, halb noch im Sumpf des Ufers.

Chief Inspector Brennan hörte bereits am nächsten Morgen von diesem Fund, die Polizei aus Newbury informierte ihn schon während des Frühstücks. Das Zeichen, ja, es war wieder in die Stirn geritzt, das Opfer war geknebelt und gefesselt worden. Der Tote wurde für weitere Untersuchungen nach Birmingham geschickt; er hatte noch seine Papiere bei sich. Und der Name passte in die Mordserie – der Nachname. Aber es war ein Mann! Brennan wurde erst nachdenklich, dann unruhig, dann ärgerlich. Was lief da? Er hatte eine Vorahnung. Es gab tatsächlich eine zweite Person, wie Turner immer gesagt hatte. Nur wer war das? Oder gab es einen Trittbrettfahrer, der das hässliche Spiel weitertrieb? Wir müssen jetzt sofort die Suche ausweiten, dachte Brennan – auf potenzielle Opfer der Familien Donn, Dunn, Dale oder ähnlich. Auch auf männliche Personen.

Brennan und Foster saßen am Samstagmorgen in größerer Runde im Besprechungsraum in Birmingham. Man sah allen die Anspannung an. Die Zeit bis zur Festnahme Turners und die kurzen Nächte davor saßen den meisten noch in den Knochen. Und jetzt saßen sie wieder zusammen, am Samstagvormittag. Und es spielte auch Enttäuschung mit. Immer wieder hatten sie recherchiert und waren kaum weitergekommen. Sie hatten Nebenschauplätze und Personen gefunden, aber nichts zu dem zweiten Mörder. Offenbar hatten Turner und Glenn ihren Plan sehr gut durchdacht. Aber die Aufgabe der Inspectoren musste sein, weitere Morde zu verhindern.

Für elf Uhr war eine Pressekonferenz angekündigt. Brennans Rolle war es, eine Zusammenfassung der Fakten zu erstellen.

„Die Presseleute wollen Ergebnisse sehen. Und sie wollen wissen, wie nahe wir am Mörder dran sind", erklärte Gallagher.

„Wenn wir das wüssten, wären wir wirklich weiter", entgegnete der Chief Inspector.

„Die werden uns lynchen", meinte der Chief Superintendent.

Zusammen gingen sie in den Presseraum. Wie zu erwarten, war alles bis auf den letzten Platz besetzt, und weitere Presseleute drängelten sich an der Tür. Gallagher gab eine fünfminütige Zusammenfassung der bisherigen Ergebnisse und wies darauf hin, dass wegen der laufenden Ermittlungen keine Einzelheiten bekannt gegeben werden könnten. Doch die Liste der Fragen war lang:

Was hatten die Toten an Gemeinsamkeiten? Wie genau wurden sie ermordet? War es wahr, dass auch Gift eine Rolle spielte? Und welche Spuren verfolgte die Polizei im Moment?

Gallaghers Antworten konnten niemanden zufriedenstellen. Er versuchte mehrmals, die Reporter zu beruhigen, die auf die Gefahr für jeden auf der Straße hinwiesen. Um dreiviertel zwölf Uhr brach Gallagher die Veranstaltung mit den Worten ab: „Bitte berücksichtigen Sie, dass wir unsere Arbeit machen müssen."

Brennan war auf dem Weg in die Stadt, als ihn einige Reporter am Eingang der Polizeibehörde abfingen.

„Chief Inspector Brennan. Sie können uns doch sicherlich einiges mehr erzählen."

Brennan hasste diese Situation. Murrend lief er durch die Menge hindurch zu seinem Wagen und griff zu seinem Handy:

„Roberta, seien Sie vorsichtig, wenn Sie das Haus verlassen. Hier lungern noch Reporter herum." Er beendete das Gespräch und fuhr los.

„Hallo Carol. Es ist furchtbar, aber wir haben immer noch keine Spur von Judy. Wir haben aber einen neuen Giftmord. Es gibt einen zweiten Verdächtigen, der wahrscheinlich Judy als Geisel hat."

Erst einmal schwieg sie. Dann: „Sie ist auch deine Tochter. Du wirst bestimmt das Richtige machen. Das weiß ich."

Für ihn klang das nicht überzeugend. Aber was sollte er entgegnen? Er wusste, wozu ein Mörder fähig war.

„Ich melde mich wieder." Er drückte die Aus-Taste.

Brennan saß später wieder an seinem Schreibtisch und suchte weitere Anhaltspunkte, spielte sich die Verhöraufnahmen wiederholt vor, achtete auf jede Nuance in Turners Worten. Er und Foster gingen davon aus, dass diese Morde auf das Genaueste geplant worden waren. Dazu gehörten nicht nur die Opfer und deren Wohnorte, sondern ebenso die Hotels und Rückzugsorte. Und an diesem Punkt wollte er am Montag weitermachen. Am Wochenende wollte er versuchen, das Puzzle mit den Teilen zusammenzusetzen, die die Kollegen bis jetzt gesammelt hatten. Samstagabend um einundzwanzig Uhr dreißig packte er das Aufnahmegerät und drei Ordner in sein Auto und fuhr nach Hause.

Hoffentlich schlägt der Mörder in den nächsten Tagen nicht noch einmal zu, dachte er. Er würde aber einen Fehler machen, da war er sich sicher. Brennan nahm eine Schlaftablette und zog die Bettdecke über sich.

Verhörtag 9, vormittags

In seinem Kopf rasten die Gedanken. Für ihn war klar, dass der zweite Giftmörder seine Tochter gefangen hielt. Und das bedeutete, dass seine Tochter in höchster Gefahr schwebte. Oder gab es noch einen Dritten, der da mitspielte? Denn wie hätte der zweite Täter gleichzeitig seine Tochter bewachen können?

Er hatte davon geträumt, war aufgewacht, wieder eingeschlafen, wieder aufgewacht. Er fand sich damit ab. Die Situation war nun einmal so und er mittendrin. Jetzt startete er den Motor seines Wagens. Fragen zu den beiden Familien gingen ihm durch den Kopf: Was war noch ... Der Stick!, schoss ihm durch den Kopf. Ist die andere Datei inzwischen entschlüsselt geworden? Webber hatte daran arbeiten und sich melden wollen! Das war schon ein paar Tage her. – Hatte ihm nicht vor einiger Zeit jemand von Familien-Stammbäumen im Internet erzählt? Auch hier musste gesucht werden. Er stellte den Motor wieder ab und rief im Kommissariat an.

„Hallo, Roberta. Es gibt inzwischen mehrere Internetfirmen, die Stammbäume von Familien erstellen. Bitten Sie einen Kollegen, die Stammbäume dieser beiden Familien herauszusuchen. Das ist die Lösung! Warum sind wir bisher noch nicht darauf gekommen?"

„Mache ich, Steve. Sonst noch etwas?"

„Nein. Ich fahre jetzt ins Gefängnis."

Auf dem Weg rief er Carol an. Er hatte noch immer keine Neuigkeiten.

„Steve. Ich komme nach Birmingham."

„Du kannst mir hier nicht helfen."

„Ich will jemand um mich haben."

„Ich werde kaum zu Hause sein."

„Kann ich bei dir wohnen?"

Brennan atmete tief durch. Das musste nicht auch noch sein, dachte er.

„Meinetwegen. Aber störe mich nicht bei meiner Arbeit", fügte er noch brummend hinzu und legte auf.

Noch mit dem Telefon in der Hand betrat er das Gefängnis und ging gleich zum Verhörzimmer. Turner saß schon auf seinem Stuhl. Brennan grüßte kurz, setzte sich Turner gegenüber und sah ihn sich genau an. Sah er eine leichte Aufhellung in seinem Gesicht, im Vergleich zu den letzten Tagen? Wusste Turner über den jüngsten Mord Bescheid? Brennan entschloss sich zur direkten Befragung.

„Mr Turner. Ist Ihr Auftrag erledigt oder sollen noch mehr Menschen sterben?"

„Alle werden sie freiwillig sterben wollen."

„Also haben noch nicht alle Ihren Trunk bekommen?"

„Alle werden sie trinken." Turner hob seinen Kopf leicht und sah zum Fenster hinaus.

Könnte ich auf einer richtigen Spur sein, überlegte Brennan.

„Wer führt die Morde an den Menschen weiter? Sie waren noch nicht fertig mit Ihrer Arbeit, richtig?", fragte er noch einmal.

„Sie sind alle schuldig. Und sie wissen das."
„Wer führt Ihre Arbeit da draußen weiter?"
„Es sind so viele."
„Ist George damit beschäftigt?
„George reist immer mit mir."
„Wo ist Michael Glenn alias George Dale jetzt?"
„Er ist unterwegs."
„Sagt Ihnen Edward Dunn aus Newbury etwas?"
„Hat er sich bekannt?", kam es sofort aus Turners Mund.
Der Chief Inspector schluckte. Turner hatte gewusst, dass Edward Dunn auf der Liste stand. Und wenn er das gewusst hat, so kennt er auch die nächsten Opfer, begriff Brennan. Also hatten die zwei eine weitere Liste ausgearbeitet.
„Ist meine Tochter auch auf Ihrer Liste?"
Keine Antwort.
„Wo hält Ihr Freund Michael Glenn meine Tochter Judy fest!" Nach einer kurzen Pause: „Mr Turner! Sie haben zusammen mit ihm eine Liste der Familienmitglieder erstellt, die Sie für schuldig halten. Wo ist diese Liste? Wer steht als Nächstes auf der Liste?" Er war jetzt laut geworden, doch Turner schwieg.
„Mr Turner, wissen Sie, wie es Ihrem Freund Kyle Thomas geht?" Er beobachtete Turner, der sich langsam zu ihm drehte.
„Kyle? Wo ist er?"
„Haben Sie sich mit ihm im Golden Lion in Port Isaac getroffen? Wann das letzte Mal?"
„Ich habe ihn schon lange nicht mehr gesehen, seit er nach Aberdeen gegangen ist."

„Kyle war alle vier Wochen im Golden Lion, und Sie wollen ihn nie getroffen haben?" Brennan hielt perplex inne. Vielleicht hatte er ihn tatsächlich nicht gesehen. Ihm fiel ein, dass es jetzt noch wichtigere Sachen zu tun gab. Dieser Michael Glenn war der zweite Mörder und der Entführer seiner Tochter. Brennan erhob sich blitzartig von seinem Stuhl, packte seinen Sachen und verließ den Raum.

„Sie können Turner in seine Zelle zurückbringen", sagte er im Hinausgehen.

Sein Handy klingelte. Beinahe wäre es hinuntergefallen, als er es aus der Manteltasche zog. Er schaute auf das Display: Diese Nummer kannte er nicht.

„Brennan."

„Brennan, passen Sie auf. Sobald ich meine Arbeit hier erledigt habe, ist Ihre Tochter dran. Es sei denn, Sie lassen Winston frei." Das Gespräch war damit beendet.

„Roberta. Der Entführer hat sich gerade bei mir gemeldet. Schauen Sie nach, was das für eine Nummer war. Ich vermute allerdings, er hat von einer Telefonzelle aus angerufen. Ich bleibe dran." Nach zwei Minuten rief Roberta zurück.

„Steve, es ist die Nummer einer Telefonzelle bei Worcester."

„Die Suche auf den Raum Worcester erweitern. Vielleicht fährt er immer noch diesen silberfarbenen Vauxhall."

George wird gesucht

Mit Turners Antwort war Chief Inspector Brennan definitiv klargeworden, dass eine zweite Person mit oder im Auftrag von Turner unterwegs war und weitere Opfer aufsuchte. Er fuhr direkt ins Kommissariat, lud schon von unterwegs seine Kollegen zu einer dringenden Besprechung ein und erreichte eine halbe Stunde später sein Büro. Alle einschließlich Ron Gallagher waren anwesend und erwarteten die wichtigen Informationen. Im Hineingehen reichte ihm ein Kollege das Ergebnis der toxikologischen Untersuchung der Leiche in Newbury: Tod durch Vergiften mit Bilsenkraut, was Brennan und die Kollegen schon erwartet hatten. Er berichtete und fasste die beiden Punkte kurz zusammen.

„Erstens, es läuft noch ein Täter frei herum, der das Morden nach dem gleichen Muster weiterführt. Mit großer Wahrscheinlichkeit handelt es sich dabei um Michael Glenn, der mit dem Decknamen George Dale unterwegs ist. Zweitens, es gibt ein weiteres vergiftetes Opfer. Dieses Mal ist es ein Mann. Er weist die gleichen Merkmale auf wie die früheren weiblichen Opfer: Bilsenkrautvergiftung und das Zeichen auf der Stirn. Drittens, er gehört zur Familie Glean, also zur Gegenseite. Und viertens: Turner sagte, dass dieser George „hier" sei und weitere Opfer sucht. Last but not least: Ich bekam vor wenigen Minuten einen Anruf vom Entführer. Er drohte, meine Tochter umzubringen, wenn wir Turner nicht sehr bald freilassen. Ich gehe davon aus, dass der zweite Mörder und der Entführer identisch sind und es sich um Michael Glenn handelt."

„Ich frage mich, warum gibt es hier zwei Verrückte, die ihre Familien gegenseitig abschlachten?" Gallagher hatte bislang geschwiegen. Er sah keinen Grund, in die Ermittlungen einzugreifen, wollte allerdings sicherstellen, dass der Chief Inspector beim Thema Entführung nicht emotionsgeladen reagierte.

Brennan führte weiter aus: „Wie ich schon erklärte, soll der zweite Mörder Michael Glenn heißen und den Alias-Namen George Dale benutzen. Diese Person müssen wir suchen. Wir müssen noch einmal alle Kontakte Turners überprüfen. Und zwar alle: Jugend, Beruf, Reisen, Hotels etc. Andere Frage: Haben wir etwas von Webber und den versteckten Dateien auf dem USB-Stick gehört?" Kopfschütteln in der Runde.

„Versuchen Sie ihn zu erreichen, gleich nach dieser Besprechung. – Haben Sie schon mit den elektronischen Stammbäumen begonnen?"

„Die Firmen tun sich schwer, diese Angaben herauszurücken", kam es aus einer Ecke.

„Roberta, drohen Sie mit Beschlagnahme!"

„Wird schwer sein", erklärte ein Kollege. „Die sitzen alle im Ausland."

„Wie sollen wir auf das Thema Entführung Ihrer Tochter reagieren, Steve?"

„Constable, konzentrieren Sie sich auf die Giftmorde." Brennan wagte einen kurzen Blick zu Gallagher.

„Glenn wird sich wahrscheinlich auf den nächsten Mord konzentrieren. Aber irgendwann macht jeder Verbrecher einen Fehler. Sobald wir eine verwertbare Spur von ihm haben, müssen wir ihn jagen. Dann macht er hoffentlich bald den ersten

Fehler. Jetzt fahren wir zweigleisig: seine Festnahme und meine Tochter. Oder besser gesagt dreigleisig: Wir müssen auch herausfinden, wer das nächste potenzielle Opfer sein könnte." Brennans Gesicht war rot angelaufen, sein Blutdruck hoch. „Es muss allen klar sein: Wir haben es hier mit einem Serienmörder zu tun, der aufgrund einer eigenen Botschaft handelt. Er kennt keine Skrupel. Unschuldige junge Menschen sind in Gefahr! Wir treffen uns ab heute jeden Tag um zehn Uhr hier im Büro. Oder, falls es wichtige Neuigkeiten gibt, auch außerplanmäßig.

Tom, kurze Frage, habt Ihr schon etwas über die potenziellen Opfer herausbekommen? Auf die klassische Art mit Melderegister usw.? Wir sollten jetzt das Risiko eingehen und uns auf den Namen Donn, Dunn usw. konzentrieren. Turner sitzt, und wenn wir Glück haben, ist jetzt bei Mitgliedern der Familie Glean, Glenn Ruhe."

„Machen wir. Ich frage mich nur, welches die aktuelle Liste der Glenns ist?"

„Verdammt gute Frage", stimmte Brennan zu. „Erinnert mich daran, ich muss zum Webber, falls der da ist." Dann ging er noch einmal die verschiedenen Listen durch, die er mit Webber besprechen wollte. Danach nahm er seine Sachen, holte sich einen Kaffee aus dem Automaten und ging in die IT-Abteilung. Zusammen mit dem Kaffee schluckte er schnell eine Tablette Bisoprolol.

„Ah, sehr schön, Webber, dass ich Sie antreffe. Arbeiten Sie an dem Stick?"

„Das tue ich jetzt wieder verstärkt. Sonst gibt es bald den nächsten Toten."

„Ich muss unbedingt wissen, was Sie außer der ersten Namensliste auf dem Stick gefunden haben."

„Tut mir wirklich leid! Ich habe eine weitere Untersuchung des Sticks als nicht so wichtig angesehen, nachdem der Mörder gefasst war. Wegen einer wichtigen Sicherheitsanfrage und weil ihr den Turner hattet, habe ich die Sache erst einmal liegen lassen. Jetzt geh ich sofort dran. Vielleicht weiß ich in ein paar Stunden mehr. Aber versprechen kann ich nichts."

„Ich bin immer erreichbar", versicherte Brennan und lief zur Tür hinaus. Sein Ziel was das Gefängnis.

Verhörtag 9, nachmittags

„Wissen Sie was, Turner? Ich stelle Ihnen jetzt eine Frage und will eine klare Antwort darauf haben. Falls ich die nicht bekomme, werde ich Sie in die Psychiatrie bringen. Und ich denke, falls Sie so weitermachen, werden Sie auch den Rest Ihres Lebens dort verbringen." Er ging allerdings davon aus, dass Turner sowieso dortbleiben würde. Turner zeigte erst keinerlei Regung. Seine Füße, Hände, sein Körper blieben ruhig, aber dann begannen seine Lippen zu zittern. Sein Kiefer bewegte sich, die Zähne knirschten.

Brennan stieß nach: „Sie sind doch nicht psychisch krank? Oder wollen Sie so eingestuft werden?" Er ließ seine Worte auf Turner wirken. Der wurde noch nervöser. „Meine Frage." Jetzt hatte er einen lauten Ton gewählt. „Meine Frage ist: Wo ist die

Liste der Menschen aus der Familie der Dunns, Ihrer Familie? Wollen Sie wirklich, dass die ebenfalls alle umgebracht werden? Nennen Sie mir die Namen!" Sein Handy schnarrte. Ein kurzer Blick, und die Nachricht nahm ihn voll in Anspruch:

Michael Glenn, alias George Dale, ist in Dundee gemeldet, hatte in mindestens zwei Hotels zur selben Zeit eingecheckt wie Winston Turner alias Mike Adams. Bahn-Tickets zu denselben Zielen wurden entweder am gleichen Tag oder wenige Tage später oder früher gekauft.

Haben jetzt ein Foto, mit dem wir bei den Eltern von Turner vorbeigehen. Als Anlage.

Brennan sah sich das Foto an.

„Mr Turner! Wer ist der Mann auf diesem Foto?" Turner zeigte ein leichtes Lächeln. „Also, wer ist das?"

„George. Woher haben Sie es?" Der Beamte im Zimmer hörte das Geräusch des Steines, der von Brennans Herz rollte.

„Na, geht doch, Turner. Sie wollten mir sagen, wo die Liste ist und wer noch darauf steht."

„George hat sie."

„Also Michael Glenn", warf er Turner ins Gesicht. Der zuckte zusammen. „George ist Michael Glenn, richtig?"

Turner begann zu schwitzen.

„George ist Michael Glenn. So wie Mike Adam Winston Turner ist, korrekt?"

„Michael wollte immer George sein."

Brennan nahm sein Handy und tippte an sein Büro: *Michael Glenn alias George Dale bestätigt. Fahndung verstärken. Landesweit. Wohnung in Dundee durchsuchen und PC beschlagnahmen. Dringend!*

„Wer hat Ihnen geholfen, die Liste der Angehörigen der beiden Familien zu erstellen?"

„Ich fand sie alle."

„Ja, aber woher wussten Sie, wo die Gleans/Glenns und Donns/Dunns/Dales leben?"

„Frank hatte das alles."

„Frank Glenn? Den Sie in Scourie umgebracht haben?"

„Er wusste zu viel. Das war eine Last für ihn. Er wollte sterben."

„Ich erzähle Ihnen, wie der Mord an Frank Glenn ablief", entgegnete Brennan. Sie und Michael haben sich mit Frank in Scourie verabredet. Sie redeten über die Familien und bauten Vertrauen auf. Während Michael über seine Familie erzählte, hat Frank ihnen alte Bilder von den Familien gezeigt, die bei ihm im Zimmer hingen. Dann wollten sie in das Archiv. Frank war unsicher. Noch niemals hatte er Fremde in sein Archiv gelassen. Sie drängten ihn so lange, bis er nachgab. Der Whiskey hat noch etwas nachgeholfen. Wir fanden drei gebrauchte Gläser in der Küche. Sie stiegen die Kellertreppe hinab und kamen durch eine massive Holztür. Dahinter erstreckten sich Regale voller Ordner. Sie waren begeistert. Frank hatte die gesamte Chronik der beiden Familien hier zusammengetragen! Dann nahm er einen kleineren Ordner aus einem verschlossenen Schrank, um gleich die Adresse von Michael einzutragen. Jetzt waren Sie nahe dran.

Das hatten Sie beide gesucht: alle Adressen von den Familienmitgliedern. Das war Ihr Moment. Frank beugte sich über die Seiten des Ordners und suchte Michaels Familie, als Sie oder Michael mit einem herumliegenden Holzstück Frank bewusstlos schlugen. Dann fesselten sie den alten Mann. Zu guter Letzt tropften sie ihm das Gift in den Mund und knebelten ihn.

Wahrscheinlich hatte Frank erkannt, dass Sie die Giftmörder waren. Frank stand nicht auf Ihrer Liste. Er war nicht Teil Ihres Mordplans. Aber er stand Ihnen im Weg. Sie haben ihn wegen der Listen getötet." Brennan machte eine Pause. Turner hatte die ganze Zeit ruhig dagesessen. Er machte einen zufriedenen Eindruck.

„Wo sind die Listen jetzt?"

Turner schwieg.

„Denken Sie an das, was ich Ihnen angedroht habe! Hier steht das Leben von Menschen auf dem Spiel. Ich schicke Sie in die Psychiatrie. Und die haben feine Tabletten und Spritzen." Er wusste, dass er mit so etwas nicht drohen durfte, aber hier schien es ihm doch angebracht, um Leben zu retten.

„George hat sie."

„Wo haben Sie eine Kopie versteckt?"

„Was für eine Kopie?"

„Falls die erste verloren geht", wurde Brennan ärgerlich. Er hoffte, dass Turner den USB-Stick erwähnen würde. „Dann frage ich Sie einmal etwas anderes. Wie haben Sie denn – ich nenne es jetzt mal Ihre Besuche – bei den Opfern geplant? Sie mussten herausfinden, was die machen. Haben Sie das übers Internet gemacht?"

„George hat ganz viel mit seinem Computer gemacht."
„Wo ist dieser Computer jetzt?"
„Er hat ihn bei sich."
„Also ein Laptop. – Haben Sie auch einen Computer?"
„Papa hat einen."
„... auf dem Sie auch gearbeitet haben. Haben Sie sich mit George E-Mails geschrieben?"
„Ja. Ganz viele."

Brennan nahm erneut sein Handy und tippte an das Kommissariat: *Dringend PC von Winston Turners Vater untersuchen. Turner hat Mails mit Michael Glenn alias George ausgetauscht. Möglicherweise wurden die Opfer auch über den PC von Michael Glenn ausgewählt und die Morde geplant.*

„Erinnern Sie sich an die Namen der Frauen, die Sie mit George ausgewählt haben?"

Turner schüttelte den Kopf.

„Oder an die Orte, wo sie leben? Das wissen Sie doch bestimmt!"

Turner schüttelte den Kopf.

„Ich glaube, ich hole jetzt den Psychiater", Brennan sprach leise, aber klar und deutlich und machte Anstalten, seinen Mantel von der Stuhllehne zu nehmen. Er hatte bewusst bis zu diesem Zeitpunkt gewartet, um diesen Trumpf zu ziehen. Mit großem Interesse hatte er die Geschichte über Winstons Schulzeit gelesen, als dieser das Mädchen in eine Hütte gesperrt hatte. Wie Turner damals die Zeit in der Psychiatrie aufgenommen hatte, interessierte ihn besonders. Turner erinnerte sich nicht nur an diese Zeit, sondern hatte auch Angst vor den bohrenden Fragen der Psychiater, hatte Brennan lesen können. Und tatsächlich: In Turner begann es zu rumoren, die Zeit der Verhöre kam zurück. Seine Gedanken rasten.

„Warten Sie." Turner hob den Kopf. In seinem Gesicht konnte der Chief Inspector die nackte Angst sehen.

„Oxford."

„Weiter. Welche noch? Also weiter."

„Dort sind es zwei."

„Zwei gleich? Weiter!"

„Bristol."

„Weiter! Weiter, sage ich."

„Das sind alle."

„Und ihre Namen sind Dunn oder Dale?"

„Dunn."

„Alle heißen Dunn?

„Dunn."

„Okay", murmelte Brennan und schrieb die Orte in eine SMS an seine Kollegen.

„Und wo steht die Hütte, in der Glenn Judy gefangen hält?"

Turner schwieg und schaute auf seine Hände.

„Also wo? Sie wissen es!"

„George wollte eine Hütte in Südengland suchen. Mehr wusste er damals selbst noch nicht."

„In Südengland. Aha. Nicht in Schottland oder auf den Orkney-Inseln?"

„Südengland", kam es knapp und leise aus Turners Mund.

„Wir werden das überprüfen. Wir werden uns morgen weiter unterhalten."

Brennan packte das Aufnahmegerät in die Aktentasche, schlüpfte in den Trenchcoat und verließ den Raum. Sein Ziel war die IT-Abteilung. Ben Webber wartete bereits auf ihn.

„Und?", fragte Brennan. Webber hatte einige Ausdrucke auf den Schreibtisch gelegt und beugte sich darüber.

„Ich habe in der Tat eine weitere Datei gefunden. Die war gut versteckt, und auch wieder codiert."

„Und was können wir erkennen?", fragte Brennan und beugte sich ebenfalls über die Ausdrucke.

„Namen, Postleitzahlen, noch einmal Orte und verschiedene Zeitangaben."

„Kannst du eine Priorität erkennen?"

„Vielleicht ja. Es gibt eine Reihenfolge, aber nicht alphabetisch."

„Lass uns diese Liste einmal mit der vergleichen, die wir bei Turner gefunden haben", meinte der Chief Inspector und zog ein Blatt Papier aus seiner Mappe.

Sie glichen die Namen ab, kamen zu dem Schluss, dass es keine vollständige Übereinstimmung gab, aber auf beiden Listen das erste Opfer Edward Dunn aus Guildford auf Platz 1 und ein Jake Dunn aus Oxford als potentielles nächstes auf Platz 2 stand.

„Wir gehen ein gewisses Risiko ein, wenn wir uns auf diese Person festlegen, ich habe aber keine andere Wahl. Wir müssen auch die Nächsten auf der Liste in unser Personenschutzprogramm aufnehmen", überlegte Brennan laut. „So, und jetzt schauen wir uns noch an, was die Kollegen von Glenns Computer geschickt haben."

„Ich drucke das aus", sagte Webber.

„Na sieh mal einer an! Die Daten auf dem Computer von Glenn stimmen tatsächlich mit den Daten vom USB-Stick und der Aussage von Turner überein. Allerdings müssen wir die Nachnamen sofort überprüfen. Es sind verheiratete Männer und Frauen dabei. Einige der Frauen haben den Namen ihrer Männer angenommen", kombinierte Brennan. „Ich nehme die Listen und gehe mal zurück an meinen Schreibtisch", verabschiedete er sich.

„Falls ich noch etwas Neues finde, melde ich mich", meinte Webber.

„Ja, danke für deine Hilfe." Hätte der schneller reagiert, hätten wir vielleicht einen Toten weniger, haderte Brennan.

Opfer 8 wird entführt

Brennan ging ins Büro zurück.

„Roberta. Gibt es etwas Neues über meine Tochter?"

„Michael Glenn alias George Dale hat vor mehr als einer Woche in Liverpool einen silberfarbenen Vauxhall gemietet. Die Nummer haben wir. Die Polizei auf der ganzen Insel weiß Bescheid. Der Wagen ist aber nicht aufgetaucht."

„Gebt an sämtliche Autovermietungen die Daten von Michael Glenn heraus. Falls er ein neues mietet."

„Mache ich, Steve."

Brennan setzte sich ans Telefon und erklärte den Kollegen in Oxford die Situation. Bislang war dort weder etwas über eine Leiche noch über eine Entführung bekannt. Er erklärte noch einmal den Ernst der Lage, stieg in seinen Wagen und fuhr nach

Oxford, wo möglicherweise das nächste Vergiftungsdrama geplant war.

Sein Smartphone klingelte. Er vermutete einen seiner Kollegen und meldete sich.

„Brennan, was gibt es?"

„Ihr nehmt mich wohl nicht ernst? Ihre Tochter ist in meinen Händen, aber das ist Ihnen wohl egal." Er brachte seinen Wagen zum Halten.

„Mr Glenn. Geben Sie auf. Auch wenn wir Ihren Freund Winston laufen lassen, kriegen wir euch beide wieder. Lassen Sie meine Tochter frei."

„Wir haben einen Auftrag, und den müssen wir erledigen. Je schneller, desto besser. Verstehen Sie? Zu zweit geht es besser."

„Und dazu benötigen Sie Winston?"

„Richtig."

„Können Sie den Auftrag nicht alleine zu Ende führen?" Brennan versuchte, Glenn in ein Gespräch zu verwickeln. Aber er hatte kein zweites Telefon. Niemand konnte das Gespräch zurückverfolgen.

„Doch, das kann ich. Es dauert dann etwas länger", erklärte Glenn zynisch. „Und ich habe noch gar nicht nachgeschaut, ob nicht auch Sie und Ihre Tochter zur Familie gehören. Das würde meine Absicht erleichtern."

„Aber, wenn Sie Judy umbringen, bekommen Sie Ihren Freund nicht frei."

„Das stimmt auch wieder", erklärte Michael. „Aber Sie hätten eine Tochter weniger. Die zweite wohnt doch in London, nicht wahr? Ich will, dass Winston bis übermorgen achtzehn Uhr frei ist. Das Wo und Wie nenne ich Ihnen noch."

Das Telefongespräch war zu Ende. Glenn hatte aufgelegt. Brennan musste erst einmal durchatmen. Er fühlte sich hilflos, was seine Tochter anging. Dennoch brachten ihn die Gedanken schnell wieder ins Hier und Jetzt. Er nahm sein Handy und rief Foster an:

„Glenn hat mich gerade wieder angerufen. Bitte zurückverfolgen. Er gibt uns noch knapp 48 Stunden Zeit, bis übermorgen achtzehn Uhr. Außerdem droht er mit der Entführung und vielleicht Ermordung meiner zweiten Tochter Miriam in London. Ich rufe dort gleich an."

„Miriam, hier ist Daddy. Hör gut zu. Judy wurde entführt. Auch du bist in großer Gefahr."

„Das weiß ich schon."

„Der Täter droht, auch dich zu entführen. Du musst sofort den nächsten Flieger nehmen, weg von der Insel. Ich glaube nicht, dass der Täter Großbritannien verlassen wird. Zumindest noch nicht."

„Aber Papa. Kannst du nicht Polizei schicken, um mich zu bewachen?"

„Der Täter ist sehr raffiniert. Bitte tu, was ich sage. Ich muss jetzt weiter. Falls du etwas brauchst, deine Mama ist in Birmingham." Brennan legte auf und fuhr weiter. Nach wenigen Meilen erreicht ihn die folgende Nachricht: *Die Kollegen haben die Wohnung und den PC von Michael Glenns Vater durchsucht. Sie konnten einige Daten zu den geplanten Opfern finden. Sie haben sie ins Büro geschickt.*

„Endlich mal ein Fortschritt", sprach er mit sich selbst und steuerte seinen Wagen zurück auf die Autobahn.

Er erreichte Oxford nach etwas mehr als einer Stunde und traf sich dort mit der örtlichen Polizei. Er war erst erstaunt, dann sauer, dass die Polizei bislang keine großen Anstrengungen auf die Suche nach dem Täter verwandt hatte.

„Haben Sie Kontakt zum möglichen Opfer Jake Dunn? Sind Polizisten abgestellt?"

„Ja, das haben wir. Mr Dunn hat eine Waffe zur Selbstverteidigung erhalten. Er hat einen Waffenschein. Wir sind allerdings im Unklaren, was und wen wir suchen sollen", erklärte Constable Peter Geller.

„Ich habe Ihnen doch schon heute Morgen ein Profil des Täters geschickt, den Namen Michael Glenn alias George Dale, das wahrscheinliche Auto, mit dem er unterwegs ist, und das Profil seiner Vorgehensweise. Der Täter ist sehr geschickt im Aussuchen von Verstecken. Und er kennt das Umfeld der Opfer sehr genau. Wir müssen sämtliche Übernachtungsmöglichkeiten und Tankstellen im Umkreis von 20 Meilen abfragen."

Es klopfte an der Tür. Foster trat ein.

„Was machen Sie denn hier? Wäre es nicht besser, Sie blieben in Birmingham?"

„Es geht auch um Ihre Tochter, Steve. Und wo der Mörder ist, sollte auch Ihre Tochter sein."

„Das ist nicht zwingend richtig. Judy ist irgendwo versteckt worden. Wahrscheinlich irgendwo in Südengland. Warum suchen Sie nicht dort? Machen Sie Ihren Job und lassen alles im Großraum Oxford Portsmouth absuchen."

Foster stand etwas verdattert im Revierzimmer. Sie hatte sich das anders überlegt. Aber vielleicht hatte Brennan recht.

„Ich möchte in der Nähe sein, wenn Anhaltspunkte zu Ihrer Tochter gefunden werden. Wohin in Südengland soll ich denn fahren?"

„Konzentrieren Sie sich auf die Gegend zwischen Oxford und Südengland und organisieren Sie die Suche dort. Vielleicht hat irgendjemand den Wagen gesehen. Oder vielleicht sogar Glenn."

Sie machte widerwillig kehrt und verließ das Polizeirevier. Er fuhr mit seinen Erläuterungen fort.

„Laut unseren Unterlagen über die bisherigen Entführungen und Morde hat der Täter die Opfer immer erst über das Internet, aber auch vor Ort, länger beobachtet, bevor er sie entführte. Ich habe hier eine Liste von möglichen, ich möchte sie als Orte bezeichnen, die wir in einer verschlüsselten Datei gefunden habe. Können Sie damit etwas anfangen?"

„Auf den ersten Blick nein. Wir kümmern uns aber darum. Die örtlichen Polizisten kennen vielleicht den einen oder anderen Ort."

Glenn hatte schon vor zwei Wochen ein Zimmer in der Wisteria Lodge gemietet, wenige Meilen außerhalb von Oxford. Mit dem Hinweis, er sei geschäftlich unterwegs und komme alle paar

Tage vorbei, war er immer wieder nach Minley gefahren. Ein Bild von Jake Dunn hatte er sich schon machen können, war aber mit dem Ergebnis der Recherchen im Internet und in den Sozialen Medien nicht sehr zufrieden. Er konnte dessen Gewohnheiten nicht so recht herausbekommen. Er hatte herausgefunden, dass Jake Dunn in einem Autohaus arbeitete, mehr nicht. Glenn benötigte mehr Zeit. Sich mehr Zeit nehmen, hieß aber auch, dass er mehr Spuren hinterlassen würde und die Polizei seine Spur aufnehmen könnte. Außerdem wollte er spätestens jeden zweiten Tag nach Judy sehen. Glenn hätte auch die Wahl gehabt, sich erst um ein anderes Opfer in einer anderen Stadt zu kümmern. Er entschied sich, beim ursprünglichen Plan zu bleiben. Sie hatten zwei Mitglieder der Familie Dunn in Oxford gefunden. Nun stellte er auf seiner Erkundungsfahrt fest, dass Jake offenbar Polizeischutz hatte. Aber selbst als er auffällig viele Polizisten in der Gegend der Hurst Street sah, nahm er von seinem Plan nicht Abstand. Er wählte den riskanten Weg. War es der Kitzel, unter erschwerten Bedingungen an das Opfer heranzukommen?

Glenn hatte seinen Wagen am frühen Morgen an einem schwer einzusehenden Platz in der Nähe der Hurst Street geparkt, war bei der 50 Meter entfernten Haltestelle in den Bus eingestiegen und zur nächsten Autovermietung gefahren. Hier mietete er sich einen Kleintransporter ohne Fenster, öffnete seine Reisetasche, zog Kleidung an, die ihn wie den Monteur einer Elektrizitätsfirma aussehen ließ, verstaute die Tasche unter einem Sitz, stellte die Werkzeugkiste in den Laderaum und fuhr am späten

Nachmittag vor das Haus von Jake Dunn. Der wachhabende Polizist tat einen Blick in den Wagen, sah ein paar Montagekisten herumstehen und ließ Glenn durch – er behauptete, dass er den Stromzähler überprüfen müsse. Den Wagen parkte Glenn rückwärts zur Eingangstür und ließ die Hintertür des Wagens offenstehen. Nachdem er geklingelt hatte, öffnete Jake Dunn die Tür und Glenn erklärte, dass er im Auftrag der Stromgesellschaft den Zähler zu kontrollieren hatte. Jake Dunn sah, dass die Polizei in der Nähe war, fühlte sich sicher und ließ Glenn ins Haus. Noch beim Hineingehen beobachtete Glenn, wie der Polizist zu seinem Kollegen ging, der etwa 50 Meter weit entfernt Wache hielt. Die Situation konnte für ihn nicht günstiger sein. Er rief Jake Dunn zu sich an den Stromzähler, stellte sich hinter ihn und drückte ihm blitzschnell einen mit Chloroform getränkten Lappen auf das Gesicht. Den betäubten Mann schleppte er zur Tür, vergewisserte sich, dass der Polizist immer noch bei seinem Kollegen war, und zog sein Opfer in den Transporter, fesselte und knebelte es. Schnell war er wieder auf dem Fahrersitz und fuhr auf die Straße. Auf der Höhe der beiden Polizisten öffnete er das Seitenfenster ein wenig, ließ ein „Alles in Ordnung" verlauten und fuhr weiter.

An der nächsten Kreuzung fuhr er schneller, aber nicht so schnell, dass es auffiel. Ein paar Straßen weiter stand der Vauxhall. Dieser Ort war ebenfalls gut gewählt: ein kleines Waldstück ohne Menschen zu dieser Zeit. Glenn brachte den Transporter zum Stehen, ging in den Innenraum, hielt Jake Dunn seine Pistole ins Genick, öffnete die Fußfesseln und schob ihn auf den Beifahrersitz des Vauxhall. Dort fesselte er ihn erneut, betäubte ihn mit Chloroform, versteckte den Transporter hinter einem Gebüsch und fuhr aus der Stadt.

Sergeant Willis hatte sich gut mit seinem Kollegen auf der Straße unterhalten und begab sich zurück zum Haus von Jake Dunn. Ihm fiel sofort die Schleifspur vor dem Haus auf. Er klingelte, aber niemand reagierte. Die Tür war nicht verschlossen, er rief nach Mr Dunn, fand ein paar umgefallene Gegenstände im Eingangsbereich und vor dem Technikraum – und ihm wurde klar, dass er eine Entführung hatte geschehen lassen. Ihm wurde heiß und kalt, er fand aber seine Beherrschung wieder und schlug Alarm.

Beinahe zur selben Zeit erreichte Chief Inspector Brennan das Haus in der Hurst Street. Er erfasste die Situation schnell.

„Das haben Sie hervorragend hinbekommen, Sergeant. Sie sind schon viel zu lange bei der Polizei", raunzte er den Polizisten an. „Machen Sie, dass Sie den Täter suchen!" Er ging ins Haus und sah sich um. Außer den herumliegenden kleineren Gegenständen konnte auch er nichts Auffallendes erkennen. Er stellte sich vor die Haustür. Die Straße vor dem Haus war nicht belebt. Der Trick mit dem Montagewagen war genial. Wahrscheinlich wären auch andere darauf reingefallen. Brennan setzte sich in seinen Wagen und wartete die Meldungen ab.

Eine halbe Stunde später erhielt er die Information, dass der Transporter gefunden worden war. Er war leer, nach Spuren wurde gesucht und die Nachbarschaft nach einem Wagen befragt, der in der Nähe gestanden haben musste. Es sei denn, der Täter war nicht allein, kombinierte Brennan. Er telefonierte mit

Foster, erklärte ihr die Lage und bat sie, die Fahndung nach den Fahrzeugen in die Wege zu leiten.

Glenn fuhr mit seinem Opfer in die North Wessex Downs, wo er in der Nähe von Lilley ein kleines Ferienhaus gemietet hatte. Er wollte sein Opfer Jake Dunn nicht mit seiner Geisel Judy Brennan an einem Ort zusammenbringen, und sie sollte auch nicht Zeugin sein, wenn er Jake Dunn das Gift geben würde. Es war inzwischen dunkel geworden und Glenn war sich sicher, dass bei möglichen Stopps sein Beifahrer mit dem Knebel im Mund nicht erkannt oder zumindest schlecht erkannt werden würde.

Jake Dunn war inzwischen wach geworden. Ihm brummte der Kopf, aber ihm wurde sofort klar, in welcher Situation er sich befand. Die Polizei hatte ihn vorher aufgeklärt. Warum hatte man ihm nicht geholfen, fragte er sich. Wo war dieser Polizist gewesen? Sollte er, Jake Dunn, den Lockvogel spielen?

„Wir sind bald da", vermerkte Glenn. Dann wurde er redselig und begann die Familiengeschichte zu erzählen. „Aus diesem Grund sind Sie schuldig. Das sehen Sie doch genauso, nicht wahr?"

Jake Dunn versuchte, sich zu bewegen. Mit den an den Autositz gefesselten Armen und Beinen war das unmöglich.

Chief Inspector Brennan war immer noch in der Nähe des Hauses von Jake Dunn und beobachtete die Beamten von der Spusi. Ungeduldig wartete er auf Anrufe. Eine Stunde später meldete sich Foster:

„Steve, wie schon vermutet, wurde der Transporter von Glenn auf den Namen von George Dale gemietet. Interessanterweise war er ohne Wagen, auch ohne Taxi, gekommen. Auf jeden Fall konnte sich der Angestellte der Autovermietung an nichts anderes erinnern. Jemand von der nahen Tankstelle will einen Mann gesehen haben, der von einer Bushaltestelle kam. Er trug einen Werkzeugkoffer und eine Reisetasche."

Der Plan geht nicht auf

Glenn fuhr nun ein paar Kilometer einen Waldweg entlang und kam an ein Haus, das etwas abseits vom Weg stand.

„Da sind wir. Jetzt machen wir es uns erst einmal gemütlich."

Er parkte das Auto ganz nahe am Eingang, öffnete die Tür des kleinen Hauses, den Schlüssel fand er unter der Fußmatte, und machte das Licht an. Dann lief er zum Auto zurück, drückte Jake erneut einen mit Chloroform getränkten Lappen auf das Gesicht, löste die Fesseln vom Autositz und schleifte sein Opfer ins Haus. Er hatte nicht genügend Betäubungsmittel auf den Lappen getan, denn Jake wachte schnell wieder auf. Er versuchte durch heftige Bewegungen, sich von Glenn zu befreien. Es gelang ihm nicht. Glenn zerrte ihn auf eine Couch, band ihn dort an und kümmerte sich erst einmal um das Auto.

Mit den Worten „Hier können Sie schreien" nahm er ihm den Knebel aus dem Mund.

„Verdammt noch einmal! Was wollen Sie?" Jake wusste zu gut, was Glenn wollte. „Lassen Sie mich frei. Was haben Sie davon, wenn Sie mich umbringen, wie all die anderen aus der

Familie? Oder sollte ich Familien sagen? Das ist doch richtiger?"

„Sie sollen verstehen", begann Glenn in ruhigem Ton, „dass es wichtig ist, dass Sie sterben. Nur so können wir die alten Morde rächen und beide Familien endlich ihren Frieden finden."

„Sie spinnen doch. Die alten Morde sind längst gerächt. Das haben Sie selber erzählt. Also, was soll das hier? Sie wollen doch nur morden! Ich muss auf die Toilette. Binden Sie mich los!"

Glenn überlegte. Winston hatte betont, dass die Opfer ihren Tod akzeptieren müssten. Daher wollte er noch ein paar Dinge erklären, bevor er Jake Dunn das Gift geben würde. Er entschloss sich, ihn auf die Toilette zu begleiten.

„Die Hose möchte ich mir selber runterziehen. Ich muss dringend. Binden Sie mir die Hände los!"

Weglaufen kann er mit den Fußfesseln nicht, dachte Glenn und er band Jakes Hände los.

„Tür zu!", befahl Jake. Blitzschnell fasste er in die Innenseite seines Hemdes und holte eine kleine Pistole heraus, mit der ihn die Polizei für alle Fälle versorgt hatte. Jake hatte gehofft, dass er sie nicht verwenden müsste. Aber unter diesen Umständen!

„Sind Sie fertig? Ich mache die Tür auf."

„Moment noch." Jake ließ die Spülung laufen.

Glenn öffnete die Tür und sah sich einer Pistole gegenüber. Seine Waffe war in der Jacke, die über einem Stuhl hing.

„Machen Sie doch keine Sachen. Sie kommen hier nicht mehr weg."

„Zurück von der Tür! Ich schieße sofort."

„Geben Sie mir das Ding. Das können Sie doch gar ..."

Jake Dunn schoss Glenn vor die Füße.

„Hauen Sie ab. Sofort!"

Glenn drehte sich um, nahm einen Kaminhaken, der gleich an der Wand neben ihm hing, und wollte auf Jake einschlagen. Der erkannte die Gefahr und schoss. Glenn ließ den Haken fallen. Sein Arm war getroffen.

„Hau ab!", schrie Jake. Aber Glenn hob den Haken wieder auf und wollte ihn in Richtung Jake schwingen, als ihn ein zweiter Schuss am Bein traf. Er sackte kurz zusammen, rappelte sich wieder auf, schnappte sich seine Jacke und lief zur Eingangstür. Draußen machte er einen Schritt zur Seite, holte seine Waffe aus der Jackentasche, drehte sich um und wollte auf Jake zielen. Der hatte sich auf den Boden geworfen, richtete die Waffe auf seinen Entführer und schoss noch einmal. Die Kugel verfehlte Glenn. Der humpelte durch die Dunkelheit zu seinem Wagen.

Jake hörte ihn wegfahren. Vorsichtig öffnete er die Fußfesseln, schloss die Eingangstür, schob den Tisch zur Sicherheit davor und stellte sicher, dass alle Fenster geschlossen waren. Sein Handy war weg. Wahrscheinlich hatte der Kerl es ihm weggenommen, als er bewusstlos war. Er musste zur Straße laufen. Allerdings wäre es zu gefährlich, es jetzt zu tun, vielleicht versteckte sich der Entführer irgendwo. Aber er hatte ihn getroffen. Er würde bis morgen warten.

Jake war erst einmal davongekommen. Schlafen konnte und durfte er in dieser Nacht nicht. Er fand Nescafé, kochte sich eine

Kanne voll, machte das Licht aus und setzte sich nahe ans Fenster, von wo er auch die Tür beobachten konnte. Andere Türen gab es nicht, das hatte er überprüft.

Brennan hatte in der Zwischenzeit bei sämtlichen Autovermietungen nachgefragt und herausbekommen, dass Michael Glenn alias George Dale den Transporter gemietet hatte. Damit war klar, dass dieser Mann der zweite Täter war. Für den Inspector war weiterhin klar, dass diese Art Täter ihr Morden lustvoll weiterführen würden, während nach ihnen gefahndet wurde. Damit war auch die Gefahr für seine Tochter groß.

„Die Jagd müssen wir vorsichtig machen."

Glenn fuhr seinen Wagen den Waldweg zurück zur Landstraße. Er hielt bei einer Lichtung an und besah sich die Schusswunden. Keine der Kugeln war in seinem Körper stecken geblieben, aber beide Wunden bluteten stark. Er nahm ein Hemd aus seiner Reisetasche, riss es in Streifen und verband sich den Oberarm und den rechten Oberschenkel.

Durchschuss am Oberarm, Streifschuss am Bein. Einen Arzt brauche ich nicht, nur einen Ort, an dem ich mich verstecken kann, konstatierte er. Er war auf dem Weg nach Minley. Es war ihm klar, dass die Polizei bald dicht auf seinen Fersen sein würde. Er musste ein neues Versteck suchen. Er nahm sein Handy und wählte die Nummer des Vermieters eines kleinen Ferienhäuschens im New Forest bei Southampton.

Ja, das Häuschen war frei. Er könnte auch noch jetzt kommen. Glenn fuhr zuerst nach Minley, um Judy abzuholen.

Jake Dunn verharrte auf seinem Stuhl in der Nähe des Fensters. Er wagte nicht, Licht anzumachen. Er kämpfte gegen die Müdigkeit. Immer wieder nickte er ein.

Er schreckte hoch. War da nicht ein Geräusch? Es war in der Zwischenzeit hell geworden. „Sechs Uhr zehn", stellte er fest und schob vorsichtig die Gardine zur Seite. Ein roter Pick-up näherte sich der Hütte. Nicht hinauslaufen. Ich muss sehen, wer da kommt, sagte er sich. Der Pick-up hielt, ein bärtiger Mann schaute kurz zum Seitenfenster seines Wagens hinaus und war schon dabei wegzufahren, als Jake Dunn hinausstürzte und wild winkte. Schnell war seine Geschichte erzählt. Eine halbe Stunde später war Chief Inspector Brennan zur Stelle.

„Glenn ist von hier verschwunden", erklärte er Foster am Telefon. „Er ist angeschossen, wohl an einem Arm und einem Bein. Und auch wichtig, er hat das Handy von Jake Dunn. Das könnte eingeschaltet sein. Die Kollegen sollen versuchen, es zu orten. Er fährt nach wie vor den silberfarbenen Vauxhall. Das einzige mögliche Versteck, das mir jetzt einfällt, sollte irgendwo in Südengland sein, wo er auch meine Tochter gefangen hält. Bleiben Sie in der Gegend. Sobald wir mehr wissen, sind Sie näher dran."

Der Gejagte

Sein Arm und sein Bein waren verletzt, aber es waren nur Streifschüsse. Wenn er Glück hatte, bräuchte er nicht zu einem Arzt zu gehen. Die Wunden hatte er kräftig abgebunden. Erst einmal musste er in sein Versteck. Glenn kam aber nicht so weit, wie er wollte. Der Blutverlust hatte ihn sehr müde gemacht und so beschloss er, in einen Seitenweg zu fahren, weg von der Landstraße. Er konnte in der Dunkelheit nicht viel erkennen, stellte den Wagen hinter einer Baumgruppe ab und fiel sofort in einen unruhigen Schlaf. Kurz nach sieben Uhr morgens wachte er wieder auf. Er wechselte seine blutverschmierte Hose gegen eine saubere und die Jacke gegen einen Pullover.

Die Polizei kannte in der Zwischenzeit sicherlich den silberfarbenen Vauxhall. Glenn musste ihn loswerden. Er fuhr eine Weile. Vor ihm tauchte ein kleines Einkaufszentrum auf. Schnell hatte er einen Plan überlegt: Er stellte seinen Wagen neben dem einer Frau ab, die gerade auf dem Weg zur Mall war, und zog ein paar Kabel im Motorraum seines Wagens ab. Die Frau kam nach zwanzig Minuten mit einer Einkaufstüte zurück und bemerkte Glenns Startversuche.

„Will er nicht?", fragte sie und stellte ihre Tüten hinter ihrem Wagen ab. „Kann ich Ihnen helfen? Ich muss allerdings bald ins Büro."

„Ja, gerne, wenn es Ihnen nicht zu viele Umstände macht. Ich muss dringend nach Liverpool. Meine alte Kiste macht das nicht mehr mit. Hier gibt es doch eine Autovermietung? Könnten Sie mich dahin bringen?"

„Ja, das kann ich gerne machen. Liegt beinahe auf meiner Strecke. Was haben Sie denn mit Ihrem Arm gemacht?" Blut kam durch den Pullover zum Vorschein.

„Eine blöde Wunde. Ist vor drei Tagen in Liverpool genäht worden und ist wieder aufgeplatzt. Deshalb will ich so schnell wie möglich wieder dorthin."

„Sie können doch aber auch hier zum Arzt gehen."

„Ich habe noch einen wichtigen Termin dort."

Die Frau hob ihre Einkaufstüte in den Kofferraum ihres Wagens, und sie fuhren nur ein paar Minuten zur nächsten Avis-Station.

„Ich danke Ihnen ganz herzlich."

„Keine Ursache. Und kommen Sie gut heim."

An der Avis-Station schöpfte niemand Verdacht. Eine verschlafene Angestellte fühlte sich von dem Kunden bei ihrer TV-Sendung gestört.

„Könnten Sie eventuell einen Moment warten? Ich möchte gerne wissen, wie die Story ausgeht. Wissen Sie, das ist immer sehr spannend."

„Sorry, Madam. Ich habe es leider ziemlich eilig. Mein Wagen ist kaputt und steht auf einem Parkplatz. Ich muss dringend nach Liverpool."

„Sie sind nicht von hier?"

„Nein, ich bin aus Cambridge." Glenn legte seine Papiere auf den Tresen.

„Ah, George Dale aus Cambridge." Die Angestellte nahm seine Dokumente und setzte sich an den Schreibtisch.

„Wie lange brauchen Sie den Wagen? Geben Sie ihn in Liverpool ab?"

„Ich denke, eine Woche. Und ja, ich gebe ihn dort ab." Glenn dachte überhaupt nicht darüber nach, wann und wo er den Wagen wieder zurückbringen würde. Er brauchte jetzt ein Auto, um zu verschwinden. Ihm ging das hier alles viel zu langsam. Hoffentlich bringen die nicht etwas von der Entführung in den *News*, dachte er, als sie die Nachrichten ankündigten. Blitzschnell suchte er die Fernbedienung.

„Darf ich mal? Vielleicht kommt da noch eine interessante Sendung."

„Klar. Machen Sie nur. Ich brauche sowieso noch fünf Minuten."

Glenn schaltete von einem Sender zum anderen, bis er zum BBC kam. Hier, hoffte er, würde nicht über diese Geschichte berichtet. Er hatte Glück.

„Ich habe einen Toyota für Sie. Ist das in Ordnung?"

„Ja, wunderbar."

„Ihre Kreditkarte, bitte." Blitzartig kam ihm in den Sinn, dass die Polizei seine Karten gesperrt haben könnte.

„Kann ich bar zahlen? Ich muss wohl meine Master Card verlegt haben", er kramte auffällig in seinen Taschen herum.

„Ja, ist möglich. Machen wir nicht gerne. Wegen der vielen Überfälle heutzutage. Aber weil Sie es sind."

Nach weiteren langen fünfzehn Minuten saß Glenn endlich im Wagen und brauste davon. Sein Ziel war das Haus in Minley. Ab und zu kamen Polizeifahrzeuge an ihm vorbeigerast.

Die haben meinen Wagen gefunden, dachte er. Noch 40 Meilen, dann könnte er von der Hauptstraße abbiegen und zum Versteck fahren. Unterwegs hielt er noch an einem kleinen Supermarkt und versorgte sich mit Lebensmitteln und Getränken für die nächsten Tage.

Judy saß apathisch in dem verschlossenen Raum in der Hütte, als Glenn die Tür aufmachte.

„Hier riecht es aber übel", stellte er fest. „Ich werde mal lüften." Er band sie an das Bettgestell, nahm den Topf mit Judys Hinterlassenschaften und leerte ihn in die Toilette. Dann ging er in die Küche, holte ein paar Knabbersachen und Wasser und für sich ein Bier.

„Sind Sie der Polizei zu nahe gekommen?", brach es aus Judy heraus. „Sie bluten ja!"

„Wird wieder."

„Ihr neuester Mord hat wohl nicht geklappt."

Glenn ging auf ihren Kommentar nicht weiter ein und schloss die Tür. Er holte den Erste-Hilfe-Kasten aus dem Wagen, wechselte die Verbände, legte sich auf ein Sofa und schlief ein.

Als er wieder aufwachte, stellte er fest, dass es schon später Nachmittag war. Ein paar Lebensmittel befanden sich noch im Kofferraum seines Toyotas, er nahm sich aber erst einmal eine Flasche Bier. Ein Blick zur Stuhllehne erinnerte ihn daran, dass er seine Jacke auswaschen wollte. Er nahm das blutverkrustete Kleidungsstück, begutachtete es genauer, wobei das Handy von Jake auf den Boden fiel. Glenn erkannte, dass es eingeschaltet war. Ihm wurde klar, dass die Polizei damit seine Spur hatte. Er nahm es, schaltete es aus und bereitete ihre sofortige Abfahrt vor. Sämtliche persönlichen Sachen warf er in seine Taschen und stellte sie hektisch in den Kofferraum. Judy konnte diese Eile nicht nachvollziehen. Irgendetwas hatte es mit diesem Handy zu tun.

„Jetzt haben Sie es aber eilig, hier fortzukommen."

„Ich binde dich jetzt los. Versuche bloß nicht, Zicken zu machen. Wir machen eine kleine Autofahrt." Glenn wollte Brennan anrufen, ihm fiel aber ein, dass die Handys geortet werden konnten. Er musste weg, mit seiner Geisel. Jetzt. Er kontrollierte, dass auch sein Telefon ausgeschaltet war.

Glenn fuhr nach Süden. Er und Winston hatten schon vor Monaten ein kleines Haus im New Forest gemietet. Er sah es als gutes Versteck für die jetzige Situation. Mit seinem dunkelblauen Toyota brauchte er nicht besonders vorsichtig zu fahren, vermied allerdings die größeren Zentren. Nach nur etwa einer Stunde kam er seinem Versteck näher. Als er auf eine Waldstraße kam, fühlte er sich immer sicherer. Nach der Beschreibung waren es noch vier Meilen. Jetzt musste er die Geschwindigkeit drosseln, der Weg hatte eine Menge Schlaglöcher, die er selbst im Scheinwerferlicht seines Wagens nicht immer gleich erkannte, versuchte sie aber zu umfahren. Es wurde dunkel, als er das Blockhaus etwas abseits hinter einer Wiese erkannte.

Der Schlüssel lag, wie verabredet, unter einem Stein. Glenn öffnete die Tür. Das Haus hatte Strom und auch Internet. Lediglich heizen sollte er selber mit Holz. Er fuhr den Wagen auf die Rückseite des Hauses, stieß Judy durch die Hintertür hinein, band sie an einem Stuhl fest und holte seine große Reisetasche. Dann schloss er die Tür des Hauses hinter sich zu. Er hatte jetzt Zeit, seine Wunden zu begutachteten. Sie bluteten nicht mehr, dennoch hatte die Kugel viel Fleisch aus seinem Arm herausgerissen. Judy sah weg, trotz des Abstandes hatte sie seine Verletzungen kurz gesehen. Mit dem Verbandszeug aus dem Leihwagen versorgte er die Wunde. Dann machte er den Ofen an und verband seinen Laptop mit dem WLAN. Er brauchte nicht lange zu suchen, um zu wissen, dass Winston immer noch in Untersuchungshaft saß und dass er, Michael, gesucht wurde. Jetzt war es allein seine Aufgabe, die von ihnen ausgewählten Opfer zu beseitigen. Glenn öffnete eine Dose Bier, die er aus der Hütte mitgebracht hatte, und machte sich an die Vorbereitungen. Seinen letzten Auftrag hatte er nicht zu Ende führen können, den nächsten würde er bald angehen. Aber jetzt sollten zuerst die Wunden einigermaßen verheilen und er musste wieder zu Kräften kommen. Er hatte etwas Zeit. Und morgen Abend würde die Zeit für Brennan ablaufen. Winston oder Judy. Lange wollte er sich nicht mehr mit seiner Geisel beschäftigen. Es gab Wichtigeres zu tun.

Verhörtag 10

„Guten Morgen, Daddy." Brennan war nach einer kurzen Nacht im Hotel in Oxford von seinem Handy geweckt worden. Immer wieder war er aufgewacht. Jetzt war es kurz nach sieben Uhr.

„Ist es okay, wenn ich heute Mittag den Flieger nach Paris nehme? Ich kann da eine Freundin besuchen. Wie lange müsste ich denn wegbleiben?"

Er war sofort hellwach. „Ich hoffe, dass diese Geschichte hier in ein paar Tagen erledigt ist. Nimm den Flug und ruf mich an, sobald du in Paris bist."

„Danke, Daddy. Und pass auf dich auf." Sie hatte aufgelegt. Wenn er schon wach war, dann konnte er auch Carol anrufen.

„Ich bin es. Hast du alles in meiner Wohnung gefunden?"

„Ja. Hab ein wenig aufgeräumt."

„Lass die Finger von meinen Sachen. Hoffentlich finde ich alles wieder."

„Ja, ja. Hast du etwas Neues von Judy?"

„Nein", und er erzählte ein paar belanglose Dinge. Dass der Täter angeschossen in der Gegend herumfuhr, erzählte er nicht. Er wusste zu genau, dass ein angeschossenes Wild sehr gefährlich werden konnte, und er wollte sich darüber jetzt nicht äußern.

Er war auf dem Weg zum Frühstück, als er einen Anruf von Foster erhielt.

„Hallo Steve, wie geht es Ihnen?"

„Danke. Sind Sie schon im Büro? Aber Sie rufen mich nicht an, um mich das zu fragen. Sie haben sicherlich Neuigkeiten."

Foster schluckte.

„Also, was gibt es?"

„Wir haben das Handy von Jake geortet. Irgendwo in Camberley, wohl in der Nähe von Farnborough."

„Und wie lange hält das Signal schon an?"

„Bis gestern Nachmittag. Dann war es verschwunden. Entweder Akku leer ..."

„... oder der Vogel hat das Handy jetzt erst entdeckt und ausgeschaltet. Als Konsequenz wird er das Weite gesucht haben", kombinierte Brennan. „Okay. Camberley ist ungefähr eine Stunde südlich von hier. Ich schicke ein paar Polizisten hin. Sie nehmen sich heute bitte den Turner vor."

„Haben Sie spezielle Fragen?"

„Wo ist meine Tochter, wer sind die Nächsten auf der Liste und dann die anderen Dinge, wie gehabt."

Foster fuhr zum Haupteingang des Gefängnisses in Birmingham. Sie war zwar gespannt auf das weitere Verhör, ein Treffen alleine mit Turner war ihr aber unheimlich. Sie drückte den Klingelknopf an der Gefängnistür.

„Inspector Roberta Foster", sie zeigte ihren Ausweis.

Hier sieht es ähnlich aus wie in den amerikanischen Kriminalfilmen, erinnerte sie sich. Ein Beamter öffnete und sie ging direkt zum Verhörraum. Für sie war es das erste Mal, dass sie Turner alleine verhören würde. Er saß schon auf seinem Stuhl und starrte regungslos auf das Fenster.

„Guten Morgen, Mr Turner. Sie kennen mich. Ich bin Inspector Roberta Foster. Wie geht es Ihnen?"

Turner regte sich nicht.

„Ihr Freund Michael Glenn mit dem Zweitnamen George Dale ist auf der Flucht", begann sie. „Sein Versuch, Jake Dunn zu vergiften, ging schief. Glenn hat Schusswunden erlitten."

Turner hob den Kopf.

„George hat einen Auftrag…"

„… den er nicht beenden wird", ergänzte Foster. „Ihre Pläne sind zunichtegemacht worden. Sämtliche Menschen auf Ihrer Liste werden beschützt. Sie können uns jetzt die ganze Geschichte erzählen. Ganz von vorne."

„Sie haben George nicht. Sie kriegen George nicht." Turner sprach, als wollte er eine Botschaft aus dem Fenster schicken.

„Ihr Freund George, oder wie er richtig heißt Michael, hält sich versteckt, irgendwo in England. Er kann die Britischen Inseln nicht verlassen. Sie beide haben alles perfekt geplant. Auch für den Fall, dass einmal etwas nicht so klappen würde, wie Sie es vorhatten."

Turner schwieg. Foster wollte etwas mehr Geduld zeigen als ihr Chef. Sie wollte nicht gleich mit dem Psychiater drohen. Es war jetzt still im Raum. Sie blickte auf Turner. Auch der Beamte im Raum stand mit fragendem Blick an der Tür. Genoss Turner diese Situation? Er stand jetzt im Mittelpunkt und alle waren von ihm abhängig! Foster merkte, dass es bei Turner ohne Druck nicht ging. Also änderte sie ihre Methode.

„Mr Turner!" Ihre Stimme wurde lauter. „Der Chief Inspector hat Ihnen schon einmal in Aussicht gestellt, Sie sofort in die Psychiatrie zu schicken, wenn Sie nicht reden. Sie wissen, was das bedeutet. Die bringen Sie zum Reden." Foster schielte zum

Beamten. Dieser schaute zum Fenster hinaus. Er hatte nichts gehört. Nach einer kurzen Pause stand sie von ihrem Stuhl auf, ging zu Turner, ganz nah an ihn heran, und sagte ihm ins Ohr, aber so, dass es jeder verstehen konnte:

„Ich will jetzt wissen, wo der Plan für die weiteren Aktionen ist. Und ich will jetzt hören, wo sich Brennans Tochter befindet! Falls Sie es mir nicht erzählen, werde ich Sie der Psychiatrie übergeben. Als Erklärung dafür werde ich dem Arzt mitteilen: Ihr Verhalten ist sehr merkwürdig."

Als hätten sie auf dieses Zeichen gewartet, begannen sich Turners Hände erst langsam, dann stärker zu reiben, und seine Lippen zitterten.

„Also, wo ist der Plan!"

„Er ist in einer Hütte."

„Was für einer Hütte? Wo ist diese Hütte!"

„George ist dort."

Foster blickte Turner scharf an. „Also wo?"

„In der Nähe von Southampton."

„Genauer! George ist in einer Hütte bei Southampton? Wie heißt die Hütte?" Sie baute sich neben Turner auf. Ganz eng stand sie neben ihm. Je mehr Angst er bekam, desto näher trat sie an ihn heran. „Kommen Sie bitte auch her", wies Foster den Beamten an. „Wir verstehen Sie nicht!", sagte sie, an Turner gewandt.

„Flint Cottage. Flint Cottage im New Forest."

„Das ist doch mal etwas." Sie drehte sich zum wachhabenden Beamten um: „Ich gehe kurz telefonieren." Sie schritt in den Gang hinaus, nahm ihr Handy und rief im Büro an.

„Findet alles über diese Hütte heraus und wer sie gemietet hat. Falls es die Hütte nicht gibt, verständigt mich sofort."
„Hallo Steve. Der Vogel hat wieder gesungen. Angeblich haben sie das Flint Cottage im New Forest gemietet. Die Kollegen recherchieren das. – Gibt es etwas Neues bei Ihnen?"
„Wie vermutet, Glenn und meine Tochter sind nicht mehr in der Unterkunft in der Nähe von Minley. Er hat sie dort mehrere Tage gefangen gehalten."
„Während er Jake Dunn entführte?"
„Der Mensch kann gut organisieren", stellte Brennan lakonisch fest. „Aber überall Reste von Blut. Der macht bald Fehler", meinte er.
„Der hat schon einen Fehler gemacht", fügte Foster hinzu. „Ich gehe jetzt zurück zu Turner."

„So, Mr Turner", setzte sie das Verhör fort. „Die Polizei überprüft jetzt Ihre Aussage. Ich habe noch ein paar weitere Fragen: Wie kamen Sie an das Gift?"
Turner drehte langsam seinen Kopf zu Foster.
„Sie sollen wissen, dass die Frauen sterben mussten. Sie hatten Schuld auf sich geladen."
„Und der Mann, Jake Dunn? Und die anderen auf der zweiten Liste? Das sind Menschen aus Ihrer Familie. Ist Ihnen das klar?"
„Alle."
„Sie meinen, weil viele Jahrhunderte lang vorher sich zwei Familien bekriegt haben? Das war längst vorbei. Sie haben die

Geschichte wieder ausgegraben und wollten sich wichtigmachen."

„Die Geschichte hört nie auf."

„Doch, jetzt! Sie sind dem Wahn verfallen, dass das Morden aus Rache weitergehen muss. Sonst niemand. Sie wollten mir erzählen, wie Sie an das Gift gekommen sind."

„Großmutter hat das alles gewusst."

„Hatte sie das Gift auch? Hat sie es gesammelt? Wir haben keine Spuren im Haus gefunden. Auch in Ihrem Garten ist es nie angebaut worden. Aber Sie wussten, wo das Gift zu beschaffen war. Also woher?"

„George hatte alles."

„George, George, George. Immer wenn Sie genauer werden sollen, ziehen Sie sich zurück. George, also Michael Glenn, soll alles geplant, besorgt und durchgeführt haben. Das glaube ich Ihnen nicht! Alles spricht dafür, dass Sie der Urheber dieser ganzen Mordgeschichten sind. – Hat er das Gift besorgt?"

„Er hatte es."

„Einfach so. Herbeigezaubert."

Turner schwieg.

„Und Sie haben ihm gesagt, dass er es besorgen soll. So wie es Ihnen Ihre Großmutter erzählt hat."

„Die Frauen sollten so sterben wie früher."

„Okay. Lassen wir das erst einmal", meinte Foster. „Sobald wir Michael Glenn haben, werden wir es herausbekommen. Was mich noch interessieren würde", begann sie ihre nächste Frage.

„Warum musste Frank Glenn sterben? Woher wussten Sie, dass

er sämtliche, oder viele, Nachkommen der Gleans und Donns kannte? Hat er Ahnenforschung betrieben?"

Turner schwieg. Sein Blick haftete an einer leeren Wand.

„Also, Turner. Woher wussten Sie das? Durch das Internet? Wir haben seinen Namen im Zusammenhang mit diesen Familien mehrmals dort gefunden. So haben Sie es herausbekommen, richtig?"

„Frank wusste viel."

„Und deswegen musste er sterben? Oder weil er Ihnen seine Unterlagen nicht herausgab?"

Foster schaute auf die Uhr. Viel Zeit war vergangen. Unterdessen war dieser Mörder mit seiner Geisel unterwegs und bereitete sich womöglich auf den nächsten Mord vor.

„Wir machen morgen weiter. Sie können sich in der Zwischenzeit die Antworten auf meine Fragen überlegen. Aber keine Märchen bitte."

Vor der Tür nahm sie ihr Handy und fragte die Kollegen nach dem Stand der Recherche. Ja, diese Hütte existierte. Und sie war derzeit an einen Mike Adams vermietet.

Michael Glenn wehrt sich

Viel konnte Michael Glenn in diesem Moment nicht tun. Er saß in dem Haus im New Forest und besah von Weitem das Meer. Er hatte Vorräte im Kofferraum seines Wagens für mehrere Tage. Seine Schusswunden schmerzten, bluteten aber nicht mehr. Er brauchte neues Verbandszeug. Und dann hatte er seine Geisel, Judy Brennan, die er im Hinterzimmer eingeschlossen hatte. Er hatte den Termin für eine Übergabe oder ihre Tötung für heute Abend angesetzt. Die Polizei war bislang nicht auf seine Forderung eingegangen. Er konnte sich allerdings nicht vorstellen, dass Brennan nicht alles unternehmen würde, um seine Tochter zu retten. Doch im schlimmsten Fall ...

Er richtete seine Gedanken auf die Vorhaben, die er mit Winston geplant hatte. Als Nächstes müsste er zu dem jungen Mann in Southampton fahren, anschließend hatte er zwei weitere Opfer in London auf seiner Liste. Den zweiten Auftrag in Oxford würde er jetzt erst einmal zurückstellen. Die Ziele hier lagen näher. Aber er fühlte sich schwach, wahrscheinlich wegen des Blutverlustes. Und seine Flucht hatte ihn auch noch Kraft gekostet. Glenn legte sich hin, machte den Fernseher an und ließ das Mittagsprogramm laufen, während er vor sich hin döste.

Chief Inspector Brennan koordinierte die weiteren Vorbereitungen zur Festnahme von Glenn. Eine Observation mit einem Hubschrauber heute Vormittag hatte den Verdacht bestätigt, dass Glenn sich in der Hütte versteckt hatte. Der gemietete Wagen stand davor. Das größte Problem war die Geisel, seine Tochter. Wie konnte verhindert werden, dass Glenn sie als Schutzschild verwendete?

Das Einsatzkommando fuhr mit 22 Mann zum New Forest und anschließend vorsichtig zur Hütte. Zwei Kilometer davor teilten sie sich in vier Gruppen auf und schlichen an das Haus. Sie gingen davon aus, dass Glenn eine Waffe trug, obwohl er sie bei den Morden nie eingesetzt hatte. Jake Dunn aber hatte er mit einer Waffe bedroht. Den Beamten wurde eingeschärft, dass sie sich vor Flüssigkeiten, Pulver oder Spritzen in Acht nehmen sollten. Die erste Gruppe war zusammen mit Brennan bis auf etwa 20 Meter herangeschlichen. Sie wartete, bis auch die anderen am Haus waren und sie sämtliche Fenster und Türen unter Kontrolle hatten. Auf der Rückseite der Hütte entdeckten sie ein Fenster, verschlossen mit einem Laden. Sehr vorsichtig öffneten sie ihn und entdeckten die gefesselte Judy auf einem Stuhl. Die beiden Polizisten gaben Brennan ein Zeichen, der pirschte sich vorsichtig heran. Sie sahen, dass die Tür zum Zimmer, in dem Glenn sich aufhielt, geöffnet war. Er konnte also sämtliche Geräusche hören, die sie bei einem Befreiungsversuch machen würden. Brennan gab den Polizisten auf der Vorderseite der Hütte ein Zeichen, sich zurückzuhalten.

Glenn lag auf dem Sofa und döste vor sich hin. Der Fernseher lief mit leisem Ton, ansonsten war es ruhig im und um das Haus herum. Dann ertönte ein Knacksen, ungewöhnlich, als ob ein Mensch oder ein Tier auf einen morschen Ast getreten wäre. Glenn war sofort hellwach. Er konzentrierte sich auf weitere Geräusche, hörte aber nichts mehr. Sein Gefühl riet ihm, jetzt vorsichtig zu sein. Er sprang so schnell auf, wie es sein verletztes Bein erlaubte, und holte aus dem Badezimmer eine zweite Pistole, die Winston schon vor Monaten hinter einer losen Kachel versteckt hatte. Sein Freund hatte an vieles gedacht. Er humpelte an das Fenster und sah hinter dem Vorhang vorsichtig nach draußen.

Da sah er die ersten beiden schwer bewaffneten Polizisten in etwa 50 Meter Entfernung. Ihm wurde bewusst, dass seine einzige Chance zu fliehen war, die Geisel als Schutzschild mitzunehmen. Er humpelte in den Nebenraum und erkannte, dass jemand den Laden von außen geöffnet hatte. Sofort begann er damit, Judy loszubinden, dann drückte er ihr die Pistole in den Rücken.

„Los! Zum Ausgang!" Er schob seine Geisel in den großen Raum und zur Tür.

Ein Polizist verschanzte sich hinter der Eingangstür. Die Tür ging auf, der Polizist war hinter der geöffneten Tür nicht zu sehen. Glenn schob Judy zwei Schritte vor sich her und blieb dann stehen. Der Polizist konnte nicht einschreiten. Die Situation war für die Geisel zu gefährlich. Brennan tat einen Schritt aus der Deckung:

„Michael Glenn. Geben Sie sofort meine Tochter frei!", befahl Brennan. „Sie kommen hier nicht mehr weg!" Glenn drehte sich um und schoss. Der Chief Inspector wurde am Arm getroffen. In diesem Moment rannte Foster auf Glenn und seine Geisel zu. Glenn, der immer noch zu Brennan schaute, erkannte die Situation zu spät, ließ Judy los, verlor dabei seine Pistole und humpelte in die Hütte zurück. Foster warf Judy auf den Boden und legte sich schützend über sie. Glenn zog die Tür hinter sich zu. Der Polizist, der sich hinter der geöffneten Tür verschanzt hatte, war nicht darauf vorbereitet, er schritt nicht ein. Foster stand schnell auf, angstvoll ihren Blick auf die Hütte gerichtet, und zog Judy hinter einen kleinen Schuppen neben der Hütte. Jetzt hatte sie das Fenster vom Nebenraum und ihren Chef im Blick. Brennan spürte seinen Arm im Moment gar nicht, vergaß alle

Vorsicht und lief zum Fenster, als Glenn blitzschnell mit seiner anderen Waffe dort auftauchte und auf ihn zielte.

„Steve, Vorsicht!", brüllte Foster, als sie ihn zum Fenster laufen sah. Brennan ging gerade noch in Deckung. Die Kugel durchschlug das Glas, verfehlte aber ihr Ziel. Die Polizisten machten sich jetzt für den Sturm auf die Hütte bereit.

Glenn wusste, dass er jetzt keine Chance mehr hatte.

„Den Auftrag müssen jetzt andere zu Ende führen", murmelte er vor sich hin, nahm das Fläschchen aus der Reisetasche, öffnete es und schluckte das Öl. Im selben Moment warfen ein Polizist eine Rauchpatrone und stürmte mit einem anderen die Hütte. Glenn schoss sofort, ein Polizist sank getroffen auf den Boden, der andere zog sich zurück, um gleich eine Reizgas-Granate ins Haus zu werfen. Dann drangen die Polizisten mit Gasmaske versehen erneut ins Haus ein und sahen Glenn, mit den Händen seine Augen schützend, auf dem Boden liegen. Sofort hielt ihm ein Polizist ein Gewehr an den Kopf, ein anderer fesselte schnell seine Hände, gemeinsam schleiften sie ihn ins Freie. Jetzt kam Foster mit Judy hinter dem Schuppen hervor. Brennan rannte auf sie zu und schlang seinen linken Arm um seine Tochter.

„Papa! Der hat dich getroffen!"

„Halb so schlimm. Nur der rechte Arm. Aber das kurz vor meiner Pensionierung." Dann fiel sein Blick auf Roberta Foster.

„Roberta, was machen Sie denn hier! Sollten Sie nicht woanders sein?"

„Können Sie nicht einfach einmal Danke sagen, Sir. Ich habe gerade das Leben Ihrer Tochter und vielleicht auch Ihres gerettet. Außerdem sehen Sie doch selber: Sie brauchen jemanden, der Sie beschützt."

„Ja, natürlich bin ich Ihnen dankbar."

„Schon in Ordnung, Sie alter Brummbär. Nur dank Ihrer Erfahrung und Ihrem Gespür haben wir weitere Morde verhindern können."

Brennan wandte sich nun dem Mörder zu.

„Das ist also die Nummer zwei. Michael Glenn alias George Dale. Der Freund von Winston Turner." Er trat vor Glenn und hielt sich den blutenden Arm. „Ihren Freund Winston haben wir seit drei Wochen", erklärte er. „Er hat schon viel über Sie erzählt. Jetzt ist hoffentlich das Morden mit diesem Gift vorbei. – Ich verhafte Sie wegen Mordes und versuchten Mordes und Mithilfe bei der Vorbereitung von mindestens vier Morden sowie wegen Geiselnahme. – Bringen Sie ihn ins Auto, Sergeant."

Glenn fühlte inzwischen das Gift wirken. Vor Jahren, als er zum ersten Mal mit Winston Kontakt hatte, hatten sie eine Dosis genommen, bei der ein Rausch eintrat. Er hatte das Erlebnis schön gefunden. Dies heute aber würde weiter gehen. Bei dieser Dosis war es mit einem Rausch nicht getan, das wusste er. Langsam verschwammen die Bilder aus dem fahrenden Auto, wurden bunt und dann schwarz. Glenn schlief ein, so sah es zumindest für einen Außenstehenden aus. Sein Atem wurde immer flacher.

„Was ist mit dem los?", fragte aufgeregt der ihn auf dem Rücksitz begleitende Beamte. „Der sieht gar nicht gut aus. Der atmet kaum noch!"

„Wir sind gleich da. Ich alarmiere den Notarzt."

Der Notarzt konnte nicht mehr viel machen. Die Wiederbelebung schlug fehl. Glenn lag friedlich auf seiner Bahre.

„Der ist uns entwischt", war der einzige Kommentar des Chief Inspectors.

Verhörtag 11

Brennan und Foster näherten sich dem Gefängnis in Birmingham. Turner war nun schon mehrere Wochen in Untersuchungshaft – in all den Verhören hatte er seine Taten nicht gestanden, er hatte immer nur Andeutungen gemacht. Beide Inspectoren kamen mit gemischten Gefühlen in den Verhörraum. Nach dem Selbstmord von Michael Glenn konnte nur noch Turner die Wahrheit über das Mordmotiv bestätigen. Würde ihnen das gelingen?

„Guten Morgen, Mr Turner. Wie geht es Ihnen?"

Turner sah sie mit großen Augen an. „George ist weg?"

Brennan wusste nicht, was er sagen sollte. Wusste Turner womöglich schon von dem Tod seines Freundes?

„Sie sind alle schuldig gewesen", entfuhr es Turner wie schon so oft. „George hat seine Sache gut gemacht."

„Was meinen Sie damit: hat seine Sache gut gemacht?" Woher wusste Turner, was Glenn gemacht hatte? Die Inspectoren sahen sich an. Doch dann wurde Brennan das Ganze zu dumm und er übernahm die Gesprächsführung.

„Was wissen Sie über George? Wo ist er?", stellte er eine Fangfrage.

„Ihm geht es sehr, sehr gut", antwortete Turner.

„Hat George auch das Gift genommen?", fragte Foster.

„Sie haben ihn nicht bekommen. Er ist für immer frei", war Turners Antwort.

„Sie wissen, dass er tot ist?", fragte Brennan.

„Er hat ihn gekriegt und sich dann aus dem Staub gemacht."

„Er hat Jake Dunn gekriegt, richtig. Aber der ist nicht tot. Er konnte sich befreien", stellte Foster klar und sah Turner ernst ins Gesicht.

„Es wird niemand mehr sterben. Sie werden niemanden mehr rächen. Weder Menschen aus der Familie der Donn noch aus der Familie der Glean. Ihr Freund ist tot und Sie kommen hier nie wieder raus. Haben Sie das verstanden?" Brennan wurde es langsam zu bunt. „Woher wissen Sie das alles eigentlich? Woher wissen Sie, dass Michael Glenn Edward Dunn ermordet hat? Woher wissen Sie, dass Ihr Freund Jake Dunn entführt hat? Woher wissen Sie, dass Michael das Gift genommen hat? Wer hat Ihnen das mitgeteilt?"

Und zum wachhabenden Beamten: „Wer hat Herrn Turner während seiner Untersuchungshaft besucht?"

„Ich weiß nur von einmal, als Ms Turner hier war, Sir", antwortete der Officer. „Ich bin aber nicht jeden Tag hier."

„Okay, danke. Roberta, fragen Sie bitte in der Verwaltung nach, wer Turner wann besucht hat."

„Steve", sagte Foster leise. „Es stand in der Zwischenzeit einiges in der Zeitung."

„Ich weiß, aber nicht alles. Vor allem nicht Details." Und zu Turner: „Mr Turner, hat Ihnen Ihre Mutter von den Ermittlungen erzählt?"

„Alice kann zwischen den Zeilen lesen."

„Wie meinen Sie das?" Foster schaute ihn fragend an. „Sie meinen, sie hatte eine Zeitung dabei und erzählte noch etwas dazu?"

„Alice kennt sich sehr gut aus."

„Worin kennt sie sich sehr gut aus?" Brennan zeigte nicht nur Interesse, sondern vermutete hinter Turners Bemerkung noch mehr.

Turner schwieg. Nach einer Minute fragte Brennan weiter: „Eins haben Sie uns bis heute noch nicht erzählt. Woher hatten Sie das Gift? Wer hat das Bilsenkraut gezüchtet, getrocknet, in einem Öl aufgelöst? Wer war das?"

Turner verfiel wieder in seine starre Haltung und blickte stumm zum Fenster hinaus.

„Sie wollen nicht mehr mit uns reden? Na gut. Dann kommen wir ein anderes Mal wieder. Sie können Turner in seine Zelle zurückbringen." Die Inspectoren nahmen ihre Sachen und verließen das Verhörzimmer. In der Verwaltung erhielten sie die Antwort, dass nur Turners Mutter ihn zweimal besuchte.

„Irgendetwas ist hier faul", meinte Foster und sah Brennan an.

„Natürlich! Sie haben recht. Woher wusste Turner vom Tod seines Freundes? Woher wusste er die ganze Zeit von der Situation von Glenn?"

„Entweder er hat ein Handy oder eine Kontaktperson hier im Gefängnis."

„Wann ist Turner das letzte Mal durchsucht worden? Sind wir sicher, dass er kein Handy hat?" Sie stellte diese Frage dem verantwortlichen Wachleiter.

„Erst vor zwei Tagen. Der hat nichts."

Die Inspectoren sahen sich an.

„Wer hat noch Kontakt zu ihm?

„Ich weiß von niemandem."

„Wir werden der Sache nachgehen müssen. Aber zuvor schreiben wir unseren Bericht. Auch wenn die Informationen noch nicht vollständig sind. In zwei Tagen hat unser Chef Pressetermin."

„Soll ich Ihnen dabei helfen? Ich meine wegen Ihres rechten Arms."

„Geht schon. Ich diktiere ihn und Jenny wird ihn tippen. Danke."

Das Gift wirkt noch

Brennan und Foster waren mit der Aufarbeitung der Giftmordfälle von Winston Turner und Michael Glenn beschäftigt. Immer mehr Informationen kamen aus den Forensischen Abteilungen und der Spurensicherung. Wiederholt kamen auch Anfragen beider Familien, die wissen wollten, ob sie jetzt in Sicherheit wären. Die beiden Inspectoren kümmerten sich im Moment nicht um Turner. Noch immer war nicht geklärt, wie Informationen zu Kyle Thomas gelangt waren und wie zu Winston Turner ins Gefängnis – Kyle hatte Winston nie besucht. Ungeklärt war auch, wo Winston und Glenn das Gift herhatten.

Fosters Handy klingelte. „Sergeant Miller aus Port Isaac. Wir wissen inzwischen, wer die Leute waren, die sich regelmäßig im Pub getroffen haben, unter anderem war es ein Polizist aus unserer Stadt. Kyle Thomas war auch dabei. Der Polizist hat zugegeben, über den Verlauf der Ermittlungen gegen die Giftmörder geplaudert zu haben. Er ist ein Nachbar von Turner. Wir haben ihn inzwischen vom Dienst suspendiert."

Brennan hatte mitgehört.

„Der wollte sich wahrscheinlich wichtigmachen", kommentierte Foster. Ihr Chef gab ein undeutliches Brummen von sich.

„Guten Tag, dear Inspectors. Wie geht es denn dem Giftmörder?" Staatsanwalt Blake stand im Großraumbüro. „Da haben wir schon eine interessante Geschichte, die Sie erfolgreich zu Ende gebracht haben."

„Mit fünf Morden. Ich würde es nicht als erfolgreich bezeichnen, dass wir die nicht verhindern konnten", entgegnete Brennan.

„Aber Sie haben die Täter immerhin dingfest machen können."

„Einen", erklärte Foster. „Der andere ist tot."

„Ach übrigens. Die Mutter von Turner hat um einen Besuchstermin bei ihrem Sohn gebeten. Richter O'Callaghan hat zugestimmt."

Brennan und Foster sahen sich an. Sie dachten in diesem Moment dasselbe.

„Der Polizist hat auch die Eltern mit Informationen versorgt", platzte Foster heraus.

„Hat sie ihn schon mal besucht?" Brennan wurde unruhig.

„Ja, ich denke, zwei Mal."

„Wann will sie ihren Sohn besuchen?", fragten beide nahezu gleichzeitig.

„Heute Morgen, soviel ich weiß", meinte Blake.

Brennan riss das Telefon an sich.

„Hier ist Brennan. Ist Alice Turner schon bei ihrem Sohn? Haltet sie auf! Sie darf nicht zu ihm! Wir kommen sofort vorbei. Was, sie ist schon mit ihm im Besucherraum?"

„Was ist denn los?", wollte Blake wissen.

Beide Inspectoren rannten zum Eingang. Foster rief im Hinausrennen etwas, das Blake nicht verstehen konnte.

Turner lag auf seiner Pritsche im Gefängnis. Seine Mutter hatte ihn heute nur kurz besuchen dürfen. Er dämmerte vor sich hin, seine Gedanken waren beim letzten Treffen mit seinem Freund Michael im Hotel in Guildford:

„Du bist immer noch nicht davon überzeugt?", hatte er Michael gefragt.

„Warum fragst du?"

„Du sitzt da und machst ein bedenkliches Gesicht", stellte Turner fest. „Ich bin auf deine Forderung eingegangen, dass auch Mitglieder aus meiner Familie das Gift bekommen sollen. Nur so konnte ich dich überzeugen, bei dieser Aktion mitzumachen."

„Ich weiß. Trotzdem habe ich immer noch ein komisches Gefühl dabei."

„Dass du jemandem das Gift geben sollst?"

„Ich habe noch nie jemanden umgebracht."

„Du bringst niemanden um. Die Schuldigen werden die Verbrechen ihrer Ahnen einsehen und das Gift nehmen wollen. Was wir machen, ist für einen guten Zweck. Unsere Vorfahren werden gerächt, und es werden keine mehr da sein, die sich gegenseitig umbringen müssen."

„Sie sind alle schuldig, hast Du mal gesagt. Aber du hast recht. Unsere Vorvorfahren haben sich alle bekriegt. Alle Gleans und alle Donns. Wenn sie tot sind, gibt es auch keinen Krieg mehr."

„Schön, dass Du davon überzeugt bist. Aber sage mal, dein Großvater hatte extra einen anderen Namen angenommen: Glenn. Warum eigentlich?"

„Er versuchte so, diesem Teufelskreis zu entkommen."

„Wir kennen und finden aber alle. Mit oder ohne Namensänderung. Lass uns an die Arbeit gehen. Wir haben unseren Plan."

Langsam schwanden seine Sinne. Seine letzten Gedanken waren an „Sandy" mit ihrem Buch über die giftigen Pflanzen.

Foster fuhr, Brennan rief noch einmal im Gefängnis an.

„Die Mutter darf nicht an ihn herankommen. Stellen Sie ein, zwei Leute bei denen ab. Wir sind bald da."

„Wieso werfen die die Mutter nicht einfach raus?" Foster raste mit Blaulicht um die nächste Kurve.

„Weil sie das Recht hat, ihn zu besuchen."

Mit quietschenden Reifen kam der Wagen vor dem Gefängnis zum Stehen. Sie rannten zum Besucherraum. Er war leer.

„Wo sind Turner und seine Mutter?", fragte Brennan den wachhabenden Beamten.

„Nach Ihrem Anruf haben wir sie gleich nach Hause geschickt und Turner in seine Zelle gebracht."

„Sie waren zusammen?" Er schnaufte vom schnellen Laufen.

„Ja. Ein paar Minuten."

Sie liefen mit dem Beamten zur Zelle und sperrten sie auf. Turner lag auf seiner Pritsche und bewegte sich nicht.

„Mr Turner. Alles in Ordnung?"

Der Beamte ging voraus und schüttelte Turner an der Schulter. Langsam drehte der seinen Kopf. Seine Augen waren glasig, der Mund verzerrt.

„Holen Sie sofort einen Notarzt. Sofort!", ordnete Foster an.

„Das dürfte zu spät sein. Wenn er das Zeug vor einer halben Stunde genommen hat, können wir nichts mehr machen."

Turner lag vor ihnen und bewegte sich nicht. Sein Atem wurde immer flacher. Der Notarzt spritzte ihm ein Gegenmittel. Erfolglos. Winston Turner starb um vierzehn Uhr zweiunddreißig.

„Vielleicht auch besser so", meinte Chief Inspector Brennan. „Ein langer, publikumswirksamer Prozess würde vielleicht den einen oder anderen zu ähnlichen Taten verführen."

„Und Sie haben trotzdem noch am Ende Ihrer Karriere einen großen Fall gelöst. Ich gratuliere Ihnen."

„Wir können uns beide gratulieren", stellte Brennan fest und zeigte sogar ein Lächeln.

Uwe Trostmann wurde 1952 im Schwarzwald geboren und wuchs in Freiburg auf. Erst im Alter von 62 Jahren begann er mit dem Schreiben von Geschichten und Romanen.

Weitere Bücher von Uwe Trostmann:

Angeregt durch die dramatischen sozialen und politischen Veränderungen in unserem Land schrieb er sein Erstlingswerk "Fake-oder die Wahrheitsmacher", was seit 2017 als Buch vorliegt.

In seinem Werk "Fischhaut" setzt er sich mit dem Leben eines Deutschen auseinander, der zwischen 1930 und im Nachkriegsdeutschland sein persönliches Glück zu finden sucht.

„Wie die Nummer 5 zum Halten kam" ist eine Sammlung von Erzählungen aus seiner Jugendzeit in Freiburg Haslach. Er beschreibt darin, wie sich die Familie in den fünfziger und sechziger Jahren mit wenig Geld durchschlägt und wie die Kinder von Eltern aus den unterschiedlichsten Regionen Deutschlands zwanglos miteinander spielen und lernen.

www.uwetrostmann.de